BEATE MAXIAN

Tod in der Kaisergruft

W0368867

GOLDMANN
Lesen erleben

Buch

In Wien zerstört eine schockierende Nachricht die hochsommerliche Idylle: Ein Maskierter ist in die Kaisergruft, die weltberühmte Begräbnisstätte der Habsburger, eingedrungen und hat mehrere Geiseln genommen. Sarah Pauli, Journalistin in der Chronik-Redaktion des *Wiener Boten,* fährt sofort zur Gruft, wo sich die Einsatzkräfte der Polizei nach Kräften darum bemühen, die Situation unter Kontrolle zu bringen. Doch die Lage verschärft sich zunehmend. Der Täter erschießt ohne erkennbaren Grund zwei Menschen, dann sich selbst. Nur eine Angestellte des Museums kommt mit dem Leben davon. Es stellt sich heraus, dass eine der Toten eine prominente Wiener Modezarin war. War die Tat etwa ein gezielter Mordanschlag auf die Frau? Gar eine Beziehungstat? Und was hat es mit dem rätselhaften Totenkopf auf sich, der auf einem der Särge in der Gruft gefunden wird?

Weitere Informationen zu Beate Maxian sowie zu lieferbaren Titeln der Autorin finden Sie am Ende des Buches.

Mütter halten ihrer Kinder Hände für eine Weile
und ihre Herzen für immer. (Unbekannt)

Dienstag, 1. August

1

Wien stöhnte.

Die historischen Häuserzeilen der Innenstadt strahlten die beißende Hitze ab, die bereits am frühen Vormittag das Leben lähmte. Seit Tagen zeigte das Thermometer Temperaturen um die dreißig Grad. Die Luft war trocken und schmeckte nach Staub. Nicht einmal nachts kühlte es ab.

Ihm lief der Schweiß über den Rücken und zeichnete hässliche Flecken auf sein Hemd. Sogar der Minutenzeiger seiner Uhr kroch geplagt der vollen Stunde entgegen.

Er quälte sich die Wollzeile entlang, verweilte minutenlang vor jedem einzelnen Schaufenster der bekannten Buchhandlung. Reiseführer, Krimis, Kinderbücher. Er besah sich die Auslagen, als müsste er auswendig lernen, was hinter den Fenstern lag. Er hatte Zeit.

Das Einzige, was ihm geblieben war. Zeit! Ihm fielen die nutzlosen Phrasen seiner Mutter ein. Schlag die Zeit nicht sinnlos tot. Ein Satz, dessen Bedeutung er bis heute nicht begriff. Als ob man Abstraktes totschlagen konnte. Sinnlos noch dazu. Was bedeutete das genau? Sinnlos Zeit totschlagen? Darüber wollte er bei Gelegenheit einmal nachdenken. Doch seine Tage waren nicht sinnlos, lediglich inhaltslos. Sie dennoch produktiv zu verbringen glich einer Kunst, die er inzwischen beherrschte wie kaum ein anderer. Gleich morgens legte er das Motto des Tages fest und richtete die nächsten Stunden danach aus. Ende.

Dieses Wort war augenblicklich die Losung. Und dieses Ende stand unmittelbar bevor. Wenn alles nach Plan lief. Er sah auf seine Armbanduhr. Die Ziffern zeigten 09:35 Uhr. Noch zwanzig Minuten bis zum Showdown. Er wandte sich von den Schaufenstern ab, ging weiter. Die Menschen um ihn herum ignorierten ihn, wie man sich eben in einer Großstadt ignorierte. Das störte ihn nicht. Ganz im Gegenteil. Dieser Umstand kam ihm entgegen. Denn schon bald würde ein hinterlistiger Schabernack, wie er dem Teufel nicht besser einfiele, Wien aus der Sommerträgheit katapultieren. Er würde dabei sein, wenn es geschah, und niemand würde sich an ihn erinnern oder ihn damit in Verbindung bringen. Er dachte an den Zeitplan. Zehn Minuten! Er hatte zehn Minuten, vielleicht auch weniger. Der Gedanke daran ließ ihn gefühlte drei Zentimeter wachsen und eine gerade Haltung annehmen. Das Lächeln auf seinen Lippen erschien unwillkürlich. Der grantige Blick einer Passantin streifte ihn. Depperte Funzen, folgerte er stumm.

Mehr gab es über das unhöfliche Verhalten der Frau nicht zu sagen. Auf dem Stephansplatz warteten Fiaker auf Kundschaft. Pferde mit hängenden Köpfen vor sich hin dösend. Er wich geschickt zahlreichen Urlaubergruppen sowie Konzertticket-Verkäufern in Mozartkostümen aus und bog kurz darauf in den Graben ein.

Den Fiaker-Standplatz vor der Peterskirche fand er verlassen vor. Seine diesbezügliche Bitte war also von wem auch immer erhört worden. Mit langsamen

Schritten steuerte er die Telefonzelle daneben an. Ein Relikt aus vergangenen Zeiten, einst unverzichtbar, heute kaum benutzt, weswegen die meisten Leute die graue offene Außenkabine umgingen. Derweil drängte der rote Telefonhörer doch nahezu darauf, berührt zu werden. Er blieb stehen. Seine Augen tasteten so unauffällig wie möglich die umliegenden Fassaden ab. Keine Kameras zu sehen. Dennoch trug er einen Hut und senkte den Kopf, während er bedächtig die Freiluftzelle betrat. Der Augenblick stimmte ihn feierlich. Er nahm andachtsvoll den Hörer in die Hand und tippte die Nummer für den Notruf in die Tastatur. Eine weibliche Stimme meldete sich. Kurz dachte er daran, welch besonderer Tag es von jetzt an werden würde, und begann zu sprechen.

2

Das Krokodil in der Donau tauchte auch dieses Jahr pünktlich auf. Sarah Pauli amüsierte sich noch immer über die jährlich wiederkehrende Schlagzeile zur Urlaubszeit, als sie das Foyer des *Wiener Boten* betrat. Die spektakuläre Headline hatte sie im Vorbeigehen gelesen. Noch vor drei Tagen hatte das Sommerloch dafür gesorgt, dass die Titelseiten voll Bilder einer Boa constrictor waren, die angeblich aus einem Terrarium entkommen war und sich nun irgendwo in Wien versteckte. Jetzt war das Krokodil an der Reihe. Ob sich der Tourismusverband über derartige Überschriften freute? Ihr Blick fiel auf den Empfangstresen, wo statt der üblichen Empfangsdamen urlaubsbedingt zwei Praktikantinnen saßen. In den Redaktionen arbeiteten zurzeit einige Volontäre, was rasche Abläufe manchmal erschwerte. Sarah grüßte freundlich und überlegte, ob sie in der nächsten Ausgabe behaupten sollte, dass das Krokodil in der Donau die Rezeptionistinnen des *Wiener Boten* gefressen hatte. Natürlich dachte sie nicht ernsthaft darüber nach, denn Herbert Kunz, Chef vom Dienst und stetiger Anzugträger mit rahmenloser Silhouette-Brille, würde sie ob so einer Schlagzeile um einen Kopf kürzer machen. Dass sie die Freundin des Herausgebers war, würde sie nicht vor seinem Zorn schützen. Zudem hebelte die Urlaubszeit die große Montagssitzung um zehn Uhr aus, die normalerweise keiner unentschuldigt versäumen durfte, weil sich die Vertreter aller Ressorts am Konferenztisch versammelten und den redaktionellen Inhalt des *Wiener Boten* diskutierten.

Conny Soe trat sichtlich gut gelaunt durch die Eingangstür. Die Gesellschaftsreporterin war wie immer nach der neuesten Mode gekleidet. Sie trug ein weißblau gestreiftes Sommerkleid im Marinelook und goldene Kreolen als Ohrgehänge. Ihre kupferrote Lockenmähne war hochgesteckt. Sissi, Connys schwarzer Mops, lief vor ihr her und begrüßte Sarah aufgeregt. Sie hatte die beiden seit zwei Wochen nicht mehr gesehen und bückte sich, um den Hund zu streicheln, der vor lauter Freude um sie herumtänzelte.

»Ich liebe die Sommermonate«, tönte die Society-Löwin, wie Conny aufgrund ihrer roten Mähne genannt wurde. »Die Stadt ist leer, und die Menschen sind entspannt.«

Sarah richtete sich wieder auf, und Conny drückte ihr zwei Begrüßungsküsse auf die Wangen. Sie musste den Kopf ein wenig in den Nacken legen, denn die Füße der Society-Löwin zierten trotz ihrer Größe von knapp eins achtzig weiße Sandalen mit sieben Zentimeter hohen Absätzen. Damit überragte sie Sarah um mindestens einen Kopf. Conny roch nach Kokosnussöl. Eine wohlriechende Prise Sommer, fand Sarah.

»Wie war dein Urlaub?«

Conny war in Cannes gewesen. Auf Sissi hatte währenddessen eine Freundin aufgepasst. Sarah hätte den Hund gerne zu sich genommen, konnte sich aber ausmalen, wie Marie, ihre Katze, darauf reagiert hätte. Ihre

Halbangora war es nicht gewöhnt, ihr Reich mit anderen Tieren zu teilen.

»Wie immer zu kurz«, seufzte Conny. »Aber ich geh es heute locker an, werde mal schauen, ob Wien im August etwas hergibt, sonst müssen die Salzburger Festspiele herhalten. Da tummeln sich gerade genug Promis.« Sie warf Sarah eine Kusshand zu und verschwand im Lift. Sarah nahm wie üblich die Treppe.

»Morgen!«, hörte sie Patricia Franz' Stimme, als sie das Büro der Chronik-Redaktion betrat. Ihre jüngere Kollegin musste gerade angekommen sein, denn sie warf soeben die Handtasche auf den Schreibtisch.

»Guten Morgen«, erwiderte Sarah.

Die Tür flog auf. Günther Stepan betrat das Büro. Der Ressortchef sah müde aus und wirkte noch unauffälliger als sonst. Er verschwand nach kurzem Gruß in seinem Büro hinter heruntergelassenen Jalousien.

Sarah setzte sich, fuhr den PC hoch und hoffte, keine tierische Sommerloch-Schlagzeile in den Meldungsübersichten der Nachrichtenagenturen zu finden. Die Chronik-Redaktion sollte sich mit gesellschaftsrelevanten Themen beschäftigen wie Bildung, Gesundheit oder Hardcore-Storys wie Mord und anderen Kriminalfällen. Immer nahe an den Problemen und Schicksalen der Menschen.

Gleich darauf verflog ihre heitere Stimmungslage. Die Landespolizeidirektion Wien hatte eine Nachricht geschickt.

Großer Polizeieinsatz in der Innenstadt. Unbekannte Lage. Die Exekutive bittet die Bevölkerung, den Bereich Neuer Markt weiträumig zu meiden.

Sarah dachte blitzartig an den Teufel. Einer alten Sage nach warf man ihn am ersten August aus dem Himmel. Folglich sorgte der Fürst der Finsternis dafür, dass dieser Tag als Unglückstag galt.

Sie griff nach dem Telefon, rief die Pressestelle in der Landespolizeidirektion an. Wenige Augenblicke später wusste sie, dass der Einsatz die Kaisergruft betraf und die Sondereinheit der Wiener Einsatzgruppe Alarmabteilung, kurz Wega, das Kommando innehatte. Genaues durfte man Sarah jedoch nicht mitteilen. Die Lage werde derzeit sondiert, hieß es knapp. Sarah konnte sich auch ohne ausführliche Erklärung ausmalen, was Sache war. Die Wega rief man nicht wegen eines ausgelassenen Kindergeburtstages. Sie tastete instinktiv nach ihrem Corno, das an einer silbernen feingliedrigen Kette um ihren Hals baumelte und sie gegen den Bösen Blick schützte. Die Frage, ob sie tatsächlich daran glaubte, verflucht zu werden, wenn sie es nicht trug, stellte sie sich nicht. Das rote hornförmige Schmuckstück war ein Teil von ihr.

Heute war der erste August, und der Teufel befand sich offenbar in diesem Augenblick in der Innenstadt. Sie atmete tief ein, spürte, wie das Adrenalin durch ihren Körper lief. Sie wollte hinfahren! Einhergehend mit diesem Entschluss ließ sie ihren Talisman los und drückte die Kurzwahltaste für Simons Büro. Ihr Blick streifte Amy, ihr Glücksschwein. Ein Geschenk ihres Bruders Chris. War es möglich, zu viele Glücksbringer zu besitzen? Sie selbst besaß inzwischen so viele, dass sie die halbe Stadt mit Glück überschwemmen konnte.

»Ich hab die Kamera schon in der Hand, kann gleich losfahren«, meldete sich der Fotograf und Computerspezialist des *Wiener Boten* ohne vorangegangene Begrüßung. Er schien auf Sarahs Anruf gewartet zu haben. Sie wusste, dass er manchmal über illegale Kanäle an Informationen kam.

»Gut! Wir treffen uns vor Ort.«

»Die Tegetthoffstraße ist ab der Führichgasse gesperrt«, sagte Patricia Franz von ihrem Platz aus. Ihre Schreibtische standen Stirn an Stirn. »Auch die Plankenstraße ist zu. Der Innenstadtverkehr wird großräumig umgeleitet. Die Polizei bittet, diesen Teil der Innenstadt weitgehend zu meiden.« Sie drehte den Bildschirm, so weit es ging, Richtung Sarah, zeigte auf die Twitter-Meldung. Die Polizei kommunizierte seit einiger Zeit mit der Bevölkerung und der Presse via soziale Medien. So gelang es der Exekutive, rascher zu informieren und auf Falschmeldungen zu reagieren.

»Fahr mit der U-Bahn«, wies Sarah Simon an. »So bist du sicher schneller da als mit dem Auto.« Sie legte auf, ohne eine Antwort abzuwarten, und schob Block und Kugelschreiber in ihre Umhängetasche. Auf dem Tisch ihrer Kollegin lagen zwei Modemagazine. Patricia bemühte sich seit geraumer Zeit, in die Lifestyle-Redaktion wechseln zu können. Doch dort war schon seit Längerem keine Stelle frei. Sarah vermutete, dass sich die junge Journalistin inzwischen bei einschlägigen Magazinen beworben hatte. Doch bis sie ihren Traumjob hatte, arbeitete sie Sarah zu. Und die Aufgabe des Chronik-Ressorts war es nun einmal, über tagesaktuelle Ereignisse zu berichten. Anfangs begegnete Sarah ihrer Kollegin misstrauisch, weil es schien, als wollte sie sich an David, Sarahs Freund, ranmachen. Doch die Fronten waren geklärt, und mittlerweile konnte sie Patricia gut leiden und fände es schade, wenn sie den *Wiener Boten* verließe.

»Manuela Rossmann von der Landeskriminalpolizei ist bereits vor Ort und für die Presse zuständig«, ließ sie Sarah noch wissen.

»Danke! Wenn du etwas Neues erfährst, ruf mich sofort an.« Sarah hängte sich ihre Umhängetasche um und fragte sich plötzlich, ob sich im Sommer die Anzahl der Sommersprossen in Patricias Gesicht erhöhte. Ihr erschien es jedenfalls so. Auch die rotblonden Locken ihrer Kollegin glänzten farbintensiver. Das konnte jedoch auch an dem Sonnenlicht liegen, das durchs Fenster fiel. Sie selbst hatte ihre halblangen braunen Haare zu einem Pferdeschwanz zusammengefasst. Sie konnte es nicht leiden, wenn die Haare im Nacken klebten, was bei den derzeitigen Außentemperaturen unvermeidbar war.

Stepan trat aus seinem Büro. Er bedeutete Sarah stehen zu bleiben.

»Du bekommst eine halbe Seite.«

Sarah hob die Hand zum Zeichen, verstanden zu haben, und verschwand durch die Tür.

Auf der Straße herrschte unbarmherzige Hitze. Die rund dreißig Grad im Schatten ergaben gefühlte fünfzig Grad in der prallen Sonne und auf dem aufgeheizten Asphalt der Mariahilfer Straße. Das Atmen fiel ihr schwer. Heiße Luft breitete sich in ihrer Lunge aus, und sie versuchte, auf dem Weg zur U-Bahn nicht zu schwitzen. Zum Glück hatte sie sich heute Morgen für einen hellblauen Jumpsuit aus dünnem, seidenähnlichem Stoff entschieden. Obwohl dieses Ding der

Horror war, wenn sie zur Toilette ging. Denn der Knopf zum Öffnen des Overalls befand sich umständlicherweise im Nackenbereich. Dazu trug sie helle Sandalen. Ihre Fußnägel hatte sie farblos lackiert.

Am Stephansplatz verließ sie die U-Bahn. Die Innenstadt war trotz der Affenhitze voller Touristen. Sie lief die Kärntnerstraße entlang und wollte einige Minuten später in die Donnergasse einbiegen. Ein rot-weiß gestreiftes Absperrband hinderte sie daran. Sarah sah die Gasse hinunter. Am Platz rund um den Donnerbrunnen standen zig Einsatzfahrzeuge. Auch ein Krankenwagen. Männer der Sondereinheit Wega in schwarzer Schutzmontur, mit Stahlhelmen und Sturmgewehren, waren bereit für ihren Einsatz. Drei Autos mit offen stehendem Kofferraum und Hundekäfigen parkten im Schatten des Hotels Ambassador. Belgische Schäferhunde und Rottweiler warteten hechelnd, aber geduldig darauf, dass sich das Gitter vor ihrer Nase öffnete. Ab und zu schlabberte der eine oder andere kühles Wasser aus einem Stahlnapf.

Sarah zeigte der Wache stehenden Polizistin ihren Presseausweis. »Man hat mir gesagt, dass Frau Rossmann für die Presse zuständig ist.«

»Ja«, bestätigte die Uniformierte knapp. »Die Pressestelle ist in der Marco-d'Aviano-Gasse eingerichtet.« Sie zeigte in die Richtung.

»Gibt es schon Neuigkeiten?«, fragte Sarah, obwohl sie wusste, dass sie an dieser Stelle keine Antwort bekommen würde.

»Das wird Ihnen Frau Chefinspektorin Rossmann mitteilen.«

Simon tauchte neben Sarah auf. Wie üblich in Skaterklamotten. Sie hatte den jungen Kollegen erst einmal mit einem Sakko gesehen. »Ich hab schon ein paar Fotos geschossen.«

»Weißt du inzwischen, was hier abläuft?«

Simon schüttelte den Kopf. »Keine Ahnung, was da in der Gruft los ist. Der ORF ist übrigens mit zwei Teams angerückt und einem Übertragungswagen. Die planen sicher einen Live-Einstieg«, mutmaßte er, während sie die wenigen Meter bis zur nächsten Gasse zurücklegten. In der Marco-d'Aviano-Gasse tummelten sich bereits einige Journalisten. Kameramänner unterschiedlicher Sender hielten Kameras in der Hand oder schulterten diese. Wer konnte, suchte im Schatten der beiden Bäumchen Schutz vor der Sonne. Der Kiosk und der Blumenladen zeigten sich verwaist. Simon und Sarah hielten der Uniformierten die Presseausweise entgegen und bückten sich gleich darauf unter dem Absperrband hindurch.

»Weiß man schon, was los ist?«, fragte Sarah eine junge Redakteurin mit kurzen dunklen Haaren.

»Soll bald eine Erklärung geben«, ließ sie Sarah wissen. »Im Moment kursieren nur Gerüchte. Geiselnahme, Bombendrohung, Terroranschlag des IS, das volle Programm.«

»Fehlt nur noch Störung der Totenruhe«, spottete Sarah. Die junge Frau grinste.

Eine ORF-Redakteurin hielt Schaulustigen am Absperrband das Mikrophon unter die Nase. Momentaufnahmen für den ersten ZIB-Beitrag am Mittag. Sarah wollte sich später auch unter den Umstehenden umhören.

Sie trat an die zweite Absperrung am Ende der Gasse

heran und ließ ihren Blick über den Platz schweifen. Nur noch vereinzelt parkten Privatautos am Straßenrand. Die Polizei hatte den Platz, so gut es ging, geräumt. Deshalb verstellte ihr nichts die Sicht auf die Kapuzinerkirche. Das Gotteshaus stand im architektonischen Gegensatz zu den anderen Bauten am Neuen Markt. Im Moment erschien ihr das rotbraune Gebäude hilflos, ja nahezu zerbrechlich. Die Fähnlein neben dem geschlossenen Holztor bewegten sich unscheinbar im Wind. Das überdimensionale Kreuz über dem kreisrunden Fenster versprach Schutz. Das Gittertor zur Kaisergruft war verschlossen. Ein Polizist machte sich gerade daran, es aufzuschließen. Den Schlüssel zur Kaisergruft hatten gewiss die Kapuzinermönche ausgehändigt. Die Ordensbrüder betreuten die Begräbnisstätte der Habsburger und Habsburg-Lothringer. Sarah wusste, dass sich hinter dem Gittertor noch eine automatische Rundschiebetür befand, die, so vermutete sie, ebenfalls abgeschlossen worden war. Sarah wunderte sich, dass die Polizei diese Glasschiebetür nicht öffnete, stattdessen knieten zwei Beamte im Schutzanzug davor. Sie konnte nicht sehen, was die beiden taten. Die Tür aufzubekommen musste doch leicht möglich sein, mithilfe eines Transponders oder eines Codes oder sonst etwas. Doch nichts passierte. Die Tür blieb zu. In dem Moment fiel bei Sarah der Groschen. Das vor dem Eingang waren Entminungsexperten.

Trotz aller Betriebsamkeit lag eine gespenstische Ruhe über dem Platz. Es schien, als hielte Wien den Atem an und wartete, wofür sich das Schicksal in den nächsten Stunden entschied. Leben oder Tod.

Ihr Blick tastete die Häuserfronten ab. An den Fenstern drängten sich Schaulustige. Die Pressesprecherin tauchte auf. Manuela Rossmann war eine attraktive Frau mit langen blonden Haaren, die im Nacken zusammengefasst waren. Ihre Lippen umspielte ein sympathisches Lächeln. Auffallend waren auch ihre großen blaugrünen Augen. Drei goldene Sterne auf silberner Borte zierten den Stehkragen ihrer dunkelblauen Uniform. Kameramänner brachten die Kameras in Position. Redakteure drängten sich um die Chefinspektorin der Landespolizeidirektion. Aufnahmegeräte und Mikrophone schnellten in ihre Richtung. Die unzähligen, zum Teil provokanten Fragen der Journalisten, das Nachhaken, die Ungeduld, all das brachte das Lächeln auf dem Gesicht der Pressesprecherin nicht zum Verschwinden. Manuela Rossmann erklärte mit Engelsgeduld immer und immer wieder denselben Sachverhalt.

Im Hintergrund begann man, die umliegenden Häuser zu evakuieren.

3

Das darf doch nicht wahr sein!«

Isabella Schönegg-Bach warf den Entwurf des neuen Katalogs von Modewelt Schönegg auf den antiken Schreibtisch. Sie bebte vor Zorn. Niemand hatte mit ihr über die neue Kollektion gesprochen. Mal ganz davon abgesehen, dass diese einer bodenlosen Frechheit gleichkam, einem Angriff auf die gutbürgerlichen Konfektionen ihres Unternehmens. Noch dazu nahm diese billig anmutende Linie gleich zu Beginn des Katalogs fünf Seiten in Anspruch. Christa musste den Verstand verloren haben. Allmählich hatte sie die Nase voll von den Alleingängen ihrer Schwester. *Modern World* prangte als Überschrift über dem modischen Debakel. Übergroße Leinenhosen und gepunktete Overalls, die aussahen, als trüge man sie ausschließlich im Fasching. Noch dazu diese aufreizend durchsichtige Bluse. Das Model trug nicht einmal einen BH darunter. Sie verlegten doch kein Sexmagazin! In den Adern ihrer Kundschaft floss zum Teil blaues Blut, wie auch in den Adern der Schönegg-Bachs. Darauf musste Rücksicht genommen werden. So eine Provokation konnte sie Käufer aus wohlhabenden Schichten kosten. Sie waren es ihrer Herkunft schuldig, kultivierte Kleidung in ihren zehn Modehäusern anzubieten.

»Verdammt, Christa«, zischte sie in die Leere ihres

Büros. Seit einem Jahr flippte ihre Schwester aus. Genau genommen, seit Robert, ihr Sohn, nach London gezogen war. Er studierte an der University East London Financial Management im Masterstudium. Christa und Bernhard hatten sich drei Monate nach seiner Abreise scheiden lassen. Seitdem lief ihre Schwester, wie es schien, ihrer vergangenen Jugend hinterher. Die viel zu jungen Liebhaber gaben sich die Klinke in die Hand. Midlife-Crisis würde man bei einem Mann wohl sagen. Was für ein Glück, dass sie und Konstantin eine harmonische Ehe führten. Melanie, ihre gemeinsame Tochter, studierte Fashion Management in Mailand, was sie beide nicht aus der Bahn geworfen hatte. Ganz im Gegenteil. Isabella widmete sich seitdem noch intensiver dem Familienunternehmen und Konstantin seiner Kanzlei. Bis die Jungen so weit waren, in ihre Fußstapfen zu treten, dauerte es noch eine Weile. Melanie in ihre und Robert in jene von Christa. Auch wenn ihr Neffe ein Studium über Finanzen und Steuerwesen abschloss, war ihr wohler bei dem Gedanken, ihrer Tochter den wirtschaftlichen Bereich des Unternehmens zu übertragen. Robert hatte das zerstreute Künstlerwesen seiner Mutter geerbt sowie die Gier nach ständiger Erneuerung.

Ihr Blick wanderte hinaus durch das offen stehende Fenster in einen wolkenlosen Himmel. Stumm entschuldigte sie sich bei ihrem verstorbenen Urgroßvater, dem Gründer von Modewelt Schönegg, für den Fehltritt ihrer Schwester.

Nur weil sich Christa ausschließlich ums Kreative kümmerte, hieß das nicht, dass sie die Modelinie des Hauses ohne ihre Zustimmung umkrempeln konnte. Sie waren gleichberechtigte Teilhaber. Ganz abgesehen davon, dass diese Art von Mode nicht ihrer Zielgruppe entsprach. Wer also sollte das Zeug kaufen? Sie erhob sich, strich ihr dunkelblaues Kostüm glatt, kontrollierte im Spiegel an der Wand ihr Aussehen. Ihr hochgestecktes brünettes Haar verlieh ihr eine feine Strenge. Die Fältchen um ihre Augen hielten sich noch in Grenzen. Sie sah gut aus, und die vierundfünfzig Jahre sah man ihr kaum an. Wenige Augenblicke später schritt sie kerzengerade den Flur entlang und fuhr mit dem Lift in den zweiten Stock hinunter. Den Katalogentwurf hielt sie fest zwischen den Fingern.

Im zweiten Stock änderte sich das Erscheinungsbild des Unternehmens. Während sie, wie ihre Schwester lästerte, im vierten Stock zwischen altehrwürdigen Möbeln in einem Biedermeier-Verlies saß, bestand das zweite Stockwerk aus gläsernen Wänden und modernen Möbeln.

»Wie im Schönbrunner Zoo«, hatte Isabella spöttisch gekontert, als Christa mit dem Umbauplan für die unteren Stockwerke dahergekommen war.

»Kreative Menschen brauchen Licht und Raum«, hatte Christa behauptet. Isabella hatte nachgegeben. Sie musste in diesen Glaskäfigen ja nicht arbeiten.

Am Ende des Gangs lag das Büro ihres Exschwagers. Bernhard war für die Events und die Öffentlichkeitsarbeit zuständig. Modeschauen, Pressearbeit, das einheitliche Image von Modewelt Schönegg.

Seine Sekretärin, ein junges Ding mit langen blonden Haaren, meldete sie an, während Isabella schon halb in Bernhards Büro stand. Isabella Schönegg-Bach brauchte man nicht anzumelden. Sie war eine der beiden Chefinnen. Sie tauchte auf, wann und wo immer sie wollte!

»Hast du den Katalogentwurf schon gesehen?«, kam Isabella gleich auf den Punkt und warf den Vordruck auf Bernhards Schreibtisch.

Bernhard Schönegg, Ende vierzig, leicht ergrautes Haar, sportliche Figur und auch sonst annehmbar attraktiv, lächelte mokant. »Ich hab mit Christa um hundert Euro gewettet, dass du zuerst zu mir kommen wirst.« Er griff nach der Tasse Kaffee, die auf seinem Schreibtisch stand. »Magst auch einen?«

»Ich weiß, dass sie nicht im Büro ist. Sonst wär ich natürlich gleich zu ihr gegangen«, wetterte Isabella, die Frage ignorierend. Ihr war nicht nach einem Kaffeekränzchen zumute.

»Lass sie das bitte nicht wissen. Du bringst mich noch um meinen Wettgewinn«, lachte er.

»Also, was soll das?«

»Das musst du deine Schwester fragen. Sie ist die Chefeinkäuferin, ich bin nur der PR-Mann. Schon vergessen?«

»Sie hätte das mit mir absprechen müssen.«

»Noch einmal, Isabella. Du redest mit dem Falschen.«

»Du hast Einfluss auf sie.«

»Ich bin ihr Exmann, nicht ihr Vormund.« Er verzog das Gesicht zu einem höhnischen Grinsen. »Außerdem hast du mich doch erst vor wenigen Monaten in deiner charmanten Art daran erinnert, dass ich nur eingeheiratet habe und gehen muss, wenn es Ihre Hoheit Isabella Schönegg-Bach befiehlt. Oder soll ich Frau Schönegg von Bach sagen?«

Obwohl der Adelsstand in Österreich 1919 abgeschafft worden war, trauerte Isabella dem entzogenen *von* zwischen Schönegg und Bach hinterher, als hätte sie die Monarchie noch selbst erlebt. Wenigstens erinnerte der Bindestrich zwischen den Namen an ihre adelige Herkunft. Christa hatte das *Bach* in ihrem Familiennamen gestrichen. Und im Gegensatz zu ihrer Schwester benahm sich Isabella, wie man das von einer Frau adeliger Herkunft erwartete. Hoheitsvoll in jeder Lebenslage.

»Das ist nicht der Zeitpunkt, um unsere Differenzen zu diskutieren.«

»Differenzen«, wiederholte er amüsiert und lachte erneut laut. »Ach Isabella, wie schade, dass du nicht im 19. Jahrhundert geboren wurdest. Du hättest so gut in die Palais und Pferdekutschen gepasst. Doch zu deinem Unglück leben wir im 21. Jahrhundert, und selbst du wirst bemerkt haben, dass sich vieles ändert, besonders in der Welt der Mode!«

»Ich verlange, dass diese …« – sie rang theatralisch nach Luft – »Kollektion aus dem Sortiment genommen wird und natürlich auch aus dem Katalog. Das passt nicht zu uns.«

»Wie wär es, wenn du das mit deiner Schwester besprichst?«

Isabellas grüngraue Augen blitzten gefährlich auf. Sie beugte sich leicht nach vorn und stützte sich am Schreibtisch ab. »Wenn ich sage, das Zeug fliegt raus, dann fliegt es raus. Verstanden? Du bist für die Endabnahme und Verbreitung des Katalogs zuständig. Was ich mit meiner Schwester bespreche, geht dich einen …« Sie brach ab, richtete sich wieder auf.

»Feuchten Kehricht an«, ergänzte Bernhard schnippisch. »Wolltest du das sagen, meine Liebe? Sprich es ruhig aus, denn du hast vollkommen recht. Es geht mich nichts an, und deshalb wiederhole ich jetzt noch einmal, was ich schon zweimal gesagt habe. Geh zu Christa und klär das mit ihr!«

Isabellas Blick verdunkelte sich, dennoch machte sie kehrt und wandte sich zum Gehen.

»Weißt du, welche Frage ich mir schon lange stelle, Isabella?«

Sie blieb stehen, sah Bernhard wachsam an.

»Warum verwendest du das *von* nicht einfach? Immerhin liegt die Strafgebühr dafür nach wie vor bei zwanzigtausend Kronen, das sind umgerechnet vierzehn Cent. Das wird sich das Unternehmen doch leisten können.« Er grinste bösartig.

Isabella schnaubte verächtlich und rauschte ab. Bernhard war nur der Prellbock gewesen. Das wusste er. Sie wäre mit dem Problem nie zu ihm gegangen, wenn Christa im Haus wäre.

Auf dem Rückweg öffnete sie die Tür zum Sekretariat ihrer Schwester. Eine Mittzwanzigerin saß hinter dem Schreibtisch und tippte etwas in den Computer. Sie drehte sich zu ihr.

»Wer sind Sie?«, fragte Isabella.

Die junge Frau erhob sich, kam um den Schreibtisch herum, streckte ihr die Hand entgegen und nannte ihren Namen. »Ich bin die neue Sekretärin von Frau Schönegg.«

»Wo ist Luis?«, fragte Isabella, während sie nach dem Assistenten ihrer Schwester Ausschau hielt und sich fragte, warum sie nichts von der neuen Sekretärin wusste.

»Das weiß ich leider nicht. Es hieß, er komme heute später. Frau Schönegg ist auch nicht da. Sie hat mir leider nicht gesagt, wann sie heute ins Büro kommt.«

Isabella Schönegg-Bach zog so unauffällig wie möglich die Luft durch ihre Zähne.

Nicht schon wieder dieser Luis, dachte sie.

4

Sie wissen noch nichts Genaues.«

Sarah stand mit dem Handy am Ohr zwischen dem Kiosk und den Schaufenstern von Swarovski und gab Patricia die neuesten Meldungen durch. Hinter ihr funkelten Schmuck- und Ziergegenstände um die Wette. Vor ihr lagen Bananen und Erdbeeren in Schütten. Man hatte den Kioskbetreibern offenbar keine Zeit gelassen, das Obst wegzuräumen. Die beiden standen vor dem Absperrband und behielten ihre Ware im Auge. Sarah erkannte sie an ihren grünen Schürzen mit der Aufschrift »Feinkost Kärntnerstraße«.

»Weder gibt es eine Forderung noch irgendeine Art Kontakt. Sie wissen nicht, ob es sich um einen Täter handelt oder mehrere. Im Moment ist auch noch nicht klar, wie viele Besucher sich da unten noch aufhalten. Derzeit wird der Eingangsbereich von Sprengstoffexperten untersucht. Dort liegt ein Päckchen, möglicherweise eine Bombe. Deshalb öffnen sie die Schiebetür nicht von außen, weil noch unklar ist, ob das einen Impuls auslöst und hier alles hochgeht.«

»Wow, nicht auszudenken, wenn die Kaisergruft in die Luft fliegt. Weißt du, wie viele Särge laut *Wien info* da unten stehen? Einhundertneunundvierzig! Das würde Wochen dauern, bis alle hoheitlichen Gebeine wieder zusammengesammelt sind, wenn man sie überhaupt noch findet. Ich mein, ein Hund macht da keinen Unterschied … und ein paar Souvenirjäger stehen sicher auch schon parat.« Sie lachten beide kurz laut auf. »Gibt es Überwachungskameras?«

»Die gibt es. Nur leider sind die weder mit der Polizei verbunden noch sonst mit einer Außenstelle. Nur zum internen Gebrauch. Der Täter oder die Täterin ist kurz nach zehn Uhr aufgetaucht, also gleich nach Öffnung der Gruft. Mit etwas Glück sind nicht viele Menschen unten. Im Moment steht nur fest, dass sich die Kassiererin in der Gewalt des Täters befindet.«

»Ist das unsere Headline: Bombendrohung mit Geiselnahme?«, fragte Patricia.

»Die Wega hat die Cobra mit einem Verhandlungsspezialisten angefordert. Das spräche dafür. Aber wart noch, bis ich die offizielle Bestätigung habe. Nicht dass wir eine Falschmeldung hinausposaunen.«

»Soll ich die anderen Informationen trotzdem gleich an die Online-Redaktion weitergeben?«

»Ja, mach das. Bestätigt wurde, dass Touristen, die in die Gruft wollten, von einer Gestalt mit dunklem Umhang und Totenkopfmaske erzählten. Unser Totenkopf zwang eine Frau, vermutlich die Kassiererin, das Gittertor und danach gleich die Rundschiebetür vor ihrer Nase zuzusperren.«

»Wow, eine Totenkopfmaske in der Gruft, wie originell«, brummte Patricia hörbar amüsiert.

»Jedenfalls fuchtelte der oder die Maskierte mit einer Pistole herum und vertrieb die Leute vor der Tür«, fuhr Sarah fort. »Leider schirmen die Ermittler die Augenzeugen ab. Ich kann dir nicht einmal sagen, ob die gerade befragt werden oder bereits nach Hause geschickt wurden. Jedenfalls gibt es keine Chance, ein Statement von irgendwem zu bekommen. Ich kann gerade leider gar nichts machen außer abwarten.«

»Vielleicht ist es ja so ein Verrückter, der es lustig findet, Leute zu Tode zu erschrecken. Du weißt schon, wie diese idiotischen Horror-Clowns neulich. Soweit ich mich erinnere, gab's sogar Verletzte. Der in der Gruft ist möglicherweise ein besonders originelles Exemplar dieser Deppenzunft«, mutmaßte Patricia.

Sarah erinnerte sich ebenfalls an einige Vorfälle. Sie verzog das Gesicht. »Sollte es sich wirklich um so einen Witzbold handeln, wird ihn das teuer zu stehen kommen. Unter den Medienleuten hier kursiert übrigens noch ein anderes Gerücht. Einige glauben an einen bevorstehenden IS-Anschlag.« Sie wischte sich mit einem Taschentuch den Schweiß von der Stirn. »Die Anwohner und Hotelgäste werden jedenfalls gerade evakuiert. Die Sperre wird demnächst auf die gesamte Kärntnerstraße und den Graben ausgeweitet. Nur wir Journalisten dürfen bleiben.«

»Dass ein Anschlag bevorsteht, wird auch in den sozialen Medien behauptet. Ist doch gar nicht so abwegig, oder?«

»Wenn dem so ist, werden wir's auch noch von offizieller Seite erfahren«, antwortete Sarah. »Ich hoffe nur, lange bevor hier alles in die Luft fliegt.« Sie beneidete ihre Kollegin darum, im klimatisierten Büro zu sitzen. »Ich könnte mir in Wien aber weitaus spektakulärere Schauplätze für einen Anschlag vorstellen.«

»Wieso? Die Särge der Habsburger hochzujagen gibt unter Garantie internationale Presse«, widersprach Patricia.

»Wie auch immer«, beendete Sarah das Thema. »Hast du in der Zwischenzeit was rausgefunden?«

»Leider nein. Die Online-Medien gehen zwar über vor Meldungen, doch die meisten werden rasch von der Polizei dementiert. Dem Verdacht auf einen Terroranschlag hat man aber noch nicht widersprochen. Ich bleib jedenfalls dran und gebe dir Bescheid, sobald etwas Wichtiges reinkommt. Der ORF hat übrigens das aktuelle Programm unterbrochen. Auf ORF2 läuft eine Sondersendung.«

»Ich weiß, die Reporterin hat sich sehr eindrucksvoll vor dem Absperrband vor der Kapuzinerkirche positioniert.«

»Der Fernseher im Büro läuft. Ich schau's mir gerade an. Die wissen aber auch nicht mehr als wir.«

»Was schreiben die Nachrichtenagenturen?«

»Nichts, was du mir nicht eh schon gesagt hast.«

»Hast du den Leiter der Kapuzinerkirche ans Telefon bekommen oder die Pressesprecherin?« Soweit Sarah wusste, handelte es sich bei der Ansprechperson für die Presse um eine Frau. »Oder irgendwen?«

»Keine Chance. Die haben den Anrufbeantworter eingeschaltet. Ich hab draufgesprochen, glaub aber nicht, dass mich jemand zurückruft.«

»Okay. Dann fass du einmal zusammen, was wir haben, und lass es online stellen. Mehr gibt es morgen im aktuellen *Wiener Boten*.«

»Alles klar!«

Sie beendeten das Gespräch. Es war einfach noch zu früh für eine detaillierte Berichterstattung. Die Polizei musste zuerst einmal die Lage prüfen und in den Griff bekommen. Dennoch, Sarah hasste es, zum geduldigen

Herumstehen verdonnert zu sein. Sie wollte etwas tun, sah sich nach etwaigen Interviewpartnern um. Schaulustige mit gierigem Blick, die bereit waren, die eine oder andere Beobachtung preiszugeben.

Sie brach das Vorhaben rasch wieder ab. Die Aussagen der wenigen Menschen, die sie erwischte, bevor die Polizei den Gefahrenbereich räumte, brachten keine neuen Erkenntnisse. Die Leute plapperten nach, was sie irgendwo aufgeschnappt hatten: Sprengstoffattentäter, Geiselnehmer, radikale Islamisten – am besten, alles auf einmal. In Wahrheit hatte niemand etwas gesehen. Der perfekte Nährboden für Hypothesen. Nichts, was den *Wiener Boten* interessierte.

Sie stellte sich wieder zum Absperrband am Ende der Marco-d'Aviano-Gasse und schrieb Martin Stein eine SMS. Was immer in der Kaisergruft geschah, fiel zwar nicht in die Zuständigkeit des Chefinspektors der Wiener Polizei, aber vielleicht gelang es ihr so, an inoffizielle Informationen zu kommen. Manchmal ließ sich der Ermittler erweichen und gab ihr etwas in die Hand, das andere Journalisten erst Stunden später über die Pressestelle erfuhren. Sie beide verband eine besondere Vertrauensbeziehung, obwohl Sarah bei ihrem ersten Aufeinandertreffen mulmig zumute gewesen war. Der brummige Kriminalkommissar mit dem Bürstenhaarschnitt war nicht gerade mit lieblichem Charme gesegnet. Doch sie konnten einander inzwischen gut leiden. Stein hatte ihr vor wenigen Monaten das Du angeboten. Der alte Griesgram wurde mit zunehmendem Alter milde. Er mochte jetzt Mitte fünfzig sein. Sein gleichmütiger und zugleich durchdringender Blick war nach wie vor messerscharf.

Ihr Handy piepste.

Keine Zeit! Später, LG Martin, stand auf dem Display.

»Verflixt«, fluchte sie leise.

Simon tauchte an ihrer Seite auf. Die Kamera hing an einem Gurt vor seiner Brust. Das Bild erinnerte Sarah an ihre Kindergartenzeit, als sie die Kindergartentasche stolz um den Hals trug, um damit allen zu zeigen, dass sie kein Baby mehr war.

»Glaubst, passiert da heute noch mal was?«, fragte er grantig.

»Hast du's eilig?«

»Es ist heiß.«

»Tatsächlich? Gut, dass du's erwähnst. Das ist mir nämlich noch gar nicht aufgefallen.« Sarah klang gereizter, als sie wollte. Aber die Hitze nagte auch an ihrem Nervenkostüm.

Ein Geräusch drang an ihr Ohr. Sarah versuchte, es einzuordnen. Plötzlich kam in die Cobras Bewegung. Sie steuerten wie eine dunkle Wand auf den Eingang der Gruft zu. Sarah wirbelte herum, versuchte ihr Glück beim nächstbesten Uniformierten.

»Was ist los?«, brüllte sie ihm entgegen. Er schüttelte den Kopf und versuchte gleichzeitig mit zwei Kollegen, die Presseleute weiter nach hinten zu drängen. »Bitte gehen Sie zurück.« Kein Journalist am Absperrband bewegte sich. Sie wussten, wenn es der Polizei gelang, sie bis zur Johannesgasse zurückzudrängen, konnten sie nichts mehr sehen. Das Risiko, dass hier gleich alles in die Luft flog, mussten sie eingehen. Die hohen Gebäude, die die Gasse säumten, würden ihnen hoffentlich genug Schutz vor herumfliegenden Teilen bieten.

»Doch ein möglicher Anschlag?«, versuchte es Sarah erneut und erntete wieder ein Kopfschütteln.

Zwei Wega-Beamte mit einem Rot-Kreuz-Koffer liefen Richtung Grufteingang. Sarah wusste, dass einige Polizisten der Sondereinheit eine Sanitätsausbildung absolvierten. So vermied man, Rot-Kreuz-Mitarbeiter in den Gefahrenbereich schicken zu müssen.

»Ich glaub, da ist etwas passiert«, raunte Sarah Simon zu. Sie ärgerte sich, nicht näher heranzukommen. Simons Kamera klickte. Im nächsten Moment überschwemmte ein ganz bestimmtes Gerücht den gesamten Platz: In der Kaisergruft fielen Schüsse.

»Verdammter Mist.«

Sarah lief es trotz der Hitze kalt über den Rücken. Wer zum Teufel hatte da geschossen? Die automatische Schiebetür ging auf. Die Cobras stürmten hinein. Sarah versuchte, an Informationen zu kommen. Doch niemand schien Bescheid zu wissen, und die Pressesprecherin war nirgends zu sehen. Sie rief Patricia an.

»Die Cobra stürmt die Gruft.«

Sie hörte Tippgeräusche. »Auf Facebook hat jemand gepostet, dass die Gruft explodiert sei.«

»Blödsinn. Hier heißt es, Schüsse sind gefallen. Explodiert ist nix.«

»Hast recht! Die Polizei hat soeben auf Twitter die Schüsse in der Gruft bestätigt. Die sind echt schnell.«

»Klar sind die schnell. Die bekommen ihre Informationen ja auch aus erster Hand.« Sarah kannte den Raum im oberen Stockwerk der Landespolizeidirektion, in dem sich jetzt gerade einige Beamte um die Meldungen in den Online-Foren kümmerten.

»Wart! Da fragt jemand auf Facebook, ob es stimmt,

dass der Geiselnehmer fliehen konnte. Weißt du etwas darüber?«

»Nein. Ruf sofort die Pressestelle in der LPD an, frag nach und gib mir so schnell wie möglich Bescheid«, bat sie, wischte über den roten Knopf auf ihrem Handydisplay und überlegte, wie der Maskierte entkommen sein könnte. Gab es in der Gruft einen Hinterausgang?

Die beiden Polizeisanitäter verschwanden im Inneren des Gebäudes. Sarah sah auf die Uhr. Es war halb zwölf, sie stand seit einer halben Stunde untätig herum. Die beiden Uniformierten hatten es aufgegeben, die Journalisten zu verdrängen. Sie begnügten sich damit, die Absperrung zu sichern.

Fünfzehn Minuten später tauchte einer der beiden Sanitäter mit einer Frau wieder auf. Merk dir, wie sie aussieht, ermahnte sich Sarah stumm. Sie registrierte glatte, braune, schulterlange Haare. Geschätztes Alter: Anfang zwanzig. Kleidung: hellgrauer knielanger Rock und eine ärmellose beige Bluse. Sarah lugte ums Eck. Der Wega-Sanitäter bugsierte sie in den Krankenwagen beim Donnerbrunnen. Zwei weitere Polizisten in Zivil stiegen zu. Der Wagen fuhr jedoch nicht ab. Wer war die Frau? Eine Touristin? Die Kassiererin? Die Täterin? Sie sah niemanden, der ihr diese Frage hätte beantworten können.

Die Kameramänner filmten, die Fotografen schossen Bilder. Die Wagentür schloss sich.

Ihr Handy läutete: Patricia.

»Und?«

»Die sagen nichts. Du weißt doch, wie das ist. Sie mögen es nicht, wenn Journalisten genau in dem Moment anrufen, wo etwas passiert. Sie müssen erst sondieren, was und wie viel an die Öffentlichkeit kann. Nur die Flucht des Täters haben sie mir gegenüber und auch auf Facebook schon dementiert. Man glaubt nicht, welchen Scheiß die Leute angeblich beobachtet haben wollen«, knurrte sie bissig. »Und wir sollen innerhalb kürzester Zeit auseinanderklauben, was stimmt und was nicht.«

Sarah ließ während des Telefonats das offen stehende Gittertor zur Gruft nicht aus den Augen. Seit der Stürmung schien eine Ewigkeit vergangen zu sein.

»Vorhin sind auch zwei Polizeisanitäter runter. Einer von ihnen kam mit einer Frau zurück. Die sitzt jetzt im Krankenwagen. In Begleitung von zwei Kriminalpolizisten. Sie wird sicher gleich einmal befragt. Der zweite Wega-Sanitäter ist unten geblieben. Das bedeutet wahrscheinlich, dass es zumindest einen Verletzten gibt. Ich melde mich wieder, sobald ich mehr weiß.«

Sarah schaute auf die Uhr. Es war drei Minuten vor zwölf. Wenige Augenblicke später hörte sie die Glocken der Peterskirche und gleich danach jene des Stephansdoms läuten.

Der Krankenwagen fuhr ab. In dem Moment kam ihr eine Idee. Sie nahm erneut ihr Handy zur Hand und rief ihren Bruder an. Chris absolvierte im Rahmen seines zu Ende gehenden Medizinstudiums das Klinische Jahr im größten Krankenhaus Wiens. Sarah war sich sicher, dass sie die Frau aus der Kaisergruft ins AKH bringen würden.

»Du hast Glück«, meldete sich Chris. »Ich hab grad Pause. Du hast zwei Minuten, dann muss ich zurück und mein Handy wieder ausschalten.«

Sarah erklärte ihm, was passiert war.

»Und jetzt willst du, dass ich den Namen der Frau herausfinde?«, erriet Chris. »Ich fass es nicht!«

»Wenn du das sagst, klingt es wie ein Verbrechen.«

»Es ist eine Art Verbrechen, Sarah. Ich mache dieses Jahr meinen Abschluss, und wenn ich für dich herumschnüffle, kann ich auch gleich meine Karriere abschreiben, die noch nicht mal begonnen hat.«

»Du brauchst nur einen Blick auf die Anmeldung zu werfen, im Vorbeigehen.« Sie beschrieb ihm die Frau.

Chris legte auf.

Verflixt. Sie wusste, dass es falsch gewesen war, ihn darum zu bitten. Aber etwas anderes war ihr auf die Schnelle nicht eingefallen. Sie schrieb ihm eine SMS: *Tut mir leid, vergiss es!*

Die Pressesprecherin tauchte wieder auf und stellte sich vor das Absperrband. Sie sah nicht glücklich aus.

5

Maria Baldauf nahm das Mehl aus dem Kasten, wog es ab und rührte es anschließend unter den Teig. Sobald Patrick nach Hause käme, wäre der Kuchen fertig. Ein Marmorkuchen, den mochte er, so wie er es mochte, wenn die gesamte Wohnung nach Mehlspeisen duftete, nach Gemütlichkeit und Familie. Und sie mochte Tage wie heute. Tage, an denen sie sich ausschließlich ihrer Familie widmen konnte. Für sie waschen, putzen, kochen und backen. Nicht hinter der Wursttheke im Supermarkt stehen und übellaunige Kunden ertragen. Die Leute wurden von Jahr zu Jahr unfreundlicher, bellten ihre Bestellung über die Glasvitrine wie tollwütige Bestien und behandelten Verkäuferinnen wie Leibeigene. Wann hatte das eigentlich angefangen, dass man sich nicht mehr grüßte? Dass man sich gegenseitig anknurrte wie Hunde, die ihr Revier verteidigten? Sie wusste es nicht. Die Verrohung der Menschheit war schleichend dahergekommen. Aber zum Glück konnte sie schon bald in Pension gehen und würde den Supermarkt danach nur mehr als Kundin betreten. Als freundliche Kundin, die die Arbeit der Angestellten wertschätzte. Zumeist Frauen, die für einen Hungerlohn viel leisteten.

Als es an der Tür läutete, blickte sie überrascht auf die Uhr. Wer störte an einem Dienstagvormittag? Die meisten Nachbarn waren bei der Arbeit, und Freundinnen, die unangemeldet auftauchten, hatte sie keine. Hanna, ihre Tochter, und ihr Schwiegersohn Konrad hatten mit ihrer Enkelin Amelie schon morgens bei ihr vorbeigeschaut, auf dem Weg zum Schwimmen. In Urlaub fahren war dieses Jahr für ihre Tochter mit Familie nicht drin gewesen. Der Hauskauf erschien wichtiger.

Sie wischte sich die Finger an einem Geschirrtuch ab und ging den Flur entlang bis zur dunkelbraunen Eingangstür. Ein Blick durch den Spion machte sie stutzig.

Polizei?

Im Bruchteil einer Sekunde durchrasten beängstigende Gedanken ihr Gehirn.

Otto hatte einen Autounfall! Unsinn! Deshalb würden sie nicht zu ihr kommen. Ihr Freund wohnte nicht bei ihr.

Patrick ist vor die Straßenbahn gelaufen! Hanna und der Kleinen ist etwas passiert! Konrad klammerte sie aus, dem passierte nie etwas.

Sie drehte den Schlüssel im Schloss herum und öffnete mit einem Lächeln im Gesicht, das sie normalerweise für liebenswerte Kunden aufsetzte, die Tür. In diesem Moment war es eine Beschwichtigungsgeste. Einer ergeben lächelnden Frau überbrachte man keine schlechten Nachrichten.

»Frau Baldauf?« Eine junge Frau in Uniform, schätzungsweise Mitte dreißig, sah sie mit ernster Miene an. Zwei Schritte hinter ihr stand ein Mann, ebenfalls in Uniform. Sein Gesichtsausdruck verhieß nichts Gutes.

»Ja?«

»Ist Ihr Sohn zu Hause?«

Die Frage passte nicht zu einem Unfall. »Warum?«

»Ist er zu Hause?«

»Er hat heute ein Vorstellungsgespräch«, erklärte Maria. Sie wollte erwähnen, dass sie deshalb gerade einen Kuchen für ihn backe. Endlich ein Vorstellungsgespräch! Das war mehr, als das gesamte letzte Jahr hergegeben hatte.

»Wo stellt er sich vor?«

»Ich bin mir sicher, dass er den Job bekommt«, fuhr sie fort, die Frage ignorierend.

»Das heißt, er ist nicht da?«

»Es schaut gut aus, das hat er mir heute Morgen noch gesagt, bevor er losfuhr.« Warum in Herrgotts Namen erzählte sie das? Danach hatte man sie doch gar nicht gefragt.

»Dürfen wir reinkommen?«

Was, wenn sie Nein sagte? Sie wollte nicht, dass jemand ihren glücklichen Backtag mit schlechten Neuigkeiten verdarb.

»Bitte!« Sie trat einen Schritt zurück. Die Uniformierten traten ein.

»Können wir uns irgendwo setzen?«

So schlimm war es also, dass sie sich setzen sollte, bevor man ihr mitteilte, was geschehen war? Hitze stieg ihr ins Gesicht.

»Ich backe gerade einen Kuchen, der muss zuerst noch in den Ofen. Dann können wir uns setzen.« Wieder sprach sie schnell, während sie in der Küche verschwand und die Kastenform mit dem Teig in den Backofen schob. Sie hatte die Tür zum Flur offen stehen lassen. Die Polizisten beobachteten sie.

»Möchten Sie einen Kaffee?«

»Nein danke. Frau Baldauf, können wir jetzt mit Ihnen reden?«

»Natürlich.« Sie führte die beiden ins Wohnzimmer. Die Rollos waren zur Hälfte heruntergelassen. Die Sonne erhellte dennoch den gesamten Raum. Es war heiß. Sie zeigte auf eine abgesessene beige Couch. Plötzlich schämte sie sich für den abgewohnten Zustand der Wohnung. Aber es war sauber, roch nach Putzmittel, und ihre Haare waren frisch gefärbt. Blond und ähnlich geschnitten wie jene von Christiane Hörbiger. Die sah sie so gern im Fernsehen. Die Frisur war jedoch das Einzige, was sie mit der Schauspielerin verband, denn im Gegensatz zu ihr hatte sie fünfzehn Kilo zu viel auf den Hüften. Das kaschierte sie mit weiter Kleidung, und sie lief nicht in abgetragenen Klamotten umher. Man sah ihr durchaus an, dass sie auf ein gepflegtes Erscheinungsbild Wert legte, obwohl sie nicht viel Geld besaß. Die Polizisten sollten nicht glauben, dass sie und ihr Sohn verwahrlost lebten. Sie setzten sich.

»Was ist denn eigentlich passiert?«, stellte sie die unvermeidliche Frage und wischte unsichtbare Brösel von der Sessellehne.

»Können Sie Ihren Sohn erreichen? Vielleicht am Handy?« Die Polizistin zeigte auf das Mobiltelefon auf dem Couchtisch. Der Mann hatte noch immer kein Wort gesagt.

Maria nahm es in die Hand, wischte nervös darauf herum. Warum sagte diese Polizistin nicht endlich, was los war? »Es funktioniert wieder mal nicht. Das passiert öfter, wenn ich zu schnell über das Display wische. Jedenfalls glaub ich, dass es daran liegt. Genau weiß ich es aber nicht.« Sie streckte den beiden das Handy entgegen, auf dem eine graue Uhr auf dem schwarzen Display zu sehen war. »Jetzt geht gar nichts mehr. Ich bekomm bei nächster Gelegenheit eines mit Tasten, das ist mir lieber.«

Der Polizist lächelte milde. »Darf ich Ihnen helfen?«

Maria reichte ihm das Mobiltelefon.

Der Mann drückte auf einen schmalen Knopf an der Seite und hatte kurz darauf Patricks Telefonnummer in den Kontakten gefunden.

»Darf ich?«

Maria nickte.

»Mailbox«, sagte er wenige Augenblicke später zu seiner Kollegin.

»Ich hab ihm gesagt, dass er es auf gar keinen Fall eingeschaltet lassen soll, beim Gespräch mit dem Personalchef. So etwas gehört sich nicht«, erklärte Maria stolz. Endlich einmal hatte der Bub getan, worum sie ihn gebeten hatte. Der Polizist legte das Telefon auf den Tisch zurück. Seine Kollegin atmete tief ein. Offensichtlich fiel es ihr schwer auszusprechen, was sie zu sagen hatte. Marias Herz pochte bis zu den Schläfen. Kopfschmerzen kündigten sich an.

»Ein Mann hat sich in der Notrufzentrale gemeldet und behauptet, er sei Patrick Baldauf.« Die Polizistin schluckte. »Er erklärte, in den nächsten Minuten ein schweres Verbrechen begehen zu wollen.«

Maria hielt einen Moment lang die Luft an, dann lächelte sie. »Das ist doch ein Scherz.« Ihr überraschter Blick wanderte zwischen den Polizisten hin und her. »Sie erlauben sich einen Scherz mit mir. Hat Patrick Sie geschickt? Sie sind Freunde von ihm. Geben Sie's zu! Er will mich pflanzen … das macht er gern. Ich soll glauben, dass er etwas Unrechtes tut, und dann kommt er zur Tür rein und erzählt von der Arbeit, die er soeben bekommen hat.« Sie lachte unsicher, versuchte, in den Gesichtern ihrer Besucher zu lesen. Sie wollte etwas finden, das ihr verriet, dass sie recht hatte. Doch sie fand nichts. Sie erhob sich, wollte zur Tür gehen, schauen, ob Patrick davorstand und sich halb totlachte, weil er seine Mutter drangekriegt hatte.

»Bitte bleiben Sie sitzen, Frau Baldauf«, sagte der Polizist. »Wir erlauben uns keinen Scherz mit Ihnen.«

Maria schluckte. »Und wie kommen Sie ausgerechnet auf meinen Sohn? Es gibt sicher noch andere, die Patrick Baldauf heißen.«

»Wir sprechen mit allen, die so heißen, das sind allerdings nicht viele.«

Das Lächeln verschwand nun endgültig aus Marias Gesicht. »Dann hat sich jemand einen bösen Scherz mit Ihnen erlaubt. Mein Sohn sitzt bei dem Vorstellungsgespräch und …«

»Ihr Sohn ist vorbestraft.«

Da war er, der Satz, auf den sie bereits gewartet hatte. Sie spürte Wut. Klar, für diese Leute war einmal kriminell immer kriminell.

»Wissen Sie denn zumindest, wo er sich vorstellt?«, wiederholte die Polizistin die Frage von vorhin.

Maria schüttelte den Kopf.

»Besitzt Ihr Sohn eine Waffe?«

»Der Kuchen!«

6

Wir haben die Bestätigung für drei Tote. Leider kennen wir weder ihre Identität noch wissen wir, ob der Täter darunter ist«, gab Sarah an Patricia weiter, während sie neben Simon Richtung Stephansplatz lief. »Es kann genauso gut sein, dass die Frau, die sie herausgeführt haben, die Täterin ist«, wiederholte sie. »Die Polizei hält sich bedeckt. Wir wissen aber inzwischen, dass, kurz bevor die Touristen Alarm schlugen, ein Anruf beim Notruf einging und ein Mann ein schwerwiegendes Verbrechen angekündigt hat. Im Moment wird überprüft, ob es da einen Zusammenhang gibt. Klemm dich mal hinters Telefon, vielleicht bekommst du mehr raus. Ich bin in einer halben Stunde in der Redaktion.«

Sie legte auf. Erst auf Höhe der U-Bahn-Station Stephansplatz konnte sie vereinzelt wieder Touristen ausmachen. Die Sperre der Kärntnerstraße und des Grabens war aufgehoben. Zwei Uniformierte rollten die Absperrbänder langsam wieder ein, und der Trubel kehrte zögernd zurück. Warum nur lief man bei einer derartigen Hitze durch die Stadt? Sie selbst wünschte sich an die Donauinsel, mit einem Eis in der Hand und den Füßen im Wasser. In dem Moment kam ihr eine Idee.

Als sie in die U3 einstiegen, bat sie Simon, Patricia Bescheid zu geben, dass sie später in die Redaktion komme. Er nickte, stellte keine Fragen. Das mochte sie an dem wortkargen Kollegen. Details interessierten ihn selten.

Am Westbahnhof stieg sie in die U6 um und fuhr bis zum AKH. Gut möglich, dass sie die Frau noch im Krankenhaus antraf. Sollte es sich tatsächlich um die Täterin handeln, würde sie von Polizisten bewacht werden. War sie nicht die Täterin, hatte man sie möglicherweise inzwischen sich selbst überlassen. Einen Versuch war es wert. Sie hoffte jedoch, nicht ihrem Bruder über den Weg zu laufen. Der war sicher noch sauer auf sie.

Bereits auf der Fußgängerbrücke über die innere Gürtelhauptfahrbahn scannte sie die ihr entgegenkommenden Menschen. Sie konzentrierte sich auf braune glatte Haare, einen hellgrauen Rock und eine beige ärmellose Bluse. Während sie mit der Rolltreppe zum Haupteingang hinunterfuhr, rief sie in Gedanken Fortuna an, ihr gnädig zu sein.

In der Eingangshalle blieb sie stehen, orientierte sich an der farbigen Beschilderung. Danach schweifte ihr Blick von den Bänken in der Mitte der Halle über den Blumenladen und den Bäcker hinüber zur erhöhten Portiersloge. In dem Moment tauchte die Gesuchte neben dem Empfangsbereich auf. Sie war allein. Keine Polizei. Sarah bedankte sich stumm bei der Glücksgöttin und steuerte auf die Fremde zu. Dann sah sie die beiden Kriminalbeamten. Sarah blieb stehen. War sie etwa doch die Täterin? Würde man sie in dem Fall nicht in Handschellen abführen? Nein. Die beiden Männer verabschiedeten sich. Sarah setzte langsam ihren Weg fort.

»Entschuldigung«, sprach sie die Frau an. Aus der Nähe betrachtet bemerkte Sarah einen roten Schimmer in den braunen schulterlangen Haaren. »Sie waren doch in der Kaisergruft heute Vormittag?«

Ein misstrauischer Blick.

»Die Geiselnahme«, ergänzte Sarah und setzte sie mit wenigen Worten darüber in Kenntnis, wer sie war. »Ich war vor Ort. Haben die Kriminalbeamten Sie befragt?« Sarahs Blick wanderte zum Ausgang. Die beiden waren verschwunden. Sie wandte sich wieder um.

Die Frau nickte. »Schon im Krankenwagen vor der Gruft. Ins Krankenhaus sind sie nur mit, weil … ich wollte nicht allein sein und wusste nicht, wen ich auf die Schnelle anrufen soll. Meine Mutter hätte der Schlag getroffen. Ich hab ihr eine SMS geschrieben, dass es mir gut geht.« Sie streckte Sarah die Hand entgegen. »Maja Petrovic. Ich saß hinter der Kassa.« Ihre Stimme klang klar. »Sie arbeiten beim *Wiener Boten*?«

Sarah nickte. »Ich will aber keine reißerische Story schreiben, falls Sie das befürchten. Ich wüsste nur gerne, wie Sie sich fühlen und was da unten passiert ist.«

Maja Petrovic sah Sarah eine Weile nachdenklich an, als wöge sie ab. Gut gegen Böse. Ja gegen Nein. Vorteil gegen Nachteil.

»Jetzt gleich?«

»Ja … gerne«, sagte Sarah ein wenig überrascht. Sie hatte sich auf eine Abfuhr eingestellt. Darauf, die Frau überreden zu müssen, mit ihr zu sprechen. Das war man als Journalistin in solchen Situationen gewohnt. »Geht es Ihnen gut? Ich meine, Sie stehen sicher noch unter Schock.«

Die junge Frau schüttelte den Kopf. »Ich fühl mich … Wie beschreib ich es am besten? Ein wenig … also, irgendwie fremd, aber nicht geschockt. Sie haben mir

Medikamente gegeben. Die Ärzte meinen, die Panikattacken kommen möglicherweise in den nächsten Tagen. Dann schluck ich das Zeug.« Sie zog eine Packung Tabletten aus ihrer Tasche, schüttelte sie demonstrativ und schob sie wieder zurück. »Im Moment bin ich einfach nur froh, überlebt zu haben. Komisch ist bloß, dass hier draußen …« – ihr Blick schwirrte umher – »alles so normal weiterläuft. Verstehen Sie? Eigentlich müsste sich etwas verändert haben, glaubt man, und trotzdem ist alles, wie es war.«

»Nur dass drei Menschen tot sind«, ergänzte Sarah. »Und Sie miterleben mussten, wie es passiert ist.«

»Hm«, machte die Frau. »Ich brauch dringend einen Kaffee. Sie auch? Ich bin völlig erledigt.« Sie seufzte erschöpft.

Das Café Clinicum lag am Ende des Gangs. Sie nahmen an einem der Marmortische Platz. Die junge Frau bestellte eine Melange und Sarah ein großes Glas Soda-Zitrone. Ihre ausgetrocknete Kehle lechzte nach kühlem Nass.

Maja Petrovic kramte in ihrer Handtasche, holte eine Visitenkarte hervor. »Wenn ich Ihnen schon erzähle, was da unten passiert ist, dann möchte ich Sie auch um etwas bitten.« Sie legte die Karte auf den Tisch. »In der Kapuzinergruft arbeite ich nämlich nur nebenbei. Ich studiere Geschichte und Publizistik im Magisterstudium und bin auf der Suche nach einem Praktikumsplatz. Der *Wiener Bote* wäre perfekt.«

Sarah verkniff sich ein breites Grinsen. Der Schock, dem Tod von der Schaufel gesprungen zu sein, saß bei der jungen Frau offenbar nicht sehr tief.

»Klar, ich rede mit meinem Chef.« Sarah steckte die

Karte ein und holte ihren Notizblock hervor. »Dafür hätte ich Ihr Interview aber gerne exklusiv.«

Maja schürzte kurz die Lippen. »Gut«, ließ sie sich schließlich darauf ein. »Sagen Sie ruhig Maja und du zu mir.«

Sarah streckte ihr abermals die Hand entgegen. »Okay. Ich bin die Sarah.«

»Also, was willst du wissen?«

»Wie hat sich das heute abgespielt?«

Maja fuhr sich mit der Hand über den Oberarm, als fröre sie, und schüttelte unmerklich den Kopf. »Im Nachhinein betrachtet war es eigenartig, wie ein Film, der vor einem abläuft.«

Die Getränke kamen. Maja rührte mit dem Löffel die geschäumte Milch in den Kaffee ein.

»Als ich die Totenkopfmaske vor meiner Kabine gesehen habe, dachte ich, da erlaubt sich jemand einen geschmacklosen Scherz. Doch als der mit einer Pistole herumgefuchtelt hat und meinte, ich soll die Tür schließen …« Sie brach ab.

»Hast du gleich erkannt, dass es ein Mann war?«

»Natürlich, die Stimme, sie gehörte eindeutig zu einem Mann. So etwas hört man doch«, sagte die Studentin nachdrücklich. »Ich hab dann das Gittertor und die Glasschiebetür verschlossen. Die Monitore in meiner Kabine musste ich ausschalten, derweil sind die doch nur zur internen Beobachtung da. Falls was passiert, weiß ich gleich, in welchem Teil der Gruft. Es wird nichts aufgezeichnet. Das hab ich dem Kerl auch erklärt. Er wollte trotzdem, dass ich sie ausschalte. Wahrscheinlich hat er mir nicht geglaubt.« Wieder schüttelte sie den Kopf.

»Was war mit dem Paket, das er im Eingangsbereich abgestellt hat?«

»Keine Ahnung. Er hat es hingestellt und ist dann mit mir runter. Er hat mich vor sich hergetrieben und mir immer wieder gegen den Oberarm geschlagen, damit ich schneller gehe.« Sie klang auf einmal wütend. »Er meinte, wenn ich mich ruhig verhalte, bin ich ihn in zehn Minuten wieder los. Ich hab nicht rechts und links geschaut, nur geradeaus, den Sarkophag von Kaiserin Maria Theresia und Kaiser Franz Stephan im Blick.«

Ausgerechnet, dachte Sarah. Der Monarchin schenkten die Medien seit Beginn des Jahres anlässlich ihres dreihundertsten Geburtstages viel Aufmerksamkeit. Die Frau war schon zu Lebzeiten ein Mythos.

»Dort steht auch der Sarg von Maria Elisabeth«, fuhr Maja fort. »Die erste Tochter der beiden. Sie ist nur drei Jahre alt geworden. Und auch der Sarg der kleinen Christine. Die Tochter von Erzherzogin Maria Christine und Albert von Sachsen-Teschen. Die Kleine starb einen Tag nach der Geburt. Ich hab zwanzig Jahre mehr auf dieser Welt gehabt, hab ich mir in dem Moment gedacht.« Sie machte eine kurze Pause. Ihr Blick wanderte umher und blieb wieder bei Sarah hängen. »Neben dem Sarkophag waren dann dieser Mann und die Frau.« Sie senkte den Blick, rührte in ihrem Kaffee herum.

»Die, die er erschossen hat?«, hakte Sarah nach, obwohl ihr das klar war. Die Polizeisprecherin hatte später von vier Personen gesprochen, die sich zu dem Zeitpunkt in der Gruft aufhielten. Sarah wollte gerne viele Fragen auf einmal stellen, hielt sich jedoch zurück, weil sie ahnte, dass alles andere die Studentin im Moment überforderte. Der Löffel schlug gegen den Tassenrand. Majas Blick verriet, dass sie doch nicht so abgebrüht war.

»Kannten sich die Opfer, deiner Meinung nach? Waren sie gemeinsam gekommen?«

»Keine Ahnung, ob sie sich kannten. Zusammen sind sie jedenfalls nicht gekommen. Sie tauchte kurz nach ihm auf.«

»Hattest du das Gefühl, dass der Täter das von Beginn an so geplant hat, wie es gekommen ist?«

Maja zuckte mit den Achseln. »Wenn ich ehrlich bin, hab ich gar nicht so sehr darauf geachtet, was um mich herum passiert ist. Ich hatte furchtbare Angst.« Wieder rührte sie in ihrer Melange herum. Sie hatte noch keinen Schluck getrunken. Sarah übte sich in Geduld, obwohl sie vor Ungeduld schier platzte. Ihr Glas war inzwischen leer. Sie bestellte noch ein Getränk.

»Es war so unwirklich, als wäre man in einem Albtraum gefangen und hofft, endlich aufzuwachen. Wir sind vor diesem mächtigen Doppelsarkophag auf dem Boden gesessen. Und weißt du, was ich mir da gedacht habe?«

Sarah schüttelte den Kopf, obwohl ihr die Bemerkung auf der Zunge lag, dass Maja ganz schön viel dachte, trotz der Todesangst.

»Wahnsinn, ich sterbe, und das Letzte, was ich zu sehen bekomme, sind Särge. Aber wenigstens hauchst du dein Leben in einem barocken Mausoleum aus, hab ich gedacht. Und dann hab ich mich gefragt, ob sie eine Gedenktafel mit meinem Namen an der Stelle aufhängen. Dann hab ich überlegt, ob die Arbeit, die ich letzte Woche auf der Uni abgegeben hab, eigentlich noch benotet wird, wenn ich tot bin.« Sie lächelte gequält. »Schon komisch, was einem in so einer Situation alles durch den Kopf geht.«

»Darf ich das im *Wiener Boten* zitieren?«

Maja Petrovic nickte. »Wenn du willst.«

»Was hat der Mann mit der Maske gesagt?«, kam Sarah wieder auf den Täter zurück.

»Ich kann mich gar nicht richtig daran erinnern. Irgendwas von wegen, wir sollen uns hinsetzen und den Mund halten. Ich fand das irgendwie skurril, denn der andere Mann saß ja schon auf einem Stuhl.«

»Ein Stuhl? Wer bitte nimmt einen Stuhl mit in die Gruft?«

»Der war öfter da, hat die Särge gezeichnet. Neben ihm lagen sein Zeichenblock und Bleistifte auf dem Boden, nachdem er …« Sie brach ab, legte endlich den Löffel ab und nahm einen Schluck Kaffee. »Der Typ mit der Pistole hat eine Weile nur dagestanden und die Frau angesehen. Dann hat er dem Mann die Waffe an die Schläfe gehalten und ihm etwas zugeflüstert. In dem Moment hab ich den Kopf eingezogen, die Augen geschlossen und nur mehr gebetet, doch noch irgendwie aus der Situation rauszukommen.«

»Das heißt, du hast nicht gesehen, wie er abgedrückt hat.«

»Nein, hab ich nicht. Ich hab nur den Schuss gehört und, warum auch immer, die Augen geöffnet. Unmittelbar vor mir ist der Mann gelegen. Um seinen Kopf herum war Blut, so viel Blut, und sein Blick war starr gegen die Decke gerichtet. Einfach grauenhaft.« Wieder rührte sie in ihrer Melange herum. Sarah hätte ihr gern den Löffel weggenommen. Das Geräusch des Löffels, der gegen die Tasse schlug, trieb sie allmählich in den Wahnsinn.

»Was ist dann passiert?«

»Die Frau hat geschrien. Idiot, hat sie geschrien. Du bist ein vollkommen durchgeknallter Idiot. Immer wieder. Und sie meinte, dass oben sicher schon die Polizei auf ihn warte und ihn erschießen werde, sobald er die Gruft verlasse. Und er soll aufgeben, solange er noch die Möglichkeit dazu habe, man könne doch über alles reden oder eben … Peng! Aus die Maus, hat sie ihn angebrüllt. Er hat eine Weile nur dagestanden und auf den Toten gestarrt. So, als hätte er erst jetzt realisiert, was geschehen war. Dann hat er geschrien, sie soll den Mund halten. Sie soll endlich die Goschen halten, hat er geschrien. Aber nachdem sie nicht aufgehört hat, ist ihm irgendwie die Sicherung durchgebrannt. Er hat auf sie gezielt und abgedrückt. Einfach so.« Sie formte aus Zeigefinger und Daumen eine Pistole. »Ich dachte, jetzt bin ich dran, und hab die Augen wieder ganz fest zusammengepresst. Ich hatte so panische Angst und permanent das Gefühl, mich gleich übergeben zu müssen. Aber dann waren da auf einmal Schritte. Er ist nach oben gelaufen … Ich dachte, jetzt ist es vorbei, jetzt haut er ab. Ich war wie gelähmt, konnte mich nicht bewegen, nur die Augen öffnen. Das konnte ich. Ich hab nur die zwei Toten angestarrt. Ich konnte nichts tun. Verstehst du? Ich hab versucht aufzustehen, etwas zu sagen, aber es ist mir nicht gelungen.« Ihr Blick glich jetzt dem eines verwundeten Tieres. Sarah hätte sie am liebsten in den Arm genommen.

»Ich weiß nicht, wie lange das alles gedauert hat. Die Zeit ist irgendwie verrutscht … jedenfalls ist er zurückgekommen.« Sie verstummte, biss sich von innen nervös in die Wange.

»Und?«

»Er hat die Maske abgenommen ... Ich hab vor lauter Angst keinen Mucks herausbekommen, hab nur gedacht, jetzt ist es doch vorbei. Jetzt erschießt er dich, du hast sein Gesicht gesehen. Aber er hat nur gesagt, dass der ganze Platz voller Polizisten ist. Spezialeinheit, hat er gemurmelt ... und dann ist er gegangen und hat sich in der Neuen Gruft erschossen.« Sie schüttelte den Kopf und nahm den Löffel wieder zur Hand. »Es ist so absurd. Da stehst du morgens auf, gehst in die Arbeit, und eine Stunde später sind drei Menschen tot. Das kann's doch nicht geben.«

»Hat der Täter einen der beiden mit Namen angesprochen?« Sarah hoffte, so die Identität der Opfer herauszubekommen.

»Nein.«

»Glaubst du, ahnten die Frau oder der Mann, wer hinter der Maske steckt?«

»Nein, glaub ich nicht.« Sie nahm einen Schluck. »Warum macht jemand so etwas? Man hat mir gesagt, dass der Kerl nicht viel älter war als ich. Warum wirft der sein Leben weg?«

Sarah griff nach der Hand der Studentin, drückte sie mitfühlend, während sie dachte: Dass plötzlich Polizei am Neuen Markt aufgetaucht war, hat ihn offenbar überrascht. Da ist irgendwas schiefgegangen. Er hat das so nicht geplant.

»Aber weißt du, was ich irgendwie absurd fand?«, riss Maja Sarah aus ihren Gedanken. »Auf dem Sarg von Karolina Augusta lag plötzlich ein Totenschädel.

Der bestand aus lauter kleinen Totenschädeln. Das sah echt gruselig aus, auch wenn er nur aus Plastik oder so etwas in der Art war.« Sie zog die Schultern zurück. »Den muss er dorthin gelegt haben, bevor er sich das Leben nahm.«

7

Auf dem Weg zum *Wiener Boten* schrieb Sarah Patricia eine SMS. Sie wollte in einer halben Stunde in der Redaktion sein und bat ihre Kollegin, eine Teambesprechung einzuberufen. In der U-Bahn speicherte sie Majas Telefonnummer in ihren Kontakten ab und kritzelte danach den Anfang ihres Artikels auf den Notizblock.

Im *Wiener Boten* ging sie direkt zur Toilette. Sie drehte den Kaltwasserhahn auf, zupfte Papiertücher aus dem Behälter, hielt sie unter den Strahl und legte sie sich in den Nacken. Dann hielt sie die Handgelenke unter das kühle Nass. Eine Weile stand sie einfach nur da und spürte, wie ihr Körper allmählich wieder auf Normaltemperatur abkühlte. Sie nahm das Papier vom Nacken, warf es in den Mülleimer, spritzte sich noch etwas kaltes Wasser ins Gesicht und verließ die Toilettenräume wieder. Am Flur zog sie eine Flasche Wasser aus dem Automaten, trank gleich gierig ein paar Schlucke und machte sich auf den Weg zu Davids Büro. Sie war sicher, dass ihr Lebensgefährte den Tag im Redaktionsgebäude verbrachte. Er hatte morgens Jeans und T-Shirt angezogen. Anzug und Hemd hätten einen wichtigen Termin angezeigt. Zudem standen im August selten bedeutende Termine an. Die halbe Stadt war in Urlaub. Im Vorzimmer begrüßte sie Gabi mit zwei Küssen auf die Wange. Davids Sekretärin wischte sich eine blonde Locke aus der Stirn. »Ich hab das Gefühl, gegrillt zu werden. War's jemals so heiß in Wien?«

»Keine Ahnung. Ist er allein?« Sarah deutete mit dem Kopf Richtung Davids Bürotür.

»Ja.«

Sarah überlegte, Gabi ihren Fauxpas mit dem Anruf bei Chris im Krankenhaus zu gestehen. Immerhin war sie nicht nur ihre beste Freundin, sondern auch mit ihrem Bruder liiert. Sie verwarf den Gedanken, weil sie Gabis vorwurfsvollen Blick kannte und diesen im Moment nicht ertrug. Sie drückte die Klinke nach unten.

»Ich hab leider nicht viel Zeit für dich«, sagte sie beim Betreten des Büros, das im Halbdunkel lag. Die Jalousien der südseitigen Glasfront waren heruntergelassen. Im Sommer wurde es ansonsten unerträglich heiß in dem Raum. David sah von den Unterlagen auf und lehnte sich lächelnd im Stuhl zurück. »Ich mag es, wenn du gleich auf den Punkt kommst. Geschwafel ist mir ein Gräuel, wie du weißt.« Seine dunklen Augen blitzten amüsiert auf.

Sarah küsste ihn auf den Mund und legte die Visitenkarte der Studentin auf den Tisch. In knappen Worten erklärte sie, worum es ging. David griff danach. »Versprechen kann ich nichts.«

»Du bist der Herausgeber des *Wiener Boten*«, sagte Sarah in einem Tonfall, der keinen Widerspruch duldete. »Niemand in diesem Haus hat so gute Verbindungen zur Personalabteilung wie du.«

»Wenn du etwas von mir willst, vergesse ich manchmal, dass ich der Chef bin.« Er grinste und fuhr sich mit der Hand durch seine dunklen Haare.

»Ihre Story haben wir übrigens exklusiv, vielleicht beeinflusst das ja deine Entscheidung ein klein wenig.«

»Ich …«

»Sch…« Sie legte ihren Zeigefinger auf seine Lippen. »Denk einfach drüber nach. Ich muss dich jetzt leider wieder verlassen. Teambesprechung wegen der Geiselnahme in der Gruft. Ach ja«, sagte sie an der Tür. »Es wäre schön, wenn du heute einkaufen könntest. Der Kühlschrank ist leer, und ich komm garantiert nicht vor sechs oder sieben aus der Redaktion. Mein Chef macht Druck, er erwartet perfekt recherchierte Artikel, du verstehst?« Sie zwinkerte ihm zu.

»Ich wollte euch heute Abend alle zum Essen einladen, aber Gabi meinte, sie kocht etwas für uns.«

Sarah hob die Augenbrauen. »Gibt's was zu feiern?«

»Wie man's nimmt.«

»Gibst du mir einen Hinweis?«

»Um sieben bei dir. Sei pünktlich!«

Patricia und Stepan warteten bereits auf sie.

»Simon hat ein paar sensationelle Fotos geschossen. Tolle Arbeit, sag ich dir«, empfing sie der Ressortchef.

Sarah warf ihre Umhängetasche auf den Schreibtisch und ließ sich auf ihren Stuhl fallen. »Ihr könnt euch gar nicht vorstellen, was für eine Affenhitze es da draußen hat.« Sie trank die Wasserflasche leer und warf sie in hohem Bogen in den Abfalleimer für Plastikmüll. »Heute Morgen war's schon heiß, aber mittags, da gehst du ein wie eine Primel.«

Herbert Kunz, der Chef vom Dienst, betrat das Büro.

»Damit wären wir vollzählig«, verlautbarte Stepan

und klatschte in die Hände. »Lasst uns anfangen. Was ist unser Aufmacher morgen?«

»Geiselnahme in der Kaisergruft«, las Patricia die Headline vor. »In der Einleitung fassen wir die Fakten über die drei Toten in drei Zeilen zusammen.«

»Wir können im Teaser auch gleich erwähnen, dass einer davon der Täter ist«, sagte Sarah und berichtete von dem Gespräch mit der Kassiererin. »Das Interview mit ihr können wir auch gleich noch diese Woche bringen.«

»Gut kombiniert, Sarah«, lobte Kunz mit anerkennender Miene ihre Idee, ins AKH zu fahren.

»Noch dazu ein Exklusivinterview«, ergänzte Sarah stolz, um gleich darauf zu relativieren. »Wir wissen jetzt zwar, dass er zuerst den Mann und dann die Frau erschossen hat. Nur leider nützt uns das gar nichts, weil wir weder die Namen noch das Motiv kennen. Oder ist schon eine diesbezügliche Polizeimeldung gekommen?«

Patricia schüttelte den Kopf. »Heute um sechzehn Uhr gibt es eine Pressekonferenz. Bis dahin werden keine Meldungen mehr rausgegeben, hat man mich bei meinem letzten Anruf wissen lassen.«

»Gut, dann müssen wir eben warten«, seufzte Sarah.

»Kannst du nicht Stein anrufen?«, fragte Stepan.

»Hab ich versucht. Er hat mir eine SMS geschrieben, dass er keine Zeit hat und ich später anrufen soll«, sagte Sarah.

»Die Polizei weiß, wer die Opfer sind. Das bedeutet, es werden bald die Angehörigen informiert. Und ihr wisst: Irgendwer redet immer. Also, bleibt dran«, ordnete Kunz an und putzte seine rahmenlose Brille. »Ich will Hintergrundstorys und Erklärungen, keine abgetippten Pressemeldungen.« Kunz setzte die Brille wieder auf. »Aber das muss ich euch ja wohl nicht sagen.«

Sarah erzählte von dem Totenkopf auf dem Sarg.

»Warum trägt jemand einen Totenkopf bei sich?«, fragte Kunz. »Eine Art Todessehnsucht?«

Sarah antwortete nicht, sondern forschte intensiv im Internet nach. »Dacht ich mir's doch. Das Ding ist nichts Besonderes, das kann jeder bestellen. Den Kopf haben wahrscheinlich hundert andere Leute auch. Bringt also nichts, uns auf die Herkunft zu konzentrieren.«

»Warum der Totenkopf?«, hakte Kunz nach. »Weshalb legt er einen Totenschädel auf dem Sarg ab? Siehst du darin einen Sinn?« Kunz wusste um Sarahs Wissen über Symbolik und hatte das im Laufe der Zeit zu schätzen gelernt.

»Wäre der Totenschädel echt, könnte das auf eine Art Totenkult hindeuten. Körperteilen des Toten oder Dingen, die mit ihm oder ihr in Berührung standen, sagt ein alter Volksglaube Zauberkraft nach. Aber da der Totenschädel laut Maja Petrovic aus einer Art Kunststoff besteht, glaub ich nicht recht daran.«

»Wenn es kein Kult ist, woran denkst du dann?«, fragte Kunz ungeduldig, weil ihn Sarahs Antwort nicht zufriedenstellte.

»Der Totenschädel symbolisiert Unerschrockenheit, Härte, ist ein Zeichen des Krieges und des Kampfes und soll Todesandrohungen glaubhaft machen. Deshalb bilden ihn Piraten auch auf ihren Flaggen ab. Auch eine Panzerdivision der Waffen-SS hatte den Totenkopf als Truppenkennzeichen. Die Division war für ihre brutale und rücksichtslose Kriegsführung bekannt.« Auch wusste Sarah, dass der Totenkopf ein Zeichen der Freimaurer war. Und das Logo einer Studentenverbindung der Yale University, Skull & Bones, auch Bruderschaft des Todes genannt. Dadurch einen Zusammenhang zum Täter in der Kaisergruft herzustellen schien ihr jedoch zu weit hergeholt. Unterm Strich blieb der Fingerzeig Richtung Tod oder Gefahr. Aber warum legte er den Totenkopf erst nach der Tat auf den Sarg und hatte ihn nicht um den Hals hängen?

»Vielleicht ist es trotzdem ein Zeichen der Zugehörigkeit. Tragen nicht die Hells Angels Totenköpfe auf ihren Westen?«, mischte sich Stepan ein.

»Du denkst, dass er Mitglied der Rockerbande ist?« Kunz runzelte aufmerksam die Stirn.

»Hm«, brummte Sarah. »Wenn du recht hast, Günther, und der Täter Mitglied einer wie auch immer gearteten Gang war, werden wir seine Identität bald kennen. Solche Kerle plustern sich doch gerne auf wie Gorillas beim Drohgehabe.« Patricia grinste.

»Jedenfalls will ich, dass du in einer Glosse über die Symbolik des Totenkopfes schreibst. Direkt unter dem Bericht über das Attentat«, beendete Kunz das Thema. »Was haben wir noch?«

Sarah klickte die Seite mit den Totenköpfen weg und brachte die Sprache auf den Anruf, der kurz vor der Geiselnahme beim Notruf einging.

»Denkst du, dass das der Täter war?«, fragte Kunz.

»Es klingt irgendwie danach, und doch erscheint es mir eigenartig.« Sarah rief die Polizeimeldung auf ihrem PC auf. »Die Benachrichtigung über den Einsatz bekam ich um drei viertel elf. Laut Pressestelle ging der Anruf der aufgebrachten Touristen vor der Gruft zehn Minuten nach zehn ein. Zwei Minuten vor zehn kündigte jemand ein Verbrechen an. Leute, das ist kein Zufall. Das hat was miteinander zu tun. Ich bin mir nur nicht sicher, ob das wirklich der Täter oder ein Komplize war.« Sie griff nach dem Telefonhörer und wählte die Nummer der Polizeipressestelle und stellte sich wenige Augenblicke später einem Mann vor. Sie nannte den Grund ihres Anrufes und kam sofort auf den Punkt.

»Hat der Anrufer seinen Namen erwähnt?«

»Kein Kommentar.«

»Also hat er«, schlussfolgerte Sarah. »Kam der Anruf von einem Festnetzanschluss oder einem Handy?«

»Von einer Telefonzelle in der Innenstadt. Mehr kann ich Ihnen dazu nicht sagen.«

Sarah bedankte sich, legte auf und berichtete den anderen. »Warum ruft er von einer Telefonzelle aus an?«

»Er wollte nicht, dass die Polizei seine Nummer hat«, schlug Patricia vor.

»Wozu nennt er dann seinen Namen am Telefon?«

»Du vermutest, dass er das getan hat«, widersprach Kunz.

»Wie auch immer«, sagte Sarah und stand auf. »Ich fahr jedenfalls noch mal in die Innenstadt und schau mich um.«

8

Otto Sagen war gebaut wie ein Eishockeyspieler in voller Montur. Groß, breit, hundert Kilo schwer.

»Mein Bär«, nannte ihn Maria liebevoll. Zum Glück besaß er das Gemüt eines Koalas und nicht das eines Grizzlys. Zudem hatte er immer eine freie Schulter, an der man sich ausweinen konnte. Maria hatte ihn sofort angerufen, nachdem die Polizisten das Haus verlassen hatten. Otto war Außendienstmitarbeiter eines Unternehmens, das Verpackungsmaschinen für die Lebensmittelindustrie herstellte. Sie erreichte ihn auf der Autobahn. Er war gerade auf dem Weg zu einem Kunden in Fischamend, wenige Kilometer von Wien entfernt. Otto hatte ihrem Gestammel am Telefon besonnen zugehört, ihr gut zugeredet, versprochen, den Termin zu verschieben, und war augenblicklich umgekehrt.

Er sah stattlich aus in dem dunklen Anzug und dem weißen Hemd. Sein Businessoutfit, wie er es nannte. Wohler fühlte er sich in T-Shirt und Jeans. Ohne Rücksicht auf seine Kleidung hielt er sie in seinen Armen, fest an sich gedrückt, wiegte er sie sanft hin und her wie ein kleines Kind. Sie wünschte, dieser Augenblick könnte ewig für sie währen. Sie weinte herzzerreißend.

»Ach Liebling. Wie gerne würde ich dir den Schmerz abnehmen«, hauchte er mit seiner tiefen Stimme, die sie ebenso liebte wie seine sanftmütige Art. Sie waren erst seit zweieinhalb Jahren ein Paar. Maria fragte sich oft, wie sie die zwanzig Jahre nach dem Tod ihres Mannes ohne Otto überstanden hatte. Er brachte Ordnung in ihr Leben, und das nicht nur, weil er ein pedantischer Sauberkeitsfanatiker war. Er half ihr regelmäßig beim Putzen, derweil wohnte er nicht einmal bei ihr. Nur zwei Hemden und eine Hose von ihm hingen in ihrem Kleiderkasten, und eine Reisezahnbürste lag in ihrem Bad. Seit Kurzem dachte sie übers Zusammenziehen nach. Zu Beginn ihrer Beziehung hatte sie Angst vor Patricks Reaktion gehabt. Ihr Sohn war es gewohnt gewesen, seine Mutter ganz für sich zu haben, und er war ein Chaot. Doch Patrick und Otto hatten sich vom ersten Tag an verstanden. Es schien, als hätte Patrick nur darauf gewartet, endlich eine Art Ersatzvater zu haben. Otto war es sogar gelungen, Patrick hie und da ein schlechtes Gewissen zu machen. Er betonte immer und immer wieder, was sie, Maria, nicht alles für ihren Sohn tat und aufgab. Seitdem brachte ihr Patrick ab und zu Blumen mit. Die Frage, ob gekauft oder gestohlen, stellte sie nicht.

Otto lockerte die Umarmung, legte die Hände auf ihre Schultern, schob sie ein Stück von sich weg und küsste ihre rotgeweinten Augen.

»Vielleicht hilft es dir ein wenig, wenn du mit mir darüber redest und mir erzählst, was genau die Polizei gesagt hat, und ich hör einfach zu.«

Sie nickte, zog ein Taschentuch aus ihrer Jackentasche, putzte sich die Nase und begann, ausführlich zu erzählen. Otto schenkte ihr selbst dann noch seine ganze Aufmerksamkeit, als der Kuchen zum zentralen Gesprächsthema wurde.

»Natürlich hab ich der Polizei gesagt, dass das Blödsinn ist und Patrick selbstverständlich keine Waffe besitzt«, erklärte sie mit Nachdruck, als sie zu jenem Teil kam, bei dem sie erst einmal aufgesprungen war, um den Kuchen aus dem Ofen zu holen. Doch die Polizisten hatten die Frage nicht vergessen.

Otto hörte noch immer kommentarlos zu, nickte und forderte sie mit einer winzigen Geste auf fortzufahren. Sie spürte, dass sie das Reden tatsächlich langsam entspannte.

»Sie haben mich auch gefragt, ob sie sich in seinem Zimmer umsehen dürfen. Ich hab natürlich sofort nach dem Durchsuchungsbefehl verlangt.« Sie war stolz darauf, die Bürgerrechte ihres Sohnes verteidigt zu haben. Es war das erste Mal, dass sie sich der Obrigkeit widersetzt hatte. Normalerweise hielt sie sogar der Kassiererin im Supermarkt unaufgefordert die offene Einkaufstasche hin.

»Wo kämen wir denn da hin, wenn die einfach Patricks Sachen durchwühlen?«, sagte Maria streng.

»Genau, wo kämen wir da hin?«, wiederholte Otto verständnisvoll.

Gleich darauf schüttelte sie erneut ein Weinkrampf. »Was hab ich nur falsch gemacht? Warum ist der Bub nur so geworden?«

Wieder zog Otto sie in seine Arme. »Gib nicht dir die Schuld, Maria! Du hast nichts falsch gemacht. Patrick ist ein wunderbarer Mensch. Er hat sich lediglich die falschen Freunde ausgesucht.«

Maria nickte schwach an seiner Brust. Ja, das hatte er! Immer schon. In Wahrheit hatte sie der Polizistin von Anfang an geglaubt. Ihr war klar, dass es sich bei dem Anrufer um ihren Sohn handelte. Es wäre nicht Patricks erstes Delikt. Und als er morgens das Haus verlassen hatte, war da diese dunkle Vorahnung gewesen. Was, wenn der Tag nicht so lief, wie sie sich das vorstellte?

Eine unverbesserliche Pessimistin hatte Otto sie einmal lachend genannt. Wieder fühlte sie seine Hände auf ihren Schultern. Diesmal lotste er sie zum Küchentisch und drückte sie auf den Stuhl.

»Ich muss dir etwas gestehen, und es fällt mir nicht leicht.« Er schluckte verlegen. »Wenn ich geahnt hätte ... ich wäre doch niemals auf die Idee gekommen, dass ...« Er brach ab und sah sie aus traurigen Augen an.

»Was?« Angst schnürte ihr die Kehle zu.

»Patrick besitzt eine Pistole.«

Maria glaubte, ihr Herz bliebe stehen.

»Eine Schreckschusspistole, nichts Echtes«, hörte sie Ottos beschwichtigenden Tonfall, wie aus der Ferne. Augenblicklich sog sie Luft durch die Zähne. Das konnte doch nicht wahr sein! Was mutete ihr der Bub noch alles zu?

»Was sagst du da?« Sie richtete ihren starren Blick auf seine Augen, suchte nach Anzeichen, dass er sie auf den Arm nahm. Doch da war nichts. Nur eine unendliche Traurigkeit. »Woher ...«

»Woher ich das weiß? Er hat sie mir gezeigt. Natürlich hab ich ihn gefragt, was er damit will, und ihn inständig gebeten, sie wieder wegzugeben.«

»Wann?«

»Kürzlich.«

»Warum hast du mir nichts davon erzählt?«

»Er wollte es vor dir geheim halten.« Otto presste die Lippen aufeinander, wich ihrem Blick aus, sah zu seinen Füßen. »Und ich Trottel hab wirklich den Mund gehalten.« Er sah wie ein verzweifeltes Riesenbaby aus. »Ich weiß, es war ein Fehler, dir nichts zu sagen. Es tut mir leid, aber Patrick ... Ich hoffe, du verzeihst mir. Aber er meinte, dass du dir immer Sorgen um ihn machst, und sagte, er will das Ding nur so zum Spaß haben.« Er sah wieder zu ihr, sein Blick heischte um Vergebung.

»Das Ding? Nur so zum Spaß?«, kreischte sie aufgebracht. Sie wollte aufspringen, doch ihr fehlte die Kraft. »Das klingt, als hätte er sich nur mal aus Jux und Tollerei eine Babyrassel zugelegt.« In Marias Kopf drehte es sich. Sie tastete nach der Tischkante, musste sich festhalten, sonst kippte sie auf der Stelle vom Stuhl.

»Er ist erwachsen, Maria. Er muss dich nicht mehr um Erlaubnis bitten.«

»Ich hätte ihm gesagt, dass das ein Blödsinn ist. Vor allem in seiner Situation.«

»Das hättest du nicht«, widersprach Otto sanft. Er ging auf die Knie, griff nach ihren Händen. »Du hättest es toleriert, wie alles, was er tut. Du hättest ihm lediglich diesen sorgenvollen Blick geschenkt, geschwiegen und gelitten. So wie du es immer tust.«

Sie wusste, dass er recht hatte.

»Du bist einfach zu gut für diese Welt, Maria.«

»Vielleicht hätte er ein schlechtes Gewissen bekommen und die Waffe weggegeben.«

Otto Sagen schüttelte den Kopf. »Patrick ist immun gegen deinen sorgenvollen Blick. Das weißt du.« Er ließ ihre Hände los und erhob sich seufzend. »Ich hätte es dir sagen müssen, das sehe ich jetzt ein, und ich verstehe, wenn du böse auf mich …«

»Denkst du, er wollte jemanden damit erschrecken?«, unterbrach sie ihn. »Ist das das Vergehen, das er angekündigt hat?« Ihr Kopf sackte nach unten. Sie fühlte sich plötzlich so müde. »Warum ruft er bei der Polizei an und kündigt ein Verbrechen an? Das ergibt doch keinen Sinn, außer, er will sich einen Spaß erlauben. Möglich, dass er so eine blöde Wette verloren hat. Junge Männer wetten doch andauernd auf irgendwas«, versuchte sie, sich selbst zu beruhigen. »Wahrscheinlich hat dieser Jimmy ihn da hineintheatert.« Sie konnte den besten Freund ihres Sohnes nicht leiden. Er erschien ihr hinterlistig, bedrohlich und überheblich. Der war kein guter Umgang für ihn, das hatte auch Hanna immer wieder betont.

»Wahrscheinlich«, brummte Otto zustimmend und begann, in der Küche zu hantieren. »Ich mach dir einen Tee.« Er stellte den Wasserkocher an. »Wer weiß, vielleicht hat das alles ja doch nichts mit Patrick zu tun, und du regst dich völlig umsonst auf. Die Polizistin hat dir doch gesagt, dass sie alle Männer überprüfen, die so heißen.«

»Vielleicht«, sagte Maria. Es klang nicht überzeugt.

Otto wischte die Tasse mit einem Tuch aus, bevor er das Wasser über den Teebeutel goss. Er zog die Eieruhr auf. Der Tee musste exakt zehn Minuten ziehen. Damit nahm er es genau. »Es ist Pfefferminz. Den magst du so gern.«

Als ob Pfefferminztee meine Sorgen vertreiben könnte, dachte sie. Trotzdem lächelte sie ihn dankbar an, als er die Tasse vor ihr auf einem Untersetzer abstellte. Waren da Tränen in seinen Augen? Ihr Blick fiel auf den Kuchen. »Die suchen auf jeden Fall einen anderen Patrick Baldauf.«

»Bestimmt.«

»Mein Patrick ist bei einem Vorstellungsgespräch. Ganz sicher!« Sie lächelte schwach, begann, die Tasse in ihren Händen zu drehen, und konzentrierte sich auf die heiße Flüssigkeit. »Mein Patrick ist ein guter Bub.«

»Das ist er.«

»Blöde Namensgleichheit.«

»Ja, blöde Namensgleichheit«, wiederholte Otto und setzte sich auf einen freien Stuhl.

Sie schwiegen. Jeder hing seinen Gedanken nach.

»Weißt du, ob Jimmy ihm den Termin verschafft hat?«

Otto Sagen schüttelte den Kopf. »Nein. Ich war das.«

»Du?«, sagte Maria überrascht. »Wo?«

»In meiner Firma.« Wieder machte er dieses schuldbewusste Gesicht. »Patrick und ich wollten es dir sagen, wenn er den Job bekommen hat. Wir wollten nicht, dass du enttäuscht bist, wenn es nicht klappt.«

»Das ist doch unlogisch. Er hat mir doch gesagt, dass er zu einem Vorstellungsgespräch geht. Ergo würde er mir auch sagen, wenn er abgelehnt wurde.«

»Ja, schon … aber wenn du im Vorhinein erfahren hättest, dass er sich bei Susal bewirbt, wärst du bei einer Absage sicher doppelt enttäuscht gewesen.«

»Wann war der Termin?«, fragte sie vorsichtig.

»Um zwölf.«

Es läutete an der Wohnungstür. Maria erschrak, wechselte einen raschen Blick mit Otto. »Das wird Patrick sein. Gut, dass der Kuchen schon fertig ist.«

»Soll ich?«, fragte Otto.

Sie schüttelte den Kopf und sprang so heftig auf, dass der Stuhl hinter ihr umstürzte. Otto erhob sich, bückte sich und stellte ihn wieder auf. Maria eilte den Flur entlang und öffnete schwungvoll die Tür. Sogar ein Lächeln gelang ihr.

Vor ihr standen wieder die beiden Polizisten.

»Dürfen wir noch einmal reinkommen, Frau Baldauf?«

9

Die Pressekonferenz fand im Dachgeschoss der Landespolizeidirektion am Schottenring statt. Das Medieninteresse war enorm und der Raum bis auf den letzten Platz gefüllt. An den Seiten drängten sich die Kameramänner. Mikrophone verschiedener Radio- und Fernsehsender besetzten die Tischreihe, hinter der vier Ansprechpersonen Platz nahmen. Der Polizeipräsident, die Staatsanwältin, der Einsatzleiter der Cobra und ein Vertreter der Rettung. Die Herren trugen Uniform, die Staatsanwältin ein dunkelblaues Kostüm mit hellblauer Bluse.

Sarah nahm in der letzten Reihe Platz. Sie wollte mitbekommen, welcher Journalist welche Frage stellte. Sie selbst wollte jedoch an dem Frage-Antwort-Spiel nicht teilnehmen. Ihr erschien es klüger, lediglich zuzuhören, um mitzubekommen, wie viel die Polizei preisgab und in welche Richtung sie die Ermittlungen führte. Auch würde sie sich hüten, vor den Kollegen zu verraten, dass sie mit der Frau gesprochen hatte, die in der Gruft die Tickets verkaufte. Mit etwas Glück war sie die Einzige, die sich auf die Suche nach ihr begeben hatte. Wobei man sich auf die Exklusivität eines Interviews nicht immer verlassen konnte. Wenn der Preis der Konkurrenz stimmte, war das Versprechen eines Gesprächspartners oft nicht viel wert.

Die Staatsanwältin und der Polizeipräsident fassten abwechselnd zusammen, was bereits bekannt war.

»Der derzeitige Ermittlungsstand lässt darauf schließen, dass sich der Täter unter den Toten befindet«, sagte der Polizeipräsident. »Es handelt sich um einen dreiundzwanzigjährigen Mann, der bereits vorbestraft ist.«

»Bisher jedoch nur kleinere Delikte«, ergänzte die Staatsanwältin rasch, weil sie sich erfahrungsgemäß die Schlagzeilen des Boulevards ausmalen konnte. »Gegen den Mann liegt schon längere Zeit nichts mehr vor.«

Dem folgte eine Erklärung, dass es sich bei den beiden Opfern um eine zweiundfünfzig Jahre alte Frau und einen zweiunddreißigjährigen Mann handelte. Natürlich drängten einige Journalisten darauf, mehr über Opfer und Täter zu erfahren. Doch wie üblich wurden weder Namen noch weitere Details preisgegeben. Die Staatsanwältin verwies mehrfach auf den Datenschutz.

»Was ist mit der Frau, die ins Krankenhaus gebracht wurde?«, wollte ein Reporter aus der zweiten Reihe wissen. Sarah spitzte die Ohren.

»Es handelt sich dabei um eine Mitarbeiterin der Kapuzinergruft«, erklärte der Polizeipräsident und gab an den Vertreter der Rettung weiter. Der ließ die Pressevertreter lediglich wissen, dass die Frau keinerlei Verletzungen aufwies, jedoch sicherheitshalber ins Spital gebracht worden war, aber bereits wieder entlassen werden konnte. Dem folgten Fragen, ob es sich bei ihr möglicherweise um die Komplizin des Täters handeln konnte.

»Das ist noch Gegenstand der Ermittlungen«, wiegelte die Staatsanwältin ab.

»Oder bedeutet das, eine Geisel hat überlebt«, mutmaßte eine Reporterin aus der fünften Reihe.

Wieder sprach die Staatsanwältin. »So wie es sich im Moment darstellt, gehen wir davon aus, dass sie eine Geisel war. Aber wie gesagt, die Ermittlungen laufen noch.«

»Was ist mit dem Motiv? Warum hat der Mann keine Forderungen gestellt?«, rief ein Reporter.

»Das wissen wir nicht. Wir werten in den nächsten Tagen alle Spuren aus, gehen sämtlichen Hinweisen nach, und vielleicht können wir dann etwas dazu sagen«, erklärte die Staatsanwältin in sachlichem Tonfall. Um welche Spuren und Hinweise es sich handelte, ließ sie unerwähnt. Dem folgten Einzelheiten über die Vorgehensweise der Cobra während des Einsatzes. Wie ein dafür ausgebildeter Mittelsmann versuchte, über das Handy der Angestellten Kontakt mit dem Geiselnehmer aufzunehmen. Jedoch vergebens, gab man zu, weil niemand abhob und das Telefon nach dem dritten Versuch ausgestellt wurde. Wie man durch die verschlossene Rundschiebetür eine Überwachungskamera in das Innere des Gebäudes schob und herausfand, dass sich in dem Paket im Eingangsbereich keine Bombe befand.

»Es war ein Totenkopf aus Plastik in dem Behältnis«, erklärte der Polizeipräsident.

Sarah horchte auf. Noch ein Totenkopf. Die anderen Journalisten nahmen es gleichgültig zur Kenntnis, machten sich höchstens ein wenig über die Idee lustig, einen Totenkopf in eine Gruft voller skelettierter Leichen mitzunehmen. Weiter zeigten sie aber kein größeres Interesse daran.

Keine Bombe. Uninteressant.

Nachdem die Pressekonferenz für beendet erklärt worden war, leerte sich der Raum rasch. Jeder wollte so schnell wie möglich in die Redaktion zurück. Nur Sarah blieb und behielt die Staatsanwältin im Auge. Ihr brannte noch eine Frage auf den Lippen, die sie auf keinen Fall vor den anderen stellen wollte. Es ging um den Notruf, der kurz vor der Geiselnahme einging. Die Notrufzentrale lag nur einige Stockwerke unterhalb des Konferenzraumes. Doch dort reinzuplatzen und Fragen zu stellen war keine gute Idee. Sarah trat in den Flur, wartete vor der Tür. Die Staatsanwältin unterhielt sich noch mit dem Polizeipräsidenten. Als die beiden ebenfalls in den Gang traten, sprach Sarah die Staatsanwältin direkt an und stellte sich vor. »Ich würde Ihnen gerne noch eine Frage stellen.«

Sie machte einen überraschten Eindruck. »Waren Sie nicht bei der Pressekonferenz?« Der Pagenschnitt der Staatsanwältin fiel in einer exakten Linie.

»Doch, doch, aber ich wollte Sie allein sprechen.«

Der Polizeipräsident verabschiedete sich.

»Weiß man schon, wer kurz vor der Tat in der Notrufzentrale angerufen hat?«, fragte Sarah.

»Nein, das wissen wir noch nicht«, gab die Staatsanwältin zu. »Sie müssen wissen, es gehen teilweise im Dreißig-Sekunden-Takt Notrufe ein. Die gilt es alle zu bewerten. Sie können sich vorstellen, in welch kurzem Zeitraum ein Beamter den eingehenden Anruf als wirklichen oder vorgetäuschten Notruf einstufen muss.«

»Es gibt vorgetäuschte Notrufe?«

»Manche Leute erlauben sich einen Spaß oder verwählen sich, oder Kleinkinder tippen am Telefon herum, und manchmal handelt es sich auch um eine

Mutprobe unter Kindern. Die legen aber relativ rasch wieder auf. Dennoch muss entschieden werden, ob man dem nachgeht oder nicht. Andere beschimpfen die Polizei, dann gibt es noch psychisch labile Personen, die einfach nur reden wollen, und dann eben die echten Notrufe. Wie gesagt, das müssen die Kollegen innerhalb kürzester Zeit auseinanderklauben.«

Sarah machte sich Notizen. »Wie oft kommt es zum Einsatz?«

»Wir fahren rund tausend Einsätze in vierundzwanzig Stunden. Aber um auf den von Ihnen angesprochenen Notruf zurückzukommen: Selbstverständlich wurde ein Streifenwagen zu der Telefonzelle geschickt, von der aus angerufen worden war. Aber Sie können sich sicher vorstellen, dass der Anrufer längst weg war, und die Befragung der Passanten und Anwohner verlief negativ. Niemand hat einen Mann zu der besagten Uhrzeit bei der Telefonzelle gesehen. In so einem Fall wird es schwierig, einen Zusammenhang herzustellen oder zu widerlegen.«

»Ich bin die Gegend abgelaufen und gehe davon aus, dass es sich um die Telefonzelle bei der Peterskirche handelt.«

»Das stimmt«, sagte die Staatsanwältin.

»Sie liegt rund sechs Gehminuten von der Gruft entfernt. Der Anruf ging, soweit ich weiß, um zwei Minuten vor zehn ein. Und kurz nach zehn Uhr stand der Täter vor der Kassiererin.«

Die Staatsanwältin hob interessiert die Augenbrauen. »Und das glauben Sie zu wissen, weil ...?«

»Ich hab die Frau im Krankenhaus interviewt«, gestand Sarah und fuhr fort. »Außerdem riefen Touristen um zehn nach zehn die Polizei, was beweist, dass er zumindest gegen fünf nach zehn in der Gruft gewesen sein muss.«

»Worauf wollen Sie eigentlich hinaus, Frau Pauli?«

»Mir geht nicht ein, dass jemand bei der Polizei anruft, seinen Namen nennt, ein Verbrechen ankündigt und danach erst zum eigentlichen Tatort marschiert.«

»Niemand hat gesagt, dass er seinen Namen genannt hat«, entgegnete die Staatsanwältin.

»Hat er aber, oder?«, hakte Sarah nach.

Die Staatanwältin runzelte die Stirn. »Kein Kommentar. Aber ich versteh noch immer nicht, was Sie mir sagen wollen.«

»Der Täter war dreiundzwanzig. Ein so junger Kerl geht doch nicht in eine Telefonzelle. Das ist für den doch ein Relikt aus der Steinzeit. Außerdem, was hat die Ankündigung für einen Sinn?«

Die Staatanwältin machte eine ungeduldige Geste. »Vielleicht wusste er, dass es keinen Sinn hat, die Nummer zu unterdrücken oder über ein Prepaid anzurufen, wenn man mit der Polizei telefoniert. Wir wissen trotzdem, wer anruft.«

»Ich glaube, dass er einen Komplizen hatte, der ihn verpfiffen hat. Warum auch immer«, mutmaßte Sarah.

»Noch einmal, Frau Pauli. Ich kann zum jetzigen Zeitpunkt nicht mehr sagen, als ich auf der Pressekonferenz gesagt habe«, erklärte die Staatsanwältin. »Wir ermitteln in alle Richtungen. Augenblicklich gehen wir jedoch von einem Einzeltäter aus, denn nichts weist derzeit auf einen Komplizen hin. Und ob etwas einen Sinn hat oder nicht …« Sie schob die Augenbrauen nach oben und bedachte Sarah mit einem belustigten

Blick. »Glauben Sie mir, Frau Pauli. Es gibt nichts, was es nicht gibt. Ich könnte ganze Bücherregale mit sinnlosen und unglaubwürdigen Aktionen im Zusammenhang mit Straftaten füllen.«

»Warum ruf ich die Polizei an, wenn ich so eine Sache plane? Noch dazu, wenn ich danach einen sechsminütigen Weg zurücklegen muss, um die Tat überhaupt zu begehen. Das Risiko, dass die Polizei mich vorher schon schnappt, ist groß«, ließ Sarah nicht locker.

»Vielleicht war es ein Spiel für ihn? Wenn ich zuerst da bin, zieh ich es durch. Ist die Polizei vor mir da, lass ich es bleiben.«

»Und was soll der ganze Quatsch mit dem Totenkopf in dem Paket und auf dem Sarg?«

Wieder zuckten die Augenbrauen der Staatsanwältin nach oben. »Diese Frage können wir ihm leider nicht mehr stellen. Mit etwas Glück können wir aber die eine oder andere Antwort finden. Wenn Sie mich nun bitte entschuldigen.«

Die Staatsanwältin ging.

Wenige Minuten später schloss sich die Sicherheitstür der Landespolizeidirektion hinter Sarah, und sie stand wieder vor dem Gebäude. Eine schwarze Limousine fuhr vor das Hotel Hilton Vienna Plaza nebenan. Ihr Handy vibrierte in der Umhängetasche. Es war noch auf lautlos gestellt. Sie kramte danach und ging ran.

»Sarah, wo bist du?«, hörte sie Connys Stimme.

»Noch am Schottenring. Was gibt's?«

»Ich weiß, wer die tote Frau ist!«

Die Tür zu Connys Büro stand offen. Sissi lag auf dem Boden direkt unter dem Türstock. Hechelnd und alle viere von sich gestreckt behielt der kleine Hund den Flur im Auge. Als er Sarah sah, sprang er auf und lief ihr schwanzwedelnd entgegen. Besser gesagt, das ganze Hinterteil bewegte sich rasch hin und her. Sarah bückte sich, kraulte dem Mops das kurze Fell. »Na, Sissi, hat dir Conny befohlen, Besucher anzukündigen?«

Mit Sissi auf den Fersen betrat sie die Räumlichkeiten der Society-Redaktion, die allein aus Conny bestand. Promi-Fotos hingen an den Wänden, Autogrammkarten der Bussi-Bussi-Gesellschaft.

»Conny, du bist die Beste!«, sagte Sarah und ließ sich auf den Besucherstuhl vor dem Schreibtisch fallen. Die Gesellschaftsreporterin besaß nun einmal verdammt gute Kontakte. Das musste man neidlos anerkennen. Conny kannte Gott und die Welt und erfuhr so manches mit einer Leichtigkeit, was andere mühsam recherchieren mussten. Sarah war froh, dass sie sich mit der Society-Löwin gut verstand. Sie zur Feindin zu haben tat niemandem gut.

Conny war wie üblich tipptopp gestylt. Sie trug ein zitronengelbes knielanges Sommerkleid und Sandalen mit hohen Absätzen. Zwischen ihren Locken blitzten die goldenen Kreolen hervor.

»Es war Zufall, dass ich davon erfahren habe. Du kennst doch die Modewelt Schönegg?«

Sarah nickte. »Vom Hörensagen.«

Das reichte Conny offenbar, um sich jede weitere Erklärung zu sparen. »Christa Schönegg ist die Chefeinkäuferin des Modehauses und ein gern gesehener Gast auf der Vienna Fashion Week. Im September ist es wieder so weit.« Der Gedanke an das bevorstehende Modespektakel im Museumsquartier zauberte Conny ein Lächeln ins Gesicht.

»Das hat jetzt aber nichts mit dem Mord zu tun«, hakte Sarah ein wenig ungeduldig nach.

Doch Conny ließ sich nicht beirren, erzählte ausführlich von dem zufälligen Telefonat, das sie mit einer Angestellten des Unternehmens geführt hatte, nachdem die Polizei Isabella Schönegg-Bach einen Besuch abgestattet hatte. »Die Tote in der Gruft ist Christa Schönegg«, ließ sie endlich die Bombe platzen. Dazu machte sie große Augen und schwieg eine Weile, um der Nachricht den gebührenden Nachdruck zu verleihen. Ihre berühmte Conny-Pause. Es fehlte nur noch der Trommelwirbel.

»Das ist jetzt nicht dein Ernst.«

»Wenn ich's dir sage. Bei den Schöneggs ist natürlich der Teufel los. Christa war quasi die Kreativabteilung des Unternehmens. Sie war für die Einkäufe zuständig, entschied, welche Modelabel in den Schönegg-Läden verkauft wurden und welche nicht. Das reißt eine ziemlich große Lücke. So kurz vor der Fashion Week ist das eine Katastrophe.« Sie warf ihre Arme theatralisch in die Luft. »Außerdem kannst du dir gar nicht vorstellen, wie die Gerüchteküche inzwischen brodelt.«

»Was brodelt denn da so?«

»Die Schönegg hat nichts anbrennen lassen nach ihrer Scheidung. Alles, was männlich, groß, attraktiv und unter dreißig war, fiel in ihr Beuteschema.«

»Klingt nachvollziehbar«, sagte Sarah. »Der Täter war übrigens erst dreiundzwanzig.«

»Ich seh schon die Schlagzeilen: Schönegg von Liebhaber getötet? … Oder so ähnlich.«

»Das wäre zumindest ein Motiv für die Wahnsinnstat«, meinte Sarah.

»Ein wahnsinnig romantisches noch dazu, findest du nicht?«

»Du hast eine komische Vorstellung von Romantik«, sagte Sarah und runzelte die Stirn.

»Romeo und Julia gingen auch gemeinsam in den Tod«, erklärte die Gesellschaftsreporterin.

»Die Schönegg und der Täter sind nicht gemeinsam in den Tod gegangen. Er hat sie erschossen und dann sich selbst.«

»Also doch gemeinsam.«

»Sie und einen völlig unbeteiligten Mann. Auch nicht gerade romantisch. Außerdem sind die beiden keine Figuren der Weltliteratur.«

»Ist die Literatur nicht ein Spiegel der Gesellschaftsgeschichte? Jedenfalls hab ich das so in der Schule gelernt«, widersprach Conny spitzfindig.

»Wir reden hier aber nicht von Literatur, sondern vom wirklichen Leben. Da find ich es ehrlich gesagt wenig erbauend, ein Loch in den Kopf geschossen zu bekommen oder wohin auch immer.«

Conny zuckte mit den Achseln. »Ist mir eigentlich auch wurscht. Ich wollt's dich nur wissen lassen. Ihr Exmann sieht übrigens verdammt gut aus. Den werden die Mädels aus der Branche sicher alle trösten wollen.«

»Conny! Die Frau ist tot, und du denkst an …«

Conny hob mit einer Unschuldsmiene die Schultern. »Das Leben geht weiter. Außerdem sind's geschieden, schon vergessen? Und es wär echt schade, wenn die Damenwelt dem Schönegg keinen Trost spendet.«

Sarah schüttelte mit gespielter Entrüstung den Kopf. »Du auch?«

Conny grinste. »Ich werd ihm sicher mein Beileid aussprechen.«

»Jedenfalls, danke für die Info. Hast du vor, die Schwester der Toten zu interviewen?«

Conny schüttelte den Kopf. »Ich kümmere mich lieber um die schönen Dinge im Leben, für den grausamen Teil bist du zuständig.«

»Gut, dann versuch ich mein Glück bei Isabella Schönegg-Bach. Kennst du den Namen des letzten Liebhabers ihrer Schwester?«

»Ich hör mich mal für dich um. Könnte aber schwierig werden, denn um den hat sie ein ziemliches Geheimnis gemacht.«

Sarah lehnte sich ein wenig im Stuhl nach hinten und blickte Conny erstaunt an. »Oha! Du, die Aufdecker-Königin von geheimen Liebschaften, weißt nicht, wer der letzte Mann in Christa Schöneggs Leben war? Das überrascht mich jetzt aber schon sehr.«

»Dein ironischer Unterton ist mir nicht entgangen.«

»Sehr gut, ich dachte schon, ich bin zu subtil«, lachte Sarah. »Aber jetzt mal ehrlich, wie kommt's?«

»Das weiß ich auch nicht genau. Vielleicht hab ich ihr zu wenig Aufmerksamkeit geschenkt.«

»Das ändert sich jetzt sicher.«

Conny grinste erneut. »Da kannst du Gift drauf nehmen.«

»Dann wird die Schwester wohl in Zukunft das Modeimperium allein führen«, sagte Sarah nachdenklich und verließ Connys Büro.

Zurück an ihrem Schreibtisch bemühte Sarah sich vergebens um einen Interviewtermin mit Isabella Schönegg-Bach oder Bernhard Schönegg. Ein Anruf bei Martin Stein war ebenso ergebnislos. Der Chefinspektor weigerte sich, den Namen des zweiten Opfers und den des Täters preiszugeben. »Es reicht schon, dass du den Namen eines Opfers kennst, Sarah. Es wird nicht lange dauern, dann weiß es auch der Rest deiner Zunft.«

»Geh bitte, Martin, das könnt ihr euch doch denken, dass eine tote Prominente nicht lange ein Geheimnis bleibt. So etwas spricht sich rum. Wien ist ein Dorf.« Und Connys Büro ist der Dorfplatz, fügte sie in Gedanken hinzu. »Außerdem ist das der Sinn einer Recherche, am Ende mehr zu wissen.«

»Zum Glück sind die anderen beiden Wiener nicht prominent.«

»Danke.« Sarah wusste, dass ihm die Auskunft, dass sie Wiener waren, nicht zufällig herausgerutscht war. Stein antwortete nie leichtfertig. Besonnenheit war sein zweiter Vorname.

»Und über den Rest befragst du deine Geister. Vielleicht verraten dir die die genaue Identität.«

»Meine Kristallkugel ist startklar. Ich lass es dich wissen, wenn ich Ergebnisse hab«, sagte Sarah und verabschiedete sich.

»Zumindest hast du das Interview mit der Studentin exklusiv«, tröstete Patricia Franz sie.

»Die Namen der anderen werden wir auch bald haben, verlass dich drauf. Ruf in der Anzeigenabteilung an. Ich hätte gerne sämtliche Todesanzeigen in Kopie, die in den nächsten Tagen bei uns eingehen. Vielleicht haben wir ja Glück, und ich finde einen Hinweis.« Sarahs Augenbrauen wanderten zufrieden nach oben. »Oder noch besser«, kam ihr eine andere Idee. »Vergiss die Anzeigenabteilung. Check mal die sozialen Medien. Ich kann mir gut vorstellen, dass beim Täter eine Hausdurchsuchung durchgeführt wird. Polizeiautos vor der Tür, Ermittler, die ein und aus gehen. Mit etwas Glück hat das jemand gesehen und in die Welt hinausposaunt.«

Während sich Patricia an die Arbeit machte, kritzelte Sarah Ideen für ihre nächste Kolumne auf einen Block. Der Gedanke dazu war ihr im AKH gekommen: Die Symbolik des Sarkophags des Kaiserehepaares Maria Theresia und Franz Stephan.

10

Sie spürte ihre Augenlider zucken. Sie wollten sich partout nicht öffnen lassen, als kämpften sie gegen eine unsichtbare Macht.

»Frau Baldauf?«

Die Stimme klang fremd. Eine warme Hand legte sich auf ihren Unterarm. »Frau Baldauf, hören Sie mich?«

Wer sprach da? Was war mit ihr passiert? Warum konnte sie die Augen nicht öffnen? War sie gestorben?

»Maria!« Das war eindeutig Ottos Stimme. Sie drückte die Augen fest zu und versuchte danach, sie aufzubekommen. Langsam. Einen Spalt breit. Ein fremdes Gesicht beugte sich über sie. Sie blinzelte in die Helligkeit des Raumes. Das Gesicht verschwand, die weiße Zimmerdecke erschien vor ihren Augen. Ein kleiner schwarzer Punkt erinnerte an die Fliege, die sie vor einer Woche dort erschlagen hatte. Sie drehte den Kopf zur Seite. Menschen in roten Jacken und Polizeiuniformen standen in ihrem Wohnzimmer. Das fremde Gesicht gehörte einer Ärztin, die auf ihrem Wohnzimmertisch saß. Otto stand neben dem Sofa. Er machte ein besorgtes Gesicht.

»Sie sind ohnmächtig geworden, Frau Baldauf«, erklärte die Ärztin und reichte ihr ein Glas Wasser. Sie hatte schöne blaue Augen. Ob ihre Kolleginnen sie darum beneideten? Maria wollte fragen, weshalb sie ohnmächtig geworden war, schaffte jedoch nur ein leichtes Kopfschütteln. In dem Moment fiel es ihr wieder ein. Man hatte ihr in einem möglichst ruhigen Tonfall mitgeteilt, dass Patrick tot sei. Man hatte behauptet, dass er zwei Menschen erschossen habe. In der Kaisergruft. Was hatte er dort verloren? Er sollte doch auf dem Weg zu dem Vorstellungsgespräch sein.

Maria verstand die Welt nicht mehr. Ihr Sohn war ein Mörder, lebte nicht mehr, und in ihrer Wohnung tummelten sich zig Polizeibeamte. Derweil wollte sie heute doch nur einen Kuchen backen und feiern, dass es mit Patrick bergauf ging.

»Lassen Sie mich durch. Ich will zu meiner Mutter«, drang Hannas Stimme an ihr Ohr. Ihre Tochter war gekommen. Woher wusste sie …? Natürlich! Otto hatte sie angerufen, und sie war gleich zur ihr geeilt. Ihre gute Hanna!

Kein Tag mit ihren Kindern war in Vergessenheit geraten. Nichts war undeutlich oder zerronnen. Sie hatte einmal gelesen, dass Elefanten ein viel besseres Gedächtnis als Menschen hatten. Sie besaß ein Elefantengedächtnis, wenn es um ihre Kinder ging. Verletzungen, Lachen, Streiche, herzzerreißende Szenen, Kuschelzeit, das alles konnte sie hervorrufen und nachempfinden, als wäre es gestern gewesen. Und nun war ein Teil von diesem Leben ausradiert. Ausgelöscht! Für immer!

Hanna rauschte durch die Wohnzimmertür, fiel vor dem Sofa auf die Knie, umarmte sie und weinte.

»Wo ist Amelie?«, fragte Maria nach ihrer Enkelin.

Hanna löste sich von ihrer Mutter. »Zu Hause. Konrad hat doch Urlaub, Mama.« Sie wischte sich mit der Hand über die tränennassen Augen. Verschmierte Wimperntusche verteilte sich über ihre Wangen. Otto reichte ihr ein Taschentuch. Hanna nahm es und wischte sich das Gesicht trocken, dann schüttelte sie ihren hellbraunen Pagenkopf, rappelte sich auf und wandte sich an einen der umstehenden Polizisten.

»Wir möchten gerne mit dem leitenden Ermittler sprechen.«

Das war ihre Hanna! Kaum angekommen, schon übernahm sie das Ruder. Sie war es, die Patrick als Kind schimpfte, wenn er etwas angestellt hatte. Ihr selbst fiel das so schwer. Er war doch so ein süßer Bub.

Der Polizist verschwand und tauchte eine Weile später mit einem mittelgroßen Mann mit kurz geschorenen Haaren und stoischer Miene wieder auf. Er trug Jeans und ein dunkelgraues Hemd, stellte sich als Chefinspektor Martin Stein vor, nahm in einem der Sessel Platz und blickte schweigend von einem zum anderen. Das alles kam Maria nicht real vor, als sähe sie einen Film.

»Können Sie uns sagen, wonach Sie suchen?«, fragte Hanna.

»Fühlen Sie sich in der Lage, mir ein paar Fragen zu beantworten?«, wandte der Ermittler sich an Maria, Hannas Frage ignorierend. Er warf der Ärztin einen raschen Blick zu. Diese nickte und ging.

»Meine Mutter …«, brauste Hanna auf.

»Es geht schon«, unterbrach Maria ihre Tochter. Sie versuchte, sich aufzusetzen, Otto half ihr dabei, setzte sich neben sie und hielt ihre Hand fest in seiner. Hanna stellte sich hinter das Sofa, die Hände wie zum Schutz auf Marias Schultern gelegt. Maria konnte sich den strengen Blick vorstellen, mit dem sie den Chefinspektor beobachtete.

»Frau Baldauf. Im Zimmer Ihres Sohnes haben wir in einem Karton eine ganze Sammlung Totenköpfe gefunden. Gibt es einen Grund, weshalb Ihr Sohn die gesammelt hat?«

Totenköpfe! Seit wann besaß Patrick Totenköpfe und wozu?

»Sie wissen doch schon, dass er diese Menschen getötet hat«, antwortete sie verzweifelt. »Warum quälen Sie uns dann noch?«

Der Tod des eigenen Kindes glich einer Amputation lebenswichtiger Körperteile. Man verblutete innerlich, ohne daran zu sterben. Obwohl man sich nichts sehnlicher wünschte, als tot umzufallen, diesen unsäglichen Schmerz endlich nicht mehr fühlen zu müssen. Der einzige Wunsch, den man verspürt, ist, sein Kind wiederzusehen. Es umarmen zu können, mit ihm zu reden. Aber was wusste dieser Polizist schon von ihrer Qual?

»Es tut mir leid, Frau Baldauf. Wir wollen Sie nicht belästigen. Wir suchen nach dem Motiv.«

»Das macht weder ihn noch die anderen lebendig«, meldete sich Hanna zu Wort.

»Können Sie sich nicht denken, dass die Familien der anderen wissen wollen, warum ihre Anverwandten sterben mussten?«

»Macht's das besser?«, blaffte Maria.

Der Ermittler nickte. »Ja, wenn auch nur um ein winziges bisschen.«

»Warum wollen Sie das mit den Totenköpfen wissen?«, fragte Otto. »Bringt Sie das auf eine Idee? Wenn Sie glauben, dass Patrick in irgendeiner Schlägerbande war … war er nicht.«

»Und Sie sind?«, fragte Stein.

Otto Sagen stellte sich vor.

»Wohnen Sie auch hier?«

»Nein.«

Der Polizist machte sich Notizen. »Wir fragen danach, weil er einen Totenkopf in der Gruft dabeihatte. Möglich, dass er uns damit etwas mitteilen wollte.«

»Was?«, fragte Maria.

»Wir hoffen, dass Sie uns diese Frage beantworten können.«

Ein junger Mann, ebenfalls in Zivil, steckte den Kopf zur Tür herein. »Kommst du bitte, Martin?«

Der Ermittler erhob sich. »Ich bin gleich zurück.«

Hanna beugte sich nach vorn, stützte sich mit den Händen an der Sofalehne ab. »Seit wann hat Patrick Totenköpfe gesammelt? Was will er mit dem Zeug?«

»Keine Ahnung«, sagte Maria. »Ich hab nie welche in seinem Zimmer gesehen. Weißt du darüber Bescheid, Otto?«

Otto Sagen schüttelte den Kopf. »Nein.«

»Und woher hatte er die Waffe?«, zischte Hanna Maria leise ins Ohr. »Ich meine, so etwas kauft man ja nicht im Drogeriemarkt nebenan.«

Maria reagierte nicht.

»Mama!«

»Er hat sich eine Schreckschusspistole gekauft«, antwortete Otto Sagen gedämpft und erzählte, dass Patrick sie ihm gezeigt hatte.

»Eine Schreckschusspistole? Von wem hat er die? Hat Jimmy ihm die besorgt?«, fragte Hanna ärgerlich.

Sie bekam keine Antwort, was Hanna offenbar als Bejahung deutete.

»Jimmy ist ein Arschloch, Mama. Ich hab dir gesagt, dass du ihn nicht mehr reinlassen sollst.«

»Wir wissen doch gar nicht, ob er die Waffe von ihm hat«, widersprach Otto.

Hanna schnaubte verächtlich. »Es würde aber zu ihm passen. Außerdem, was soll der Scheiß von wegen Schreckschusspistole? Damit kann man keinen Menschen erschießen, glaub ich jedenfalls. Patrick muss eine echte Waffe gehabt haben.« Ihre Stimme klang inzwischen schrill und unbeherrscht. So war Hanna schon immer gewesen. Wütend auf Patrick, weil er der Kleine, der Nachzügler war. Hanna hatte ihr oft genug vorgeworfen, Patrick zu verhätscheln. Aber sie hatte das intuitiv getan, als Ausgleich, weil er doch ohne Vater aufwachsen musste.

»Der wird nie seinen Weg finden, wenn du ihn bei jedem Schritt an der Hand hältst«, hatte Hanna ihr angekreidet. Maria hatte wahrhaftig versucht loszulassen. Doch Patrick war auf die schiefe Bahn geraten. Erst ein Diebstahl, dann ein Einbruch.

Der Chefinspektor betrat das Wohnzimmer. Er hielt eine Plastikhülle in der Hand, in der ein Zettel steckte. Maria setzte sich wieder gerade hin. Otto legte den Arm um ihre Schultern.

»Wann haben Sie zum letzten Mal das Zimmer Ihres Sohnes betreten, Frau Baldauf?«

»Warum?«

»Wann, Frau Baldauf?«

Sie überlegte eine Weile. »Gestern Nachmittag. Ich hab ihm frische Wäsche in den Kasten gelegt.«

Der Ermittler sah sie schweigend an. Er glaubte ihr nicht.

»Warum fragen Sie?«, hakte Hanna nach.

»Weil ein Brief an Ihre Mutter zwischen den T-Shirts lag, in dem er die Tat ankündigt.«

Maria griff nach der Hülle. Die letzte Nachricht ihres Sohnes, ein einfaches Stück Papier.

»Bitte nicht herausnehmen«, bat der Ermittler. »Sonst zerstören Sie etwaige Spuren.«

Maria überflog die Zeilen. Hanna und Otto lasen still mit. Nicht einmal mit der Hand hat er ihn geschrieben, sondern am Computer getippt, dachte sie ein klein wenig enttäuscht. Ein von Hand geschriebener Brief erschien ihr bedeutender. Doch dann heftete sich ihr Blick auf einen bestimmten Satz, und sie war versöhnt mit dem unpersönlichen Computerausdruck.

Ich hab dich lieb, Mama. Das hatte er zum letzten Mal mit acht Jahren zu ihr gesagt.

11

Je länger sich Sarah mit dem Sarkophag beschäftigte, umso mehr faszinierte er sie. Das Kaiserpaar Maria Theresia und Franz Stephan von Lothringen war durch den Schall einer Posaune auferweckt worden. Ein Genius, der persönliche Schutzgeist, hielt das Instrument in der Hand, ebenso eine Sternenkrone. Die linke Hand der Kaiserin berührte ein Schwert, das Sinnbild der göttlichen Macht, Gerechtigkeit, Mäßigung und Urteilsfindung. Gemeinsam ergriffen sie das Zepter, das Herrschaftszeichen und Symbol der obersten Gewalt. Umrahmt wurde der Sarg von vier trauernden Genien mit Wappen und Kronen.

Sarah machte sich Notizen. Die Ahnengeister interessierten sie besonders. Sie galten als Schutzgeister, die den Menschen auf seinem Lebensweg behüteten und durch Unglücke und Gefahren führten.

»Damit hab ich Themen für die nächsten Wochen«, zeigte sich Sarah begeistert. »Die Kaiserin ließ den Sarg übrigens bereits sechzehn Jahre vor ihrem Tod anfertigen.«

»Ist das so ungewöhnlich? Der Bau der Pyramiden begann doch auch lange vor dem Tod des Pharaos«, merkte Patricia an. »Bingo«, unterbrach sie sich selbst. »Auf Facebook hat jemand die Außenansicht eines Hauses in der Spargelfeldstraße gepostet und schreibt, dass die Polizei grad Behälter rausträgt. Er fragt, ob jemand weiß, was da vor sich geht.«

Sarah speicherte ihre Rechercheergebnisse ab und suchte im Internet nach der Straße.

»Das Foto vom Haus müsste schon in deinem Posteingang sein, hab's dir rübergeschickt«, sagte Patricia.

»Die Spargelfeldstraße liegt im zweiundzwanzigsten Bezirk«, murmelte Sarah und öffnete Patricias Mail. Mithilfe von Google Earth verglich sie die Häuserfront auf dem Foto mit den Satellitenbildern. »Es bleibt nichts mehr geheim«, brummte sie währenddessen. »Nicht mal das Toilettenfenster deines eigenen Hauses.«

»Ein Nutzer namens Jimmy behauptet, dass dort eine Hausdurchsuchung läuft«, sagte Patricia. »Er hat ein Foto von einem Polizisten gepostet, der mit einer Plastikbox aus dem Haus kommt.«

»Ich hab die Hausnummer«, sagte Sarah. Jetzt musste sie nur noch nachsehen, ob diese Adresse einen Telefonanschluss aufwies. Für das elektronische Telefonbuch reichten ihre Informationen jedoch nicht aus. Sie schrieb Simon eine kurze Mail, dass sie seine Hilfe benötigte. Der Computerspezialist des *Wiener Boten* hatte sich schon öfter als hilfreich erwiesen. Er wusste, wie man an Daten kam, wenn auch nicht immer ganz legal. Es dauerte eine Weile, bis er den Namen der Hausbesitzerin hatte. Doch Geduld macht sich bezahlt, ging Sarah eine Redewendung durch den Kopf, als er ihr den Namen Maria Baldauf auf den Rechner schickte.

»Die Frau kann aber weder der Täter noch das zweite Mordopfer sein, weil beide männlich sind.« Sarah gab nun den Namen Baldauf und den Straßennamen ins elektronische Telefonbuch ein. Gleich darauf erschien der Name Patrick Baldauf unter derselben Adresse und mit Handynummer. Sie tippte den Namen in die Maske des Archivs des *Wiener Boten* ein. Einen Versuch war's wert, wenngleich sie nicht glaubte, etwas zu finden.

»Überraschung«, rief sie kurz darauf Patricia zu. »Patrick Baldauf hat einen Eintrag bei uns im Archiv.« Sie überflog den Eintrag. »Er und ein gewisser Gerhard Ehm wurden vor drei Jahren wegen Diebstahls und Einbruchs verurteilt.« Sarah lehnte sich in ihrem Stuhl zurück. »Das würde zum Profil unseres Täters passen. Bei der Pressekonferenz wurde nämlich erwähnt, dass er vorbestraft ist.«

»Ein Mitglied der Hells Angels?«, brachte nun auch Patricia den Namen einer berüchtigten Motorradgang ins Spiel. »Wegen des Totenkopfs, meine ich.«

»Das hat Stepan auch schon gesagt. Ich kann aber keinen Hinweis darauf finden. Die hätten sicher schon verlautbart, wenn's einen von ihnen erwischt hätte. Schau mal, ob du in den sozialen Netzwerken etwas über Patrick Baldauf entdeckst. Aber zuerst erzähl mir, was sagt Facebook? Ist die Polizei noch immer vor Ort? Solange die Hausdurchsuchung läuft, ist es nämlich unsinnig, die Familie anzurufen.«

»Ja, Hausdurchsuchung scheint noch zu laufen.« Während sich Patricia im Internet auf die Suche nach Patrick Baldauf machte, dachte Sarah laut nach.

»Was muss passieren, dass ein junger Mensch sein Leben so wegwirft? Wacht man eines Morgens auf und beschließt, heute bringe ich jemanden um und erschieß mich dann selbst?«

»Planen Amokläufer die Tat nicht zumeist im Voraus?«,

fragte Patricia, ohne ihren Bildschirm aus den Augen zu lassen.

»Was ist der Auslöser, welches Motiv treibt einen an?« Sarah schüttelte den Kopf.

»Also auf StayFriends, Instagram und Twitter ist er schon einmal nicht«, vermeldete ihre Kollegin einen Zwischenstand.

»Wusstest du, dass sich das Wort Amok von dem malaiischen Wort Amuk ableitet? Das bedeutet Wut. Worauf war der Kerl wütend?«, sinnierte Sarah weiter.

»Ich hab ihn gefunden«, rief Patricia und drehte ihren Bildschirm so, dass Sarah ihn sehen konnte. »Der letzte Post stammt vom 28. Juli.« Ein Selfie zeigte Patrick Baldauf beim Baden auf der Donauinsel. Im Hintergrund war die Copa Cagrana zu erkennen, das Freizeitgebiet nahe der Reichsbrücke.

Sarah blickte ein Allerweltsgesicht entgegen. Blonde kurze Haare. Intensiver, jedoch fröhlicher Blick. Nichts, was auf eine dunkle Seele hinwies. Ganz im Gegenteil. Er strahlte förmlich auf dem Foto. Patricia klickte auf die anderen hochgeladenen Fotos. Es waren nicht viele. Doch auf den meisten lächelte Patrick Baldauf, und sein Lächeln erreichte die Augen. Harmlose Partybilder. Nichts Bedrohliches, schon gar kein Bekennervideo, das die Tat ankündigte.

»Das ist jetzt also unser Geiselnehmer.« Sarah bedeutete Stepan durch die Glasfront, aus seinem Büro herauszukommen.

»Schau mal«, sagte Patricia. »Auf zwei Fotos hat er einen Typen namens Jimmy markiert. Das muss der Nutzer sein, der das mit der Hausdurchsuchung gepostet hat.«

»Was für ein komischer Zufall, dass der ausgerechnet jetzt vor dem Haus der Baldauf steht.« Sarah kniff misstrauisch die Augen zusammen.

Günther Stepan trat an ihren Schreibtisch, stützte sich ab und starrte auf Patricias Bildschirm.

»So wie's ausschaut, haben wir die Identität des Täters herausgefunden«, erklärte Sarah.

»Sehr gut, sehr gut! Dann macht was draus ... wenn's geht, vor unserer Konkurrenz!«

»Die Polizei scheint abzuziehen«, warf Patricia ein und zeigte mit einem Stift auf eine weitere Eintragung auf der Facebook-Seite.

»Schau dir mal an, wer noch mit diesem Baldauf kommuniziert und auf seine Einträge reagiert hat. Vielleicht bekommen wir das eine oder andere Statement. Such auch nach diesem Gerhard Ehm ... mit dem würde ich gerne reden. Ich hol uns Hübschen inzwischen einen Kaffee aus der Redaktionsküche.«

»Wir sind doch Selbstversorger.« Patricia zeigte auf den Kaffeezubereiter aus Glas auf dem Fensterbrett.

»Ich muss mich einfach bewegen«, erklärte Sarah, »nachdenken, wie ich den Anruf bei den Baldaufs anlege.«

Fünfzehn Minuten später griff Sarah zum Telefon.

»Jungwirth bei Baldauf«, meldete sich eine weibliche Stimme. Sarah stellte sich vor.

»Presse?«, kam es erstaunt aus dem Hörer. »Was wollen Sie von uns?«

Uns! Sie musste ein Familienmitglied oder zumindest eine enge Freundin der Familie am Apparat haben. Sarah wusste, dass sie behutsam vorgehen musste. Eine Familie im Ausnahmezustand. Die Frau dachte garantiert darüber nach, kommentarlos aufzulegen. Das musste sie verhindern.

»Frau Jungwirth …«

»Woher haben Sie diese Nummer?« Die Frau atmete schwer in den Hörer. Offenbar rang sie um Fassung.

»Aus dem Telefonbuch.«

»Wollen Sie mich verarschen? Was gibt Ihnen das Recht, hier anzurufen?« Sie klang extrem aufgebracht.

»Nur zu Ihrer Beruhigung: Der *Wiener Bote* veröffentlicht keine reißerischen Geschichten. Wir sind für unsere Objektivität und Seriosität bekannt.«

Die Frau schnaubte verächtlich. »Das macht keinen Unterschied.«

»Ich nenne keine Namen, wenn Sie das wünschen. Ich möchte nur mit Frau Baldauf reden.«

Die Frau reagierte nicht.

»Ich kann mir vorstellen, wie sich Frau Baldauf fühlt.«

»Einen Dreck können Sie.« In ihre wütende Stimme mischte sich ein leises Schluchzen.

»Mir ist klar, dass ich in einer für Sie schrecklichen Situation anrufe.« Sarah hätte gerne endlich gefragt, in welchem Verhältnis die Frau am anderen Ende der Leitung zu Maria Baldauf stand, hatte jedoch Sorge, dass die Stimmung dann wieder kippte. »Aber Sie können sich sicher vorstellen, dass wir auf jeden Fall berichten, was passiert ist.«

Sie hörte die Frau gedämpft weinen, dann, wie sie sich die Nase putzte.

»Daher wäre es doch gut, wenn auch Frau Baldauf zu Wort käme und …«

»Warten Sie!«, schnitt ihr dir Frau hörbar genervt das Wort ab. Sarah hörte, wie der Hörer zur Seite gelegt wurde. Schritte entfernten sich. Dann im Hintergrund Stimmen, wie ein leises Murmeln. Sarah konnte kein Wort verstehen. Eine gefühlte Ewigkeit später kam die Frau zurück.

»Meine Mutter will mit niemandem von der Presse sprechen.«

Mutter! Dann war die Frau Patrick Baldaufs Schwester. In Sarahs Kopf ratterten die Gedanken. »Ich möchte …« Die Frau legte nicht gleich auf, das war ein gutes Zeichen. »Ich möchte die Hintergründe erklären und …«

»Haben Sie Geschwister?«

Sarah verstand den Sinn der Frage nicht. »Ja. Ich hab einen Bruder.« Plötzlich glaubte sie zu begreifen. »Er ist acht Jahre jünger als ich. Seit dem Tod unserer Eltern lebt er bei mir. Er studiert Medizin.«

Kurzes Zögern. Wieder putzte sich die Frau die Nase. »Gut. Ich rede mit Ihnen. Ich bin auch die Ältere.«

»Verraten Sie mir Ihren Vornamen?«

Kurze Stille. »Hanna.«

Am liebsten wäre Sarah gleich losgefahren, doch Hanna Jungwirth wollte sie erst am nächsten Tag treffen.

»Ich muss mich jetzt erst einmal um meine Mutter kümmern. Morgen um elf. Ist Ihnen das recht?«

Sarah bejahte, und die Frau nannte eine Adresse im einundzwanzigsten Bezirk.

Als Sarah um kurz vor sieben die Tür zu ihrer Wohnung öffnete, kam ihr Marie im Flur entgegen. »Hallo, meine Süße.« Sie ging in die Knie und hob die schwarze Halbangora hoch. Sie hatte die Katze als Baby in einer Mülltonne gefunden und aufgepäppelt. Marie hieß sie in Anlehnung an Walt Disneys *Aristocats*. Ein Film, den Sarah mochte. Heute war das Tier eine stolze Schönheit, die das Leben und die Aufmerksamkeit liebte. Sie schnurrte laut unter Sarahs Streicheleinheiten.

»Weißt du, was es zu essen gibt?« Sie ging mit der Katze im Arm in die Küche. Gabi stand konzentriert vor dem Herd und hörte sie nicht.

»Hallo. Ich bin zu Hause.«

Gabi wandte sich um. »Oh! Hallo.«

»Was kochst du?«

»Zuerst gibt es Tomaten mit Mozzarella, dann Zitronenspaghetti mit Kräutergarnelen und als Nachspeise Joghurtcreme mit Amaretti.«

»Wow. Was für ein Aufwand. Sag, weißt du etwa, was David uns zu sagen hat? Muss nämlich enorm wichtig sein, wenn ich deine Kochorgie richtig deute.«

»Ein Heiratsantrag?«, witzelte Gabi.

»Klar! Vor versammelter Mannschaft. Das ist genau Davids Art.«

»Du und Chris, ihr seid doch zur Hälfte Italiener. Und meines Wissens muss sich die Familie einverstanden erklären, wenn der Freund der *sorella … la famiglia prima*«, sagte Gabi.

»Die Familie zuerst.« Sarah schüttelte belustigt den Kopf. »Du schaust eindeutig zu viele Mafiafilme.«

Gabis blonde Locken wippten. »Nein, ich hab genauso wenig Ahnung wie du. Eigentlich wollte er uns zum Essen einladen …«

»Ich weiß.«

»Aber Chris hat sicher keine Lust, nach der Schicht im Krankenhaus noch auszugehen.«

So ändert sich das Leben, dachte Sarah. Früher war ihr jüngerer Bruder ständig unterwegs gewesen, und jetzt bestimmte seine Freundin, worauf er Lust hatte und worauf nicht.

»Da hab ich eben vorgeschlagen, uns etwas zu kochen. Und da ich nicht weiß, wie lange es dauert, bis David uns gesagt hat, was es zu sagen gibt …« Sie zuckte mit den Achseln. »Ich hab jetzt halt mal drei Gänge eingeplant. Denkst du, das reicht?« Sie klang verunsichert.

»Bis zur Nachspeise wird er uns ja hoffentlich eingeweiht haben. Und wenn nicht …« – Sarah griff nach dem Messer auf der Anrichte –, »zwingen wir ihn zu reden.« Sie zwinkerte Gabi zu. »Kann ich dir helfen?«

»Magst den Tisch decken? Im Kühlschrank stehen zwei Flaschen Weißburgunder. Eine kannst gleich rausnehmen.« Sie deutete mit dem Kopf auf einen bereitgestellten Weinkühler.

Sarah setzte Marie auf dem Boden ab, entfernte die Katzenhaare von ihrer Kleidung mit einem Fusselroller, den sie einer Lade entnahm, und wusch sich die Hände. Dann umarmte sie ihre Freundin.

»Sei nicht so nervös, Süße. Glaub mir, er macht mir keinen Heiratsantrag.«

Gerade als sie begann aufzudecken, hörte sie die Eingangstür und Stimmen. Chris und David. Um Davids Augen lagen dunkle Schatten. Die waren ihr heute Morgen nicht aufgefallen. Er arbeitet zu viel, dachte Sarah. Chris sah wie immer aus. Der faszinierende Südländer, der in vielen Frauen Fantasien weckte. Der Krankenhausstress schien ihm nichts anzuhaben. Noch nicht! Sie küsste die beiden zur Begrüßung auf die Wange.

»Tut mir leid wegen heute Vormittag«, entschuldigte sich Sarah noch einmal bei ihrem Bruder und berichtete den anderen von ihrem Fauxpas. Gabi rollte entrüstet mit den Augen. David legte die Stirn in Falten.

»Ist okay«, tat Chris die Sache ab. »Weißt du denn, wer die Frau war?«

Sarah erzählte von ihrer Idee, ins AKH zu fahren, und von dem Interview.

Chris grinste breit. »Du bist unverbesserlich.«

»Und, wie sich zeigt, eine verdammt gute Journalistin«, lobte David sie stolz.

»Essen!«, unterbrach Gabi. »Setzt euch!«

Nach der Vorspeise ließ David endlich die Katze aus dem Sack. Er tupfte sich mit der Serviette die Mundwinkel ab. Er griff nach Sarahs Hand. Gabis Augen wurden größer, ihr Blick verriet ihre Gedanken: doch ein Heiratsantrag.

Sarah schüttelte unmerklich den Kopf.

David holte Luft. »Ich könnte das Haus kaufen, in dem meine Wohnung liegt, und ich dachte mir …« Er sah abwechselnd von Sarah zu David und Gabi, die sich sichtlich entspannte. »Wir könnten alle einziehen, denn die anderen Mieter ziehen aus. Die haben sich ein Haus auf dem Land gekauft.«

Jetzt war es also so weit. Die Frage, mit der sich Sarah seit geraumer Zeit beschäftigte, musste sie nun beantworten: Wollte sie die Wohnung am Brunnenmarkt verlassen oder nicht?

»Meinst du das ernst?«, fragte Chris. »Nach Währing ziehen … und gleich ins Cottageviertel?«

»Ist das etwa schlecht?«, stellte David stirnrunzelnd eine Gegenfrage.

»Nein, ganz im Gegenteil. Der achtzehnte Bezirk ist toll … Der Türkenschanzpark direkt vor der Tür und überhaupt. Aber dir ist schon klar, dass ich Student im letzten Studienjahr bin und kein hochbezahlter Primar«, ächzte Chris. »Eine Wohnung in der Lage! Unmöglich. Das kann ich mir nicht leisten.«

Gabi lächelte. Wahrscheinlich hatte sie damit gerechnet, dass sich Chris mit Händen und Füßen dagegen wehren würde, mit ihr zusammenzuziehen, mutmaßte Sarah. Denn noch vor gar nicht allzu langer Zeit waren Don Juan und Casanova Waisenknaben gegen ihren Bruder gewesen. Sarah hatte die Namen der Mädels, die er nachts mitbrachte, gar nicht so schnell vergessen können, wie Chris sie gewechselt hatte. Gabi war seine erste feste Freundin, und das hielt jetzt schon eine ganze Weile.

»Und wenn ich dir versichere, dass du für die Wohnung nicht mehr bezahlst als deinen jetzigen Mietanteil? Denk daran, ich bin dann dein Vermieter, und deine Schwester wird mir die Hölle heißmachen, wenn ich ihrem Bruder das letzte Hemd ausziehe.«

»Ich zahle hier keine Miete«, sagte Chris und zwinkerte Sarah zu. »Wenn ich Geld übrig hab, beteilige ich mich an den Kosten, und wenn nicht …« Er zuckte mit den Schultern. »Meine Schwester hält mich aus.«

David blickte zu Sarah.

»Er ist mein kleiner Bruder.« Ihr Tonfall klang nicht entschuldigend, eher wie eine in Stein gemeißelte Obliegenheit. »*Lui é mio fratello*, er ist mein Bruder«, betonte sie im bewusst übertriebenen italienischen

Akzent. »*La famiglia prima.* Das hat Gabi jedenfalls vorhin behauptet.«

Seit dem Unfalltod ihrer Eltern fühlte Sarah sich für Chris verantwortlich. Er war damals siebzehn Jahre alt gewesen, knapp vor der Matura, und völlig aus der Bahn geworfen worden. Er war alles, was ihr geblieben war, auch wenn inzwischen viele Jahre vergangen waren.

David begann zu lachen, dieses offene, herzliche Lachen, das Sarah so sehr an ihm liebte.

»Tja, dann werde ich mir wohl etwas einfallen lassen müssen, um uns alle unter ein Dach zu bekommen. Denn wie ich Sarah kenne, wird sie ihren Bruder in der Nähe haben wollen.« Er drückte zärtlich ihre Hand.

Sarah wechselte einen raschen Blick mit Chris. Wie gut David sie inzwischen kannte. Der Tod ihrer Eltern hatte sie und ihren Bruder zusammengeschweißt. Hinzu kamen noch ihre neapolitanischen Wurzeln: Die Familie stand über allem.

»Mich macht das Hin und Her zwischen den beiden Wohnungen nämlich langsam verrückt«, fuhr David fort. »Ich weiß oft gar nicht mehr, wo welches Hemd von mir hängt. Deshalb denke ich, dass das eine gute Lösung wäre.«

»Mich regt das auch auf«, sagte Gabi und zog eine genervte Grimasse. »Nie weiß ich, wo ich welche Bluse oder Hose liegen hab, in meiner Wohnung oder bei Chris. Ich kauf in letzter Zeit sogar meine Schminksachen doppelt.«

Eine Diskussion über die Sinnhaftigkeit von getrennten Wohnungen bei Paaren entflammte. Sarah beteiligte sich nicht daran. In ihrem Kopf drehte sich derweil der

Gedanke, den Yppenplatz verlassen zu müssen, in Endlosschleife. Das bunte Treiben auf dem Straßenmarkt entlang der Brunnengasse. Die erst seit einigen Jahren bestehende Beislszene. War sie wirklich bereit dazu? Einen Moment lang war sie böse, weil David das nicht vorher mit ihr allein besprochen hatte. Doch er wusste genau, weshalb er es nicht getan hatte. Sie hätte keine Entscheidung getroffen, ohne sich vorher mit ihrem Bruder zu beraten. Die Wohnung war ein Tempel der Erinnerungen, an die guten und schlechten Zeiten, ihr gemeinsames Rückzugsgebiet. Zweifellos fand sie die Idee schön, mit David zusammenzuleben. Sich von dem, was da war, zu lösen fiel ihr indes schwer.

»Ich könnte doch den Großteil der Miete übernehmen«, sagte Gabi. »Ob ich für meine Wohnung in der Ottakringer Straße zu viel bezahle, in der ich eh so gut wie nie bin, oder für eine in der Hasenauerstraße, ist auch schon egal.«

»Dann solltest du vorher aber mit deinem Chef über eine Gehaltserhöhung sprechen«, witzelte Sarah. Alle lachten, außer David. Er zwang sich zu einem müden Lächeln. Er ahnte vermutlich, wie es in ihr aussah.

»Denkt einfach darüber nach«, beendete er das Thema. Sarah warf ihm einen dankbaren Blick zu. »Ich werde das Haus auf jeden Fall kaufen. So oder so.« Sein Tonfall klang entschlossen, und er würde heute Nacht sicher nicht mehr mit Sarah darüber diskutieren, wenn sie allein waren.

Marie sprang auf Sarahs Schoß.

Mittwoch, 2. August

12

Isabella Schönegg-Bach saß mit geschlossenen Augen in ihrem Bürostuhl und horchte in sich hinein. So fühlte es sich also an, wenn einem die Schwester genommen wurde. Leer, ausgepumpt und hilflos. Obwohl sie nie beste Freundinnen gewesen waren, pochte der Schmerz über den Verlust Christas bis zu den Schläfen. Ein Teil meines Lebens ist gestorben, resümierte sie. Sie spürte, wie die Tränen über ihr Gesicht liefen, und ließ es zu. Zur Trauer gesellte sich Wut. Sie war wütend, weil ihre Schwester sie verlassen hatte, war wütend auf den Mann, der sie ihr genommen hatte, und sie war wütend auf die Presse, weil sie nun Christas Ansehen beschmutzte. Sie öffnete die Augen, nahm ein Taschentuch aus der oberen Lade, tupfte die Tränen ab und besserte ihr Make-up nach. Zu Trauer und Wut gesellten sich Rachegelüste. Ein gefährlicher Gefühlscocktail braute sich da in ihr zusammen. Ihr Blick fiel auf den Zeitungsstapel. Im Grunde genommen hatte Isabella Schönegg-Bach damit gerechnet. Doch nun, da es eingetreten war, ärgerte sie sich so sehr, als ob sie es nicht vorausgeahnt hätte.

Als sie in ihrem Büro angekommen war, überreichte ihr die Sekretärin einen Stoß Tageszeitungen. Darunter eines jener Gratisblätter, die in Schütten auf Bahnhöfen lagen und zumeist von Pendlern und Schülern mitgenommen, durchgeblättert und im Zug liegen gelassen wurden. Auf dem Titelblatt prangte ein großes Foto von ihrer Schwester. Es war vor einem halben Jahr bei einer Benefizveranstaltung aufgenommen worden. Sie und ihre Schwester hatten einen beachtlichen Betrag gespendet. Neben das Titelbild war eine dunkle männliche Silhouette gesetzt worden. Verfluchte Effekthascherei.

Unternehmerin von Liebhaber getötet?

Die Großbuchstaben über dem Bild leuchteten rot. Der Artikel bestand aus zusammengeschusterten Halbwahrheiten. Dass der Täter vorbestraft sei, mit Christa seit Monaten eine Affäre gehabt habe, sie ihn jedoch verlassen und er sich an ihr gerächt habe.

Zornig knallte sie die Zeitschrift auf den Schreibtisch. Trotz der herrschenden Hitze war ihr plötzlich kalt. Wer veröffentlichte derart dreiste Lügen? Dass Christa Liebesbeziehungen mit jungen Männern unterhielt, wusste jeder in der Branche. Doch hielten die Presseleute still. Bis heute jedenfalls. Dass Christa mit einem Straftäter aus der Unterschicht etwas anfing, klang selbst für ihre Schwester unwahrscheinlich. Christas Liebhaber kamen alle aus der Oberschicht. Söhne aus Adelskreisen oder zumindest Sprösslinge von Anwälten oder Chefärzten. Sie wollte die Angelegenheit dem Firmenanwalt übergeben. Der sollte das Blatt verklagen. Denen würde die Lust am Lügen bald vergehen.

Seit zwei Tagen dachte sie darüber nach, was es für sie bedeutete, nun ihren Neffen als Teilhaber ins Unternehmen aufnehmen zu müssen. Denn Christas gesamte Firmenanteile würden an ihren Sohn vererbt werden. So viel war klar. Nur die leiblichen Kinder erbten bei den Schöneggs. Die Ehepartner mussten sich mit dem Pflichtteil begnügen. Was immer noch genug war. Expartner nach einer etwaigen Scheidung gingen leer aus. Dafür sorgten Eheverträge, die der Firmenanwalt aufsetzte. Bernhard würde vermutlich Roberts Anteile verwalten, bis dieser das Studium in London beendet hatte und in die Firma einsteigen konnte.

Sie blätterte die anderen Zeitungen durch. Wenigstens hatte es Christa bei denen nicht auf den Titel geschafft. Die Schlagzeile von *Neues der Woche* fragte auf Seite 12, ob man in Wien mit einer erhöhten Terrorgefahr rechnen müsse und man die öffentlichen Gebäude nicht besser sichern müsse. Dem Artikel entnahm sie, dass der Journalist an eine massive IS-Bedrohung in Österreich glaubte.

Isabella schüttelte den Kopf. Aus welchen Quellen schöpften diese verfluchten Journalisten nur ihre Informationen?

Die Tür schwang auf. Bernhard trat ein. Er sah mitgenommen aus. Der Tod Christas traf ihn offenbar schwerer, als er sich das anmerken lassen wollte.

»Deinem Gesicht nach zu urteilen hast du den Artikel in dem Gratisblatt bereits gelesen«, sagte er. Er hielt weitere Zeitungen in der Hand, fächerte sie vor Isabella auf dem Tisch auf. »Christa ist heute der absolute Star. Keine Zeitung dieses Landes hat es vermieden, ihr spektakuläres Liebesleben zu erwähnen.« Er hielt inne. »Hast du geweint?«

»Danke! Meine Sekretärin hat mich schon mit Lesestoff versorgt.« Sie zeigte auf den Zeitungsstoß, ohne die Frage zu beantworten. »Was hatte Christa dort unten zu suchen?«, fragte sie ihren Exschwager.

»Ich hab keine Ahnung.«

»Aber sicher eine Theorie!«

»Vielleicht war sie auf der Suche nach einem neuen Talent. Du weißt doch, dass sie ständig nach jungen Designern Ausschau gehalten hat, deren Mode wir in unser Sortiment aufnehmen können.«

»Die Betonung liegt in dem Fall wohl auf jung«, ätzte Isabella. Sie verscheuchte den Gedanken, dass Christa mit all den jungen Männern geschlafen hatte, die eine Chance bei Modewelt Schönegg bekommen wollten. »Aber mal im Ernst, Bernhard. Eine Talentsuche in der Kaisergruft? Das ist absurd, sogar für meine Schwester.«

»Die Polizei hat doch erwähnt, dass ein Zeichenblock mit allen möglichen Motiven neben dem toten Mann lag.«

Isabella zog die Stirn in Falten. »Du meinst, Christa hatte eine noch größere modische Katastrophe vor als das hier?« Sie klopfte auf den Entwurf des Katalogs auf ihrem Schreibtisch. »Kleider mit Totenköpfen und Löwenpratzen oder dicklichen Engeln? Das kann nicht dein Ernst sein.«

»Du hast mich nach meiner Theorie gefragt.«

»Es hieß doch, dass der getötete Mann in einer Logistikfirma gearbeitet hat.«

»Er wäre nicht der erste Designer, der einen Brotberuf ausübt, bis er durchstartet. Das ist ein ganz normales Künstlerschicksal. Aber wie auch immer. Das würde zumindest erklären, weshalb Christa den Fotoapparat dabeihatte und von den Särgen ausschließlich Details fotografiert hat. Die Polizei hat mir gestern die Bilder gezeigt.«

Isabella dachte eine Weile nach. »Vom Alter her würde eher der Täter in Christas Beuteschema passen.«

Bernhard verzog das Gesicht. »Das klingt, als wäre Christa eine männermordende Femme fatale gewesen. Vielleicht war sie wirklich nur aus beruflichen Gründen an ihm interessiert.«

»Haben wir jemanden, der mehr über die beiden Männer herausfinden kann?«, ignorierte sie Bernhards Einwand.

»Wir sind ein Modeunternehmen, Isabella. Wir beschäftigen keine Detektive. Außerdem, wozu? Der Zeichner kann doch jetzt eh nicht mehr für uns arbeiten.«

»Du bist ein Zyniker, Bernhard.«

»Ich bin Realist.« Er grinste frech.

»Wir sollten meines Erachtens aber Bescheid wissen, was in den nächsten Tagen an Schlagzeilen auf uns zukommen könnte.« Sie griff zum Telefon.

»Was hast du vor?«

»Ich lass Luis kommen. Vielleicht weiß der mehr als wir. Immerhin hat er …« Sie verstummte. Allein der Gedanke, dass ihre Schwester mit ihm ins Bett gestiegen war, ließ sie erschaudern. Wie alt mochte er sein? Ende zwanzig, dreißig vielleicht? Sie hätte sich den Personalbogen kommen lassen sollen. Sie bat ihre Sekretärin, Luis in ihr Büro zu rufen.

»Christa hat Luis schon vor einem Monat abserviert«, sagte Bernhard, als sie aufgelegt hatte. »Also gehört er auch nicht mehr unbedingt zu ihrem eingeweihten Kreis. Mal ganz davon abgesehen, dass deine Schwester keine Geheimnisse im Bett ausgeplaudert hätte. Beim Sex war sie immer voll und ganz …«

»Hör auf!«, unterbrach sie ihn barsch. »Ich weiß, dass Luis und sie nicht mehr …«

»Ficken, Isabella. Das Wort, nach dem du suchst, heißt ficken. Komm, sprich es aus!«

Isabella antwortete mit einem scharfen Blick. »Du bist vulgär, Bernhard. Das war schon immer dein Problem. Ich dachte nur, dass sie wieder etwas mit Luis angefangen hat, weil sie doch gestern Morgen beide nicht im Büro waren, zur gleichen Zeit.«

»Das hätte sie uns sicher wissen lassen, liebste Schwägerin.« Er wusste, wie sehr es ihr missfiel, wenn er sie so nannte.

»Du warst ihr gegenüber viel zu nachgiebig.«

»Ich hab sie nach wie vor geliebt.«

Isabella starrte Bernhard an. Mit diesem Geständnis hatte sie nicht gerechnet. Ihr Exschwager verbarg seine wahren Gefühle nur allzu oft hinter zynischen Bemerkungen.

Es klopfte an der Tür, und Luis betrat das Büro. Groß, schlank, mit Stecktuch im Jackett passte er perfekt zu Modewelt Schönegg. Zum Glück trug er keinen Bart, wie er jetzt wieder in Mode kam. Isabella konnte dem gar nichts abgewinnen.

»Luis«, begrüßte sie ihn betont freundlich. »Danke, dass Sie gleich gekommen sind.« Sie schüttelten sich die Hände.

»Sagen Sie, Luis …?« Isabella warf Bernhard einen raschen Blick zu. Es war ihr unangenehm, den verflossenen Liebhaber ihrer Schwester um Informationen bitten zu müssen.

»Weißt du, was Christa in der Gruft wollte?«, kam ihr Bernhard zu Hilfe.

»Sie suchte nach Inspiration«, sagte Christas Assistent. »Sie wollte etwas ausprobieren.«

»Etwas ausprobieren?«, wiederholte Isabella.

»Das Althergebrachte mit dem Neuen kombinieren. So hat sie sich jedenfalls ausgedrückt.«

»Sprechen wir hier etwa von einer geplanten eigenen Modelinie?«, hakte Isabella vorsichtig, aber alarmiert nach.

»Ja natürlich. Was dachten Sie denn, wovon ich rede?«

Isabella schüttelte den Kopf, warnte Bernhard mit einem Blick, nur ja den Mund zu halten.

»Sie hatte auch schon einen Namen dafür. Königlich. Hat sie noch nicht mit Ihnen darüber geredet?«

Isabella biss sich auf die Lippe. Ihre Differenzen mit Christa gingen die Angestellten nichts an.

»Mit dir hat sie auch nicht drüber geredet?«, wandte sich Luis an Bernhard. »Das wundert mich ehrlich gesagt.«

»Sie hat mal erwähnt, dass sie eine Modenschau in der Kaisergruft originell fände«, antwortete Bernhard. »Das ist aber sicher schon ein halbes Jahr her und wäre sowieso nicht durchführbar gewesen.«

Warum ließ sich ihr Exschwager von diesem jungen Kerl duzen? Das gehörte sich nicht. Aber aus diesen Kreativen wurde sie generell nicht schlau. Die duzten sich doch alle.

»Warum haben Sie uns nicht Bescheid gegeben?«, fragte Isabella vorwurfsvoll.

»Ich bin … war Christas Assistent. Sie hat mich gebeten, noch darüber zu schweigen, und das habe ich getan. Trotzdem dachte ich, dass Sie beide eingeweiht seien.«

»Hatte sie schon einen Designer?«, fragte Bernhard.

»Ja.«

Isabella sog unmerklich die Luft ein. »Wen?«

Luis presste die Lippen zusammen und zuckte bedauernd mit den Achseln. »Sie wollte ihn erst auf der Fashion Week präsentieren. Deshalb hat sie auch sämtliche Vorbereitungen dafür selbst erledigt.« Sein Blick wanderte zwischen Isabella und Bernhard hin und her.

»Ihn«, wiederholte Isabella gedehnt, als müsste sie das soeben Gehörte erst im Kopf sortieren. »Also ein Mann.«

Luis schüttelte den Kopf. »Das weiß ich nicht.«

»Aber Sie wussten, dass sie eine eigene Modelinie plant. Warum? Warum hat sie ausgerechnet Sie eingeweiht und nicht uns?« Isabella machte sich keine Mühe mehr, ihre Wut zu verbergen. Ihr Mund bildete eine strenge Linie.

»Ich weiß es nicht, Frau Schönegg-Bach.«

Isabella schwieg eine Weile, das half, um sich wieder zu fassen. »Das wäre dann alles, Luis«, sagte sie und wartete, bis sich die Tür hinter dem Assistenten wieder schloss. »Also doch eine eigene Modelinie. Königlich! Wie lächerlich wollte sie uns eigentlich machen?«

»Eine Schönegg-Königslinie.« Bernhards Tonfall klang pathetisch. »Also, sei mir nicht bös, liebste Schwägerin. Das klingt gar nicht einmal so schlecht. Du bist doch sonst immer so stolz auf deine adelige Herkunft.«

»Nicht jetzt, Bernhard«, murmelte Isabella. Ihr stand der Sinn nicht nach einer weiteren Auseinandersetzung. Ihr ging etwas ganz anderes durch den Kopf. »Was, wenn du recht hast und jemand wusste, dass sich Christa mit einem Jungdesigner in der Gruft trifft. Könnte der Mord an ihr in Auftrag gegeben worden sein?«

»Du meinst, jemand hat einen Killer auf Christa angesetzt, weil sie eine eigene Modelinie rausbringen wollte? Klingt das nicht ein bisschen zu sehr nach Hollywood?«

Isabella griff zum Katalogentwurf, reichte ihn Bernhard. »Und lass die Seiten mit dieser unmöglichen Kleidung sofort verschwinden.«

13

Sarah war schon eine Ewigkeit nicht mehr in Floridsdorf gewesen. Die Stadtteile im Nordosten Wiens besuchte sie generell selten. Weshalb, konnte sie nicht erklären. Die Markomannenstraße lag im Bezirksteil Kagran, wenige Minuten Autofahrt von der Spargelfeldstraße entfernt. Sarah hatte sich kurz überlegt, bei Maria Baldauf vorbeizufahren und anzuläuten, nur um zu schauen, was passiert. Wenn sie schon mal auf der anderen Seite der Donau war, bot sich das an. Sie hatte den Gedanken aber wieder verworfen, weil ihr klar war, dass Hanna Jungwirth ihr das Interview verweigern würde, sollte sie von dem ungebetenen Besuch erfahren. Was unweigerlich geschehen würde, da war sie sich sicher. Zudem war Sarah mit den Öffentlichen unterwegs, sodass sie ein Abstecher dorthin mehr Zeit gekostet hätte als mit dem Auto.

Die Schwester Patrick Baldaufs wohnte in einer Doppelhaushälfte mit Garten und einem großzügigen Vorplatz mit zwei Parkplätzen. Die Fassade war hellgrau und weiß. Sie drückte den Klingelknopf. Ein Hund bellte. Gleich darauf öffnete sich die Tür. Hanna Jungwirth war mittelgroß, Ende dreißig, sportlich, hatte graugrüne Augen und hellbraune, modisch kurz geschnittene Haare. Sie trug ein beiges knielanges Sommerkleid und an den Füßen Flip-Flops. Die Fußnägel waren hellrosa lackiert. Der schokobraune Labrador, den sie am Halsband festhielt, passte gut zu ihrem Outfit.

»Frau Jungwirth? Ich bin Sarah Pauli vom *Wiener Boten*. Wir haben gestern telefoniert.«

Sie bat Sarah einzutreten. »Kommen Sie rein! Das ist Sammy, sie tut nichts.« Wie um die Behauptung zu untermauern, begann die Hündin mit dem Schwanz zu wedeln.

»Ich habe keine Angst vor Hunden. Ganz im Gegenteil. Ich bin ein großer Hundefan.«

Hanna ließ die Hündin los, die Sarah neugierig beschnupperte. Sie streichelte dem Hund übers Fell.

»Ich hab gerade Kaffee gekocht. Möchten Sie einen?«

Sarah nahm das Angebot dankend an und folgte der Frau in eine offene Wohnküche im Landhausstil. »Danke, dass Sie mir ein Interview geben.«

Hanna zuckte mit den Achseln. »Ich glaube, das ist besser, als wenn sich Journalisten etwas aus den Fingern saugen.« Sie schenkte Kaffee in zwei Tassen, stellte sie auf dem langen Esstisch ab und setzte sich. Sarah nahm ihr gegenüber Platz. Der Hund rollte sich auf dem Hundebett zusammen. »Außerdem haben Sie selbst einen jüngeren Bruder, Sie werden also verstehen, wovon ich rede.« Sie machte eine kurze Pause. »Kuchen hab ich leider keinen.«

»Kaffee reicht vollkommen.«

»Patrick war kein Monster. Glauben Sie mir!«, begann Hanna unvermittelt.

»Das habe ich nicht behauptet.«

»Aber die Nachbarn werden es tun und alle, die die Geschichte in der Zeitung lesen. Nach dieser Tat wird das Urteil über ihn schnell gefällt werden, nicht wahr?«

Sarah nickte leicht. »Möglich. War Ihr Bruder aufbrausend oder jähzornig, hatte er jemals Ärger mit den Nachbarn?«

Hanna runzelte die Stirn. »Nein. Eher das Gegenteil. Er war hilfsbereit und wurde still, wenn er sich ärgerte. Nur manchmal … also, wenn es gar nicht mehr ging, dann konnte er schon richtig wütend werden. Da ging man ihm dann besser aus dem Weg.« Sie sah Sarah mit einem verzweifelten Lächeln an. »Das schreiben Sie aber bitte nicht. Ich meine, zeigen Sie mir einen Menschen auf dieser Welt, der nicht manchmal wütend wird. Er hat nichts zertrümmert oder so. Er ist eher rausgegangen und hat seine Wut herausgeschrien oder sich beim Sport komplett ausgepowert.«

»Welche Art von Sport?«

»Kickboxen.« Hanna presste die Lippen aufeinander.

Scheißklischee, dachte Sarah.

Ein Mann mit Halbglatze kam herein.

»Konrad, mein Mann«, stellte Hanna ihn vor. »Er hat zum Glück gerade Urlaub. Ohne seine Unterstützung würde ich das alles nicht durchstehen.«

Konrad Jungwirth reichte Sarah die Hand. Sein fester Händedruck hielt, was sein muskelbetonter Körper versprach.

»Sarah Pauli. *Wiener Bote*.«

»Meine Frau hat mir erzählt, dass Sie heute kommen.« Er ging zur Küche, nahm sich eine Tasse, schenkte Kaffee ein und kam an den Tisch zurück. »Und was glauben Sie, über meinen Schwager herauszufinden, was die Auflage des *Wiener Boten* steigert?« Ihm ging das Interview offenbar gegen den Strich.

»Kennen Sie den *Wiener Boten*?«

Er nickte.

»Dann wissen Sie, dass wir keine Schauergeschichten zur Auflagensteigerung schreiben«, sagte Sarah. »Wir interessieren uns für das Warum, suchen nach einer Erklärung, recherchieren Hintergrundstorys und bringen Analysen.«

Die Augenbrauen des Mannes wanderten nach oben. Sein Mund blieb ernst. Er misstraute ihr.

»Welches Motiv könnte Ihr Bruder gehabt haben?«, wandte sich Sarah wieder an Hanna Jungwirth.

Die Frau schüttelte den Kopf. »Wenn wir das wüssten. Es ist alles so …« Sie machte eine verzweifelte Geste. »Ich will, dass Sie Patrick darstellen, wie er wirklich war. Überfordert vom Leben, aber im Grunde ein guter Kerl.« Tränen standen in ihren Augen.

»Du verteidigst ihn immer noch, nach allem, was ihr durchgemacht habt mit ihm«, knurrte ihr Mann. Das Verhältnis zu seinem Schwager war offenbar nicht gut gewesen.

»Er war verdammt noch mal mein kleiner Bruder«, brauste Hanna auf und bedachte ihren Mann mit einem finsteren Blick.

»Was haben Sie denn durchgemacht wegen ihm?«

Hanna wischte die Frage mit einer ungestümen Handbewegung weg. »Sie haben doch auch einen jüngeren Bruder. Sie wissen, dass Geschwister zusammenhalten, egal, welche Fehler einer gemacht hat.«

Hannas Mann schnaubte verächtlich.

Sarah nickte, hatte jedoch keine Lust, Familiengeschichten auszutauschen. »Ich weiß, dass Patrick vorbestraft war.«

»Er hat seine Strafe abgesessen. Und seit seiner Entlassung aus dem Gefängnis hat er sich nichts mehr zuschulden kommen lassen.« Hanna warf ihrem Mann erneut einen kurzen Blick zu. Diesmal lag eine Art Genugtuung in ihren Augen.

»Außer dass er den ganzen Tag herumgelungert ist und deiner Mutter auf der Tasche lag«, sagte Konrad Jungwirth. »Er war ein fauler Sack.«

»Das schreiben Sie nicht«, kam es von Hanna im Befehlston.

»Deine Mutter hat ihn wie einen Prinzen behandelt«, unterbrach Konrad Jungwirth. »Alles hat sie ihm abgenommen. Keine Grenzen gesetzt.«

»Patrick war ihr Ein und Alles, und dadurch verlor er irgendwie die Orientierung«, fuhr seine Frau dazwischen. »Was ist richtig und was falsch? Er konnte es nicht unterscheiden, denn in den Augen unserer Mutter war ja eh alles richtig, was er tat. Wenn ich versucht hab, ihm eine Lektion zu erteilen, ist sie dazwischengegangen. Patrick war für sie ein Heiliger.« Sie hielt kurz inne, schluckte aufkommende Tränen hinunter, wischte mit der Handfläche über ihre Augen und sprach weiter. »Ich war fünfzehn, als mein Bruder geboren wurde. Meine Eltern glaubten nicht mehr daran, ein zweites Kind zu bekommen.« Sie warf ihren Kopf theatralisch nach hinten. »Und dann auch noch ein Bub. Ein größeres Glück kann man sich nicht vorstellen. Ein Stammhalter! Auch wenn man im einundzwanzigsten Jahrhundert glauben sollte, dass das keine Rolle mehr spielt.« Sie klang verbittert.

»Dass man keine Menschen erschießt, hätte sogar er wissen müssen«, zischte ihr Mann.

»Wie würden Sie Ihren Schwager beschreiben?«,

wandte sich Sarah an Konrad Jungwirth. Ein Mädchen tauchte im Türrahmen auf. Sarah schätzte sie auf sechs oder sieben Jahre. Sie trug ihre dunkelblonden Haare zu Zöpfen geflochten, mit weißen Bändchen am Ende. Passend zu dem rosaroten Sommerkleid und den rosaroten Socken an ihren Füßen.

»Unsere Tochter«, stellte Hanna die Kleine vor. »Amelie, das ist Frau Pauli.« Sie versuchte zu lächeln. Das Kind nickte ernst, ließ Sarah nicht aus den Augen. Verflixt, dachte Sarah und versuchte, nicht zu lachen. Amelie erinnerte sie auf groteske Art an ihr Glücksschwein Amy. Das Plüschtier stand neben ihrem Computer auf dem Schreibtisch und war ebenso rosarot wie dieses Kind.

Konrad Jungwirth erhob sich. »Ich lass euch allein. Komm, Amelie, wir gehen ein Eis essen.« Er nahm die Kleine an der Hand und verließ mit ihr den Raum, ohne Sarahs Frage zu beantworten. Kurz darauf hörten sie die Haustür zuschlagen. Der Hund spitzte die Ohren, stand auf und verschwand durch die Tür in den Flur.

»Wollen Sie mir sagen, Patrick ist ein Produkt seiner Kindheit und wusste nicht, wenn er etwas Unrechtes tat?«

»Natürlich wusste er das. Aber er hat das alles einfach als Jugendsünden verstanden. Er rechnete nicht damit, bestraft zu werden, weil er ja im Grunde genommen nie bestraft wurde. Außer dieses eine Mal, als man ihn eingesperrt hat. Trotzdem fühlte er sich unantastbar. So wie Superman. Das war seine Lieblingscomicfigur, als er klein war. Für ihn war das Leben ein einziges … ich weiß nicht, wie ich es anders sagen soll … ein Spiel. Regeln gab es für ihn nicht.«

»Würden Sie Ihren Bruder als willensschwach oder eher als willensstark beschreiben?«

Sie zuckte mit den Achseln. »Träumer würde es wohl eher treffen. Er wollte immer hoch hinaus, hat stets sein Ziel vor Augen gehabt. Dass man dafür auch was tun muss, hat ihm nicht eingeleuchtet. Er dachte immer, es gäbe eine Abkürzung. Ein Lächeln, ein freundlicher Augenaufschlag, und schon war ein Problem aus dem Weg geräumt. Unser Vater starb, als Patrick zwei Monate alt war. Bauchspeicheldrüsenkrebs. Eine heimtückische Krankheit. Es ging schnell.«

Der Hund kam zurück, ihm folgte ein Mann. Groß, stämmig, ein Bär von einem Kerl.

»Otto!«, rief Hanna überrascht. »Was machst du denn hier?«

Sarah fragte sich, wie viele Leute hier einfach so ein und aus gehen konnten. Und ob man ihr Interview sabotieren wollte.

»Entschuldige, wenn ich unangemeldet reinschneie. Konrad und Amelie sind grad raus, als ich vor der Haustür stand«, erklärte er sein plötzliches Auftauchen. Sein Blick fiel auf Sarah. Er streckte ihr die Hand entgegen.

»Otto Sagen.«

»Der Lebensgefährte meiner Mutter«, ergänzte Hanna. »Nimm dir Kaffee, Otto, und setz dich zu uns.«

Er wirkte unsicher, schien abzuwägen, was man in Gegenwart einer Journalistin sagen konnte und was nicht. Schließlich gab er sich einen Ruck. »Ich wollte dich bitten, heute Nachmittag nach deiner Mutter zu sehen. Ich hab Termine, die ich nicht verschieben kann«, sagte er, nachdem er Platz genommen hatte. Der

Labrador legte sich unter den Tisch. »Wenn du keine Zeit hast, dann … dann müsste ich halt schauen, wie ich das schaffe. Ich will sie nicht zu lange allein lassen.«

»Natürlich. Ich schau nach ihr.«

»Es geht ihr sehr schlecht.« Otto Sagens Blick ließ große Sorge erkennen. Hanna nickte wissend.

»Und was werden Sie über Patrick schreiben?«, fragte er Sarah plötzlich.

»Das weiß ich noch nicht«, antwortete sie wahrheitsgemäß.

»Schreiben Sie einmal über die Gefühle der Angehörigen. Darüber, wie die Mutter eines …« Er verstummte. Sarah wusste auch so, was er sagen wollte. Dem Blick nach zu urteilen wusste es auch Hanna. Ihr Bruder war ein Mörder!

»Wie sie leidet«, fuhr Otto Sagen fort. »Wie sie sich quält mit dem Gedanken, alles falsch gemacht zu haben, derweil hat sie ihn mit Liebe und Verständnis überschüttet. Und eines können Sie mir glauben, Frau Pauli. Auch für die Familie des Täters bricht eine Welt zusammen. Denken Sie daran, wenn Sie Ihren Artikel schreiben. Wenn Sie Patrick an den Pranger stellen, betrifft das seine gesamte Familie.« Er klang unglücklich und angriffslustig zugleich.

»Das ist mir durchaus bewusst. Können Sie sich vorstellen, warum er das getan hat? Ich meine, er hat keine Forderungen gestellt.«

»Was sollte er fordern?«, fragte Hanna.

»Geld?«

»Blödsinn.«

»Hatte er denn welches?«

»Genug, um nicht zum Erpresser zu werden«, sagte

Hanna. »Außerdem hatte er bei meiner Mutter freie Kost und Logis.«

»War er öfter in der Gruft?«

»Meines Wissens nicht«, antwortete Otto Sagen. »Was hätte er dort zu suchen gehabt?«

»Aber was wissen wir schon?«, sagte Hanna. »Wir dachten, wir kennen ihn, und trotzdem wussten wir nicht einmal, dass er Totenköpfe sammelte. Die Polizei hat gestern eine Kiste voll in seinem Zimmer gefunden.«

»Er hat einen Totenkopf in der Gruft dabeigehabt.«

»Wissen wir. Die Polizei hat's uns erzählt. Ich hab davor noch nie welche bei ihm gesehen. Du?« Hanna sah zu Otto Sagen. Der schüttelte den Kopf.

Sarah fragte, ob Patrick Kontakt zu den Hells Angels hatte. Die beiden verneinten. »Kannte sich Ihr Bruder mit Symbolik aus?«

»Was meinen Sie damit?«, fragte Otto Sagen.

»Den christlichen Totenkult zum Beispiel. Ein Memento mori, der Totenkopf als Symbol der Vergänglichkeit, so was in der Art.«

Hanna Jungwirth sah Sarah zweifelnd an und schüttelte den Kopf. »Damit hatte Patrick nichts am Hut.«

»Patrick war sicher keiner dieser Satansanbeter«, warf Otto Sagen ein.

»Das hat damit nichts zu tun«, sagte Sarah, verzichtete jedoch auf eine eingehende Erläuterung. »Und die Waffe? Woher hatte er die?«

»Wissen wir nicht«, sagte Hanna rasch. Für Sarah klang es eine Spur zu überzeugt. Dennoch ließ sie es dabei bewenden, um das Gespräch nicht in einer Sackgasse enden zu lassen.

»Kannte er Christa Schönegg?«

Die beiden wechselten einen kurzen Blick. »Sie spielen auf den Artikel in diesem Gratisblatt an. Ich hab's gelesen«, sagte Patricks Schwester.

»Eine Augenzeugin hat mir erzählt, dass er zuerst Christa Schönegg angesehen und dann dem Mann etwas zugeflüstert hat. Was könnte das gewesen sein?«

»Eine Augenzeugin?«, fragte Otto Sagen.

»Die Kassiererin. Sie hat überlebt.«

»Was soll er wem zugeflüstert haben?«, hakte er verständnislos nach.

»Ich hatte gehofft, dass Sie mir das sagen können.«

Hanna zuckte mit den Achseln.

»Eifersucht auf den Nebenbuhler?«, fragte Sarah.

Hanna lachte laut auf. »Das glauben Sie doch selbst nicht. Die Schönegg und mein Bruder. Zwischen den beiden liegen Welten. Außerdem war sie doch viel zu alt für ihn.«

»Es gibt Männer, die mögen ältere Frauen.«

»Sie meinen, mein Bruder hatte einen Mutterkomplex?« Sie schüttelte heftig den Kopf. »Nein. Sicher nicht.«

Auch Otto Sagen schüttelte hastig den Kopf. »Nie und nimmer. Patrick dreht doch nicht wegen Liebeskummer durch.«

»Was ist mit dem anderen Opfer? Kannte Ihr Bruder den Mann?«

»Volker Graumann«, sagte Hanna.

Bingo! Sarah notierte sich im Geist den Namen.

»Nein.« Hanna schüttelte wieder den Kopf. »Meiner Mutter hat der Name jedenfalls nichts gesagt, als die Polizei sie gestern nach ihm gefragt hat. Dir auch nicht, gell, Otto?«

»Nein.«

»Wissen Sie etwas über den Mann?«

»Er hat in einem Logistikzentrum für Arzneimittel gearbeitet. Das hat uns die Polizei erzählt. Mehr nicht.«

»Glauben Sie mir, Frau Pauli.« Otto Sagen lehnte sich ein wenig nach vorn. »Wir zerbrechen uns seit gestern den Kopf darüber, warum Patrick das getan hat. Wir wissen es nicht. Es ergibt absolut keinen Sinn. Nicht einmal der Brief, den er …« Er verstummte. Das war ihm rausgerutscht. Sarah erkannte es an seinem erschrockenen Blick und der ruckartigen Bewegung, mit der er sich wieder aufrichtete.

»Es gibt einen Brief?«

»Da stand nicht viel drin«, ruderte der Mann zurück. »Kein Motiv, keine Erklärung. Er hat sich nur bei seiner Mutter und Hanna entschuldigt.«

»Also hat er die Tat doch geplant«, schlussfolgerte Sarah.

»Nie und nimmer«, behauptete Otto Sagen nachdrücklich. »Das war eine Kurzschlusshandlung. Patrick war gar nicht fähig, so eine Tat zu planen.« Er erhob sich abrupt.

»Warum nicht?«

»Weil er ein guter Typ war. Ich muss jetzt, die Arbeit ruft.« Seine Schultern sackten nach vorn. Sarah sah einen gebrochenen Mann vor sich. Er verließ rasch das Wohnzimmer. Sarah glaubte, dass er weinte.

»Er ist Vertreter bei Susal«, erklärte Hanna ungefragt, nachdem sie die Eingangstür zuschnappen gehört hatten.

»Noch nie gehört.«

»Eine internationale Firma, die Verpackungsmaschinen für die Lebensmittelindustrie herstellt. Otto ist viel unterwegs. Am Dienstagvormittag war er gerade auf der Autobahn auf dem Weg zu einem Kunden in Fischamend. Als meine Mutter ihn anrief, hat er sofort umgedreht und ist zu ihr. Das ist Otto, verstehen Sie? Seine Familie, und das sind wir für ihn, ist ihm heilig.«

Sie seufzte. »Patrick und Otto standen sich sehr nahe. Otto war für Patrick der Vater, den er nie gehabt hatte. Er hat ihm blind vertraut. Meine Mutter und Otto haben sich vor zweieinhalb Jahren kennengelernt. Anfänglich hatte sich meine Mutter gegen die Beziehung gewehrt, weil sie nicht wusste, wie Patrick reagieren würde, wenn seine Mama plötzlich … ich weiß, was Sie jetzt denken. Ein erwachsener Bursch darf nicht so an seiner Mutter hängen, dass kein anderer Mann mehr Platz in ihrem Leben hat. Noch dazu saß Patrick zu dem Zeitpunkt bereits im Gefängnis. Meine Mutter hatte es damals echt nicht leicht, hat aber nie gejammert deshalb. Sie ist einfach so. Die Kinder zuerst, dann lange nichts, und wenn noch etwas übrig bleibt, kommt sie an die Reihe. Sie hat sich gegenüber Patrick immer wie eine Glucke verhalten. Ich mein das nicht bös, falls Sie das glauben. Aber für meine Mutter ist der Zusammenhalt der Familie sehr wichtig.« Sie machte eine kurze Pause. »In der Schule haben sie Patrick oft Muttersöhnchen genannt, das hat ihn sehr geärgert.«

»Hatte er das Gefühl, von jemandem ungerecht behandelt zu werden?«

Hanna zuckte mit den Achseln. »Nicht dass ich wüsste. Otto und er haben nach seiner Entlassung viel Zeit miteinander verbracht. Sie haben sich von Beginn an blendend verstanden, hatten gemeinsame Interessen. Otto war Patrick eine große Stütze nach der Zeit in der Jugendstrafanstalt.«

»Welche gemeinsamen Interessen?«, hakte Sarah nach.

»Otto arbeitete über zwanzig Jahre lang bei der Berufsfeuerwehr in Wien. Beim Großbrand in der Hofburg hatte er Dienst. Stellen Sie sich das einmal vor! Er hat Patrick viel über seinen damaligen Job erzählt, und wir haben gehofft, dass Patrick mit Ottos Hilfe endlich seinen Weg finden würde.« Sie seufzte.

»Der da wäre?«

»Die Welt sollte stolz auf ihn sein, ihn bewundern, wie meine Mutter das immer getan hatte. Als Feuerwehrmann wäre ihm das vielleicht geglückt. Immerhin war es sein Kindheitstraum, Berufsfeuerwehrmann zu werden.« Sie lächelte milde. »In der Schule hat Patrick gegenüber einem Mitschüler behauptet, dass unser Vater als Feuerwehrmann bei einem Brand ums Leben gekommen sei. Die Lehrerin hat meine Mutter damals in die Schule zitiert. Sie kannte ja die Wahrheit. Jedenfalls stellte sie Patrick als krankhaften Lügner hin. Ich mein, er war gerade einmal acht Jahre alt.« Sie schüttelte den Kopf. »Er hatte sich seine eigene Wahrheit zurechtgezimmert. Dass unser Vater an einer Krankheit namens Krebs gestorben war, war für ihn viel zu abstrakt. Na ja, und nachdem dieser besagte Mitschüler behauptet hatte, unser Vater sei gar nicht tot, sondern habe die Familie verlassen, weil er keinen Schwächling wie Patrick als Sohn haben wollte, führte eines zum anderen. Und plötzlich war unser Vater ein Feuerwehrmann, ein Held, der bei der Rettung anderer ums Leben kam, und der Mitschüler hatte ein blaues Auge. So einfach regeln Kinder das.«

Sarah nickte. »Hat Ihr Bruder einen Beruf erlernt?«

»Tischler. Aber nach der Lehre kam das Bundesheer, und dann wollte er nicht mehr zurück in seinen Beruf. Er wollte sich etwas anderes suchen und dann …« Sie brach ab.

»Wie lange saß Ihr Bruder im Gefängnis?«, kam Sarah auf Patricks Verurteilung zurück.

»Möchten Sie noch einen Kaffee?«

»Nein danke.«

»Sie haben ihn zu achtundzwanzig Monaten verurteilt. Er saß in der Jugendstrafanstalt Gerasdorf. Eigentlich wollte er gestern zu einem Vorstellungsgespräch, hat mir meine Mutter erzählt.«

»Wo?«

Sie seufzte und fuhr sich mit einer verzweifelten Geste durch die Haare. »Keine Ahnung. Es war wohl gelogen.« Ein Ausdruck von Resignation erschien in ihrem Gesicht. »Vielleicht wollte er sich aber auch wirklich um Arbeit kümmern. Seit er Otto kannte, entwickelte mein kleiner Bruder sogar Schuldgefühle meiner Mutter gegenüber, weil er sie so wenig unterstützte.« Sie schnaubte belustigt. »Konrad und ich haben ihn oft gebeten, Mama zu helfen. Wenn schon nicht finanziell, dann zumindest, indem er ihr einen Teil der Hausarbeit abnimmt. Aber auf uns hat er nicht gehört, das führte immer nur zu Streit. Patrick haute dann in der Regel ab, denn er ertrug es nicht, wenn jemand laut wurde oder schrie. Das bereitete ihm Stress und ließ ihn hektisch werden. Ottos ruhige Art half. Er schaffte es, an ihn ranzukommen. Ihm hörte er zu und nahm plötzlich

Ratschläge an. Es gelang Otto sogar, dass Patrick eigene positive Ideen entwickelte, und meiner Mutter gab er das verloren gegangene Selbstvertrauen zurück.«

»Glauben Sie, dass Patrick die Tat allein geplant hat?«, stellte Sarah die Frage, die ihr schon lange auf der Zunge brannte.

Hanna runzelte die Stirn. »Allein? Wie meinen Sie das? Ah, Sie glauben, dass er Komplizen hatte.«

»Was ist mit dem Mann, der damals mit ihm verurteilt wurde? Gerhard Ehm heißt er, glaube ich.«

Hanna schnalzte mit der Zunge. »Das weiß ich nicht. Die Gang hat sich meines Wissens zerschlagen.«

»Gang?«

»Sie bezeichneten sich als Gang, waren aber nur zu dritt. Erwischt haben sie bloß Gerhard und Patrick. Die beiden haben den Mund gehalten und alles auf sich genommen. Der Dritte hat, während die beiden im Gefängnis saßen, zu studieren begonnen. Ausgerechnet Jus. Das ist witzig, gell? Erst bricht er bei Leuten ein, und dann studiert er Rechtswissenschaft. Der wird sich später einmal gut in die Situation seiner Klienten hineinversetzen können.« Sie lachte leise.

»Und was, wenn sie sich wieder zusammengefunden haben? So lange liegt die abgesessene Strafe ja nicht zurück.«

»Glaub ich nicht. Meine Mutter hätte mir bestimmt erzählt, wenn die beiden wieder mit Patrick abgehangen hätten.«

»Und wenn Ihre Mutter das nicht mitbekommen hat? Vielleicht hat Patrick auch neue Freunde gefunden?«

»Sie meinen, einmal kriminell, immer kriminell?«, fragte Hanna empört.

»Nein, das meine ich nicht. Ich versuch nur, alle Eventualitäten durchzudenken.«

»Die da wären?«

»Diebstahl. Ihr Bruder drinnen, draußen Komplizen, und dann geht etwas schief?«

Hanna schenkte Sarah einen skeptischen Blick.

»Wie hieß der Dritte?«

»Weiß ich nicht.«

»Diesen Gerhard kannten Sie aber.«

»Nur vom Hörensagen. Ich wohnte nicht mehr bei meiner Mutter, als die drei …«

»Aber Sie wissen, dass einer von ihnen Jus studiert.«

»Ja, weil Patrick das einmal erwähnt hat. Er meinte, dass einer von seinen alten Freunden jetzt ein verdammter Anwalt werden würde.«

Sie schwiegen einen kurzen Augenblick.

»Was wollte Patrick in der Gruft? Dort kann man doch kaum was stehlen … außer vielleicht irgendwas von einem bestimmten Sarg, für einen Sammler. Aber dafür bräuchte man doch zumindest einen Schweißbrenner«, unterbrach Sarah das Schweigen.

»Da glaub ich eher an die These, die die Polizei vertritt. Dass mein Bruder einen Abgang machen wollte, und das möglichst spektakulär. Im Mittelpunkt stehen. Sie verstehen? Das war ein Alleingang«, beharrte sie.

»Warum sind Sie davon so überzeugt?«

»Weil ich bis jetzt nicht auf die Idee gekommen bin, dass es einen oder mehrere Komplizen geben könnte. Weil das auch egal ist. Mein Bruder hatte die Pistole in der Hand und hat abgedrückt. Dass er zwei Menschen mit in den Tod gerissen hat, tut mir unsagbar leid. Das kann ich nicht wiedergutmachen.«

Sarah hätte gerne erwidert, dass Komplizen, so es welche gab, nicht minder schuldig waren, ein Gericht sie bestrafen konnte. Dennoch schwieg sie, weil es keinen Sinn hatte, Patricks Schwester davon zu überzeugen. Für sie machte es keinen Unterschied. Ihr Bruder war ein Mörder. So oder so.

Auf dem Weg zur U1 kamen ihr Konrad Baldauf und Amelie entgegen. Die Kleine hielt ein Wassereis in der Hand. Sarah lächelte die beiden an, bekam jedoch nur ein kurzes Kopfnicken zurück. Als sie weiterging, erschien es ihr, als beobachtete sie jemand. Das Gefühl wurde stärker. Es war, als drückte ein Geist auf den Angstknopf in ihrem Kopf. Sie drehte sich um. Baldauf und die Kleine waren verschwunden. Sie rief Martin Stein an. Der Chefinspektor hob nach dem zweiten Läuten ab.

»Nein, es gibt keine Neuigkeiten«, begrüßte er sie. Sarah konnte sich vorstellen, wie er in diesem Moment mit der Hand über seine kurz geschorenen Haare fuhr, weil ihn der Anruf störte. Sie erzählte ihm von ihrem Besuch bei Hanna Jungwirth.

»Es gibt einen Brief, den Baldauf hinterließ. Adressiert an seine Mutter und seine Schwester. Eine Art Entschuldigung.«

»Der unterliegt dem Briefgeheimnis.«

»Ihr wart bei Baldauf zu Hause, und ich bin mir sicher, dass ihr mehr getan habt, als der Familie euer Beileid auszusprechen.«

»Mag sein, dennoch brauchst du nicht alles wissen. Darüber hinaus gibt es im Moment weder ein Motiv noch irgendetwas, das den Täter mit seinen Opfern in Verbindung bringt.«

»Aber ihr habt doch sicher sein Zimmer durchsucht und seinen Computer mitgenommen. Irgendwelche Brutalospiele darauf?«

Stein lachte. »Ich hab keine Ahnung, was die Kollegen alles mitgenommen haben, das wird in den nächsten Tagen ausgewertet. Sollten irgendwelche Ego-Shooter darunter sein, lass ich es dich wissen. Aber mal unter uns, wäre das nicht zu einfach? Er hat Gewaltspiele auf dem PC, also ist er ein potentieller Amokläufer? Laut einer britischen Studie haben Gewaltspiele kaum Einfluss auf junge Erwachsene.«

»Du liest Studien?«

»Ja.«

»Ich bin beeindruckt. Schickst du mir die als Link oder ein PDF?«

»Mach ich.«

»Was ist mit der Waffe? Wo hat er die her? Besaß er einen gültigen Waffenschein?«

»Die haben wir sichergestellt. Schwarzmarkt. Nein.«

»Was kostet eine Waffe am Schwarzmarkt?«

»Kommt darauf an. Eine 38er Special bekommst du gebraucht für rund fünfhundert Euro.«

»Das heißt, er hatte eine gebrauchte 38er Special«, mutmaßte Sarah.

»Wenn du das sagst.«

Also: Ja. »Ich würde gerne einen Händler interviewen, der illegale Waffen verkauft.« Die Idee war ihr soeben gekommen.

»Und du glaubst, die Polizei hat die alle in einer Datenbank gespeichert und gibt die Telefonnummern auf Anfrage an Journalisten weiter?« Er lachte heiser. »Sarah, das funktioniert nur in schlechten Filmen. Illegal bedeutet, dass derjenige nicht will, dass die Exekutive Bescheid weiß.«

»Ich hab schon begriffen, dass du mir keinen liefern kannst.«

»Du wirst auch nach keinem suchen«, warnte er eindringlich. Martin Stein sorgte sich um Sarah. Sie beide verband mehr als ein berufliches Vertrauensverhältnis. Sarahs Vorgesetzte war im Zuge einer Recherche ermordet worden. Stein hatte sie sehr gut gekannt. Er wollte nicht noch eine tote Journalistin finden, die er in sein verkrustetes Herz geschlossen hatte.

»Eh nicht.« Sie wussten beide, dass Sarah es sehr wohl versuchen würde. »Warum trug Baldauf eine Maske?«

»Er wollte nicht erkannt werden.«

»Das ist mir schon klar. Aber warum lässt er zusätzlich die Kameras ausschalten?«

»Warum arbeitest du nicht bei der Polizei?«

»Das Thema hatten wir schon, Martin. Zu viel Bürokratie. Also, warum die Maske? Deine Meinung, ganz spontan.«

»Er wollte nicht der Star der Kaisergruft-Soap werden.«

»Was dann? Das geheimnisvolle Phantom? Der unerkannte Superheld? Ich sag dir, er hat den Selbstmord nicht geplant. Es hat ihn überrascht, wie viel Polizei da plötzlich am Neuen Markt aufgetaucht ist. Damit hat er nicht gerechnet. So hat es mir zumindest die Kassiererin erzählt.«

»Blödsinn. Jemand, der so etwas plant, weiß, dass innerhalb kürzester Zeit die Spezialeinheiten anrücken. Der hat vor Zeugen mit einer Pistole herumgefuchtelt, spätestens da muss ihm klar gewesen sein, dass jemand die Polizei ruft.«

»Entweder war auch das nicht geplant, oder aber er wollte bis zum Eintreffen der Exekutive schon wieder weg sein.«

»Ich weiß nicht, worauf du hinauswillst, Sarah.«

»Wenn jemand tatsächlich Amok läuft, geht er doch nicht kurz nach zehn Uhr in die Gruft, also kaum dass sie offen hat. Eine Stunde später wären wahrscheinlich mehr Leute unten gewesen. Darum geht es einem Amokläufer doch. Möglichst viele Menschen töten. Zudem hat er die Kassiererin zusperren lassen, was bedeutet, dass niemand mehr reinkam. Ergo keine Leute, die er zusätzlich erschießen kann.«

»Es steht nirgends angeschrieben, um welche Uhrzeit wie viele Leute da unten sind.«

»Das sagt mir doch der normale Hausverstand, dass um zehn Uhr noch nicht die Hölle los ist.«

»Es hätte auch eine Reisegruppe unten sein können, da erwischst du gleich mal vierzig, fünfzig Personen.«

»Gut, aber dann erklär mir bitte, warum er die potentiellen Opfer vor der Tür verscheucht und nicht gleich zu schießen beginnt?«

»Das kann ich dir nicht erklären, Sarah. Und unser Gespräch führt zu nichts«, sagte er. »Ich halt mich an die Fakten, und die besagen nun einmal, dass der Kerl zwei Menschen und dann sich selbst umgebracht hat. Egal, ob er das so oder anders oder gar nicht geplant hat. Drei Menschen sind tot, das ist die Ausgangslage.«

»Und ich halte mich nun einmal gerne an die sieben journalistischen W-Fragen. Wo, wann, was, wie, wer – und woher stammt die Information? Das ist eigentlich alles klar. Nur das Warum fehlt mir noch. Und meines Erachtens sieht das nicht nach einem typischen Amoklauf aus.«

»Bist du jetzt Spezialistin? … Sarah! Das Warum versuchen wir gerade zu klären. Doch du kannst dir sicher vorstellen, wie schwierig es ist, ein Tatmotiv zu finden, wenn der Täter tot ist.«

»Die Schlagzeile eines Mitbewerbers behauptet heute, dass er der Liebhaber von Christa Schönegg gewesen sein könnte und die Trennung ihn verrückt gemacht hat.«

»Du bezeichnest dieses Käseblatt echt als Mitbewerber? Das hätte ich nicht gedacht.« Stein lachte laut.

»Ich bin eben ein höflicher Mensch, und es stimmt doch: Christa Schönegg hatte eine Vorliebe für junge Männer. Vielleicht war's wirklich eine Eifersuchtsgeschichte, und das zweite Opfer war der Neue, mit dem sich die Schönegg heimlich traf.«

»Echt jetzt, Sarah? Ein romantisches Stelldichein in der Kaisergruft?«

»Es gibt in der Kaisergruft sicher auch Ecken, die nicht von Kameras erfasst werden. Und manche Leute haben eben seltsame Vorlieben.«

»Du hast eine kranke Fantasie, weiß das David? Aber wie auch immer, für diese Behauptung gibt es bis jetzt keinerlei Beweise. Was übrigens auch für die Behauptung gilt, dass die Terrorgefahr in Wien steigt, wie dieser Schmierfink Oskar Kretschmer von *Neues der Woche* geschrieben hat. Aber es gibt bekanntlich nichts, was es nicht gibt.« Wieder lachte er lautstark.

»Wenn ich ausschließe, dass das zweite Opfer Schöneggs neuer Liebhaber war … wer war er dann?«

»Du versuchst jetzt nicht gerade, mich auszutricksen?«

»Komm, Martin! Ich bin's, die Sarah. Lass mich nicht betteln. Ich weiß inzwischen, dass der Mann Volker Graumann hieß und in einem Logistikzentrum gearbeitet hat.«

Steins heiseres Lachen erklang erneut. »Du bist wahrlich eine Hexe. Also gut. Der Mann war zweiunddreißig Jahre alt, lebte allein in einer Wohnung in einem Gemeindebau in Favoriten und war in besagtem Logistikzentrum Lagerleiter.«

»Wo genau?«

»Frag deine Kristallkugel.«

»Wien-Nord Eibesbrunn?«

»Das Ding funktioniert tatsächlich.«

»Der Name der Firma?«

»Sarah!«

»Ist schon gut, ich find's selber raus. Die Kassiererin meinte, er war öfter da, um zu zeichnen.«

»Jeder hat ein Hobby.«

»Du auch?«

»Ich ausgenommen. Dafür hab ich keine Zeit. Seine Leidenschaft fürs Zeichnen dürfte jedenfalls kein Grund dafür gewesen sein, ihn abzuknallen.«

»Das sagst du. Ich hab die Zeichnungen nicht gesehen.«

»Du bist zynisch, Sarah. Er hat an einer Skizze vom Sarkophag Maria Theresias und Franz Stephans gearbeitet.«

»Eltern?«

»Nein, das Kaiserehepaar ist schon länger tot, kommt dafür also nicht in Frage.«

»Haha, sehr witzig.«

»Seine Eltern sind geschieden. Leben beide nicht in Wien. Sein Vater im Burgenland, seine Mutter in der Wachau. Und wenn du mich jetzt bitte entschuldigst. So gern ich mit dir plaudere, aber ich hab viel Arbeit auf meinem Tisch.«

Nach dem Telefonat mit Stein rief sie Patricia an. Sie bat sie, die Adresse von Volker Graumann ausfindig zu machen, seine Eltern und seinen Chef anzurufen. »Das Unternehmen liegt in Wien-Nord Eibesbrunn. So viele Logistikzentren für Arzneimittel wird es dort ja nicht geben. Wenn wir ein Statement bekommen, bin ich glücklich. Was ist mit den Freunden unseres Täters?« Sie hörte ihre Kollegin seufzen. »Hast du die sozialen Medien schon durchsucht?«

Patricia verneinte.

»Warum nicht?«, fragte Sarah ein klein wenig genervt. Immerhin war Hintergrundrecherche Patricias Job.

»Weil ich nicht alles gleichzeitig machen kann. Vorerst hab ich mich mal um diesen Jimmy gekümmert. Die beiden scheinen gute Freunde gewesen zu sein. Leider geht aus den Einträgen nicht hervor, wie er mit Familiennamen heißt und ob Jimmy sein richtiger Name ist. Das Profil weist generell Lücken auf. Keine Angaben zu seinem Job oder einer Berufsausbildung. Nur dass er regelmäßig trainiert, lässt er die Welt wissen. Wo, verrät er leider nicht. Scheint sehr auf seine Privatsphäre bedacht zu sein, der Herr Jimmy.«

»Dafür wird es sicher einen Grund geben«, mutmaßte Sarah.

»Ich hab ihm jedenfalls eine Nachricht geschrieben, dass wir gerne mit ihm reden würden. Er hat noch nicht geantwortet.«

»Dann hoffen wir mal, dass er bald antwortet.«

»Wann kommst du in die Redaktion?«

»Bin schon auf dem Weg.« Sarah legte auf und schrieb David eine SMS mit der Frage, ob er sich die Sache mit der Praktikantin überlegt habe. Sie hatte heute Morgen vergessen, ihn danach zu fragen.

Im *Wiener Boten* kam ihr Conny im Flur entgegen. Sissi hechelte ihrem Frauchen hinterher.

»Hast schon gelesen?« Sie hielt die Gratiszeitung mit Christa Schönegg auf dem Titelbild in die Höhe.

»Was denkst du denn? Klar hab ich das gelesen.« Sarah hatte in ihrem Artikel nur in einem Nebensatz erwähnt, dass das Gerücht kursiere, Baldauf sei Schöneggs heimlicher Geliebter gewesen. Ausreichend Platz für das Interview mit Maja Petrovic zu haben erschien ihr wichtiger.

»Könnte da was dran sein, oder ist das journalistischer Erfindungsgeist?«, fragte sie die Gesellschaftsreporterin.

»Ich weiß nicht. Christa Schöneggs Jünglinge stammten im Normalfall nicht aus der Arbeiterschicht. Aber …« Conny zuckte belustigt mit den Achseln und raunte verschwörerisch: »Immer nur Kaviar zu essen ist mit der Zeit doch ziemlich langweilig. Aber was ich dir eigentlich sagen wollte …« Sie verzog ihre perfekt geschminkten Lippen zu einem breiten Lächeln. »Ich hab heute mit ihrer Schwester, Isabella Schönegg-Bach, gesprochen.«

»Und?«

»Sie wird sich nicht dazu herablassen, den Titel dieses Schundblattes zu kommentieren«, betonte Conny im besten Schönbrunner Deutsch. »Aber ich konnte sie überzeugen, dem *Wiener Boten* ein Interview zu geben. Sie ist bereit, dich in ihren heiligen Hallen zu empfangen, so du ihr keine Fragen zum Liebesleben ihrer Schwester stellst.«

Sarahs Herz pochte. »Das ist ja super, Conny. Dafür hast du was gut bei mir. Wann?«

»Ich hab jetzt einfach über deinen Kopf hinweg einen Termin für fünfzehn Uhr vereinbart. Ich hoffe, das passt dir.«

»Das passt perfekt.«

»Du hast eine halbe Stunde. Also überleg dir gut, was du sie fragen willst. Sie wird dich keine fünf Minuten länger in ihrem Büro dulden.«

»Du machst mir Angst.«

»Sie legt Wert auf Aussehen, Benehmen und Herkunft. Alte Textilhandels-Dynastie. 1825 geadelt«, sagte Conny, während sie Sarah streng musterte. Sarah trug eine hellblaue Hemdbluse und eine beige Jeans, was Conny zum Glück angemessen fand. »Und erwähne auf gar keinen Fall deine abergläubische Großmutter aus Neapel«, riet sie ihr.

»Ich erwähne eigentlich nie meine Großmutter während eines Interviews«, erklärte Sarah.

»Leute wie die Schönegg-Bach schieben sie sofort in die Zigeunerschublade«, fuhr Conny unbeirrt fort.

»Zigeuner ist politisch unkorrekt, es heißt Roma oder Sinti. Außerdem ist meine Großmutter keine …«

»Der Schönegg-Bach ist das scheißegal.«

»Du hast Respekt vor der Frau«, begriff Sarah plötzlich und kicherte. »Das muss schon eine außerordentliche Persönlichkeit sein, wenn Conny Soe Ehrfurcht zeigt«, spottete Sarah.

»Die Schönegg-Bach gehört zu den mächtigsten Frauen der österreichischen Modewelt. Wenn du verstehst, was ich meine.«

»Schön, dass du so großes Vertrauen in mich hast.« Sarah lachte und schlug ihrer Kollegin spielerisch gegen den Oberarm.

Conny schmunzelte. »Und wenn du mir einen Gefallen tun willst ...« Sie sah Sarah verschwörerisch an. »Finde heraus, was dran ist an dem Gerücht, dass Modewelt Schönegg erstmals eine eigene Kollektion präsentieren will. Das flüstert man sich in der Branche nämlich zu. Es wird behauptet, Christa Schönegg habe einen jungen Designer an der Hand gehabt und wollte eine junge Modelinie unter dem Namen Schönegg auf den Markt bringen.«

Sarahs Handy läutete. Davids Name erschien auf dem Display. »Ich bemühe mich«, versprach sie Conny und ging ran.

»Bist du im Haus?«, fragte David.

»Quasi auf dem Weg zu meinem Schreibtisch.« Sie hob die Hand, um sich von Conny zu verabschieden.

»Ich wollt dir nur rasch sagen, dass ich deine SMS gelesen habe und du diese Maja Petrovic anrufen kannst. Sie soll sich bei mir melden.«

»Super«, jubelte Sarah, während sie die Stufen nach oben ging. Sie fuhr selten mit dem Lift. Stiegen steigen war ihr Fitnesstraining. »Du bist der Beste. Was hältst du von der Idee, sie eine Story über ihr Erlebnis in der Gruft schreiben zu lassen?«

»Find ich gut, klär das aber bitte mit Stepan ab.«

»Sag, kennst du einen Waffenhändler?«

David schwieg eine Weile. »Was hast du vor?«

»Keine Angst, dein Leben ist nicht in Gefahr«, sagte Sarah. »Ich möchte nur wissen, ob es in Österreich schwer ist, an eine illegale Waffe zu kommen.«

»Und du denkst, dass diese Leute das ausgerechnet dir auf die Nase binden?«

»Warum nicht?«

»Weil die darauf verzichten können, ihren Namen in der Zeitung zu lesen.«

»Schon mal was von Quellenschutz gehört? Namen kann man ändern oder ganz weglassen.«

»Nein, ich kenne niemanden, der illegal Waffen verkauft. Frag Stepan, der arbeitet lange genug in der Chronik-Redaktion. Vielleicht ist ihm mal einer über den Weg gelaufen. Übrigens, ich hol dich um sechs vom Büro ab. Ich möchte mit dir essen gehen. Nur du und ich. Die Sache mit dem Hauskauf bereden. Und falls du dir Sorgen um Marie machst. Gabi kümmert sich um sie. Als wär's ihre eigene Katze. Chris ist auch am Abend zu Hause. Du siehst, ich hab alles bedacht.« Er legte auf, bevor sie antworten konnte.

In der Chronik-Redaktion steuerte sie direkt Stepans Büro an. Patricia blickte ihr nach. Der Ressortleiter sah Sarah bereits durch die Glasfront, bevor sie eintrat. Die Jalousien waren hochgezogen. Als sie die Glastür öffnete, lehnte er sich in seinem Stuhl zurück und schaute sie erwartungsvoll an. Sarah schloss die Tür wieder.

»Ich brauche einen Waffenhändler, und David meinte, du kennst da vielleicht jemanden«, kam sie gleich auf den Punkt.

»Und du redest jetzt nicht von jemandem, der legal Waffen verkauft, nehme ich an.«

»Patrick Baldauf hatte eine 38er Special vom Schwarzmarkt, und ich wüsste gerne, wie man an so ein Ding kommt und wer ihm die verkauft hat. Könnte doch eine gute Story sein.«

Stepan schwieg, lehnte sich nach vorn. Sarah hatte offenbar sein Interesse geweckt.

»Erinnere dich an den Kerl, der die Frau in der Hofburg in die Luft gesprengt hat. Der saß auf einem ganzen Arsenal von Waffen, und niemand wusste Bescheid. Und jetzt haben wir diesen Typen, der in der Kaisergruft rumballert. Unsere Leser interessiert sicher, wie leicht oder schwer man in Österreich an Waffen kommt.«

Stepan schürzte die Lippen. Seine Haltung zeigte, dass er intensiv darüber nachdachte.

»David will im *Wiener Boten* mehr als die normale Berichterstattung. Analysen. Fakten. Gut recherchierte Storys«, argumentierte Sarah weiter. »Danach verlangen auch unsere Leser. Das wissen wir beide, Günther.«

Gut recherchierte Berichte gab es leider immer seltener. Kein Wunder in einer Zeit, in der der Journalismus zum Niedriglohnsektor wurde und Freelancern gerade einmal ein besseres Taschengeld bezahlt wurde. Um Presseberichte abzutippen, musste man keine Journalistin sein.

»Wer Baldauf die Waffe verkauft hat, wirst du nicht erfahren«, sagte Stepan. »Die verpfeifen sich nicht gegenseitig, zumindest nicht bei der Presse. Du wirst deine Fragen allgemein halten müssen.«

»Du kennst tatsächlich jemanden.«

»Möglich.«

»Stell mir den Kontakt her! Bitte, Günther!«

14

Maria saß auf dem leeren Bett ihres Sohnes. Sie betete darum, endlich aus dem grausamen Albtraum aufzuwachen. Otto hatte heute Morgen im Supermarkt angerufen. Er hatte bei ihrem Chef Sonderurlaub wegen eines plötzlichen Todesfalls in der Familie beantragt und gewährt bekommen. Ihr Chef hatte ihr sein Beileid ausrichten lassen und zum Glück nicht nachgefragt. Was genau passiert war, würde er irgendwann erfahren. Entweder aus der Zeitung oder von ihr persönlich. Das spielte keine Rolle. Vielleicht sollte sie lieber gleich kündigen, sich ins Bett legen und auf den Tod warten. Mit ihrem Sohn war auch ihr eigener Lebenswille gestorben.

Wie hatte sie als Mutter nur so versagen können? Von den Einbrüchen und Diebstählen hatte sie damals ebenso wenig etwas gewusst wie jetzt von der Waffe und den Totenköpfen. Wo hatte er das Zeug überhaupt her? Und wo hatte er es vor ihr versteckt? Was hatte Patrick noch alles vor ihr geheim gehalten? Wer verdammt noch einmal war ihr Sohn eigentlich? Dr. Jekyll und Mr Hyde? Zu Hause liebenswürdig, auf der Straße ein Monster? Sie erschrak bei dem Gedanken. Nein, so durfte sie über Patrick nicht denken. Auf keinen Fall. Egal, was die anderen sagten. Er war ein lieber Bub gewesen. Sie schlug die Hände vors Gesicht und weinte bitterlich. Sie weinte, wie nur eine liebende Mutter um ihr Kind weinen konnte. Schmerzerfüllt. Mit gebrochenem Herzen. Die Welt ausschließend.

Sie erinnerte sich an seinen ersten Diebstahl. Patrick war elf Jahre alt gewesen, ein wenig zu klein für sein Alter, dafür doppelt so flink. Es handelte sich um eine Mutprobe, hatte er ihr im Nachhinein gestanden. Drei Burschen waren an der Sache beteiligt gewesen. Das begehrteste Mädchen auf der Schule wünschte sich einen teuren Lippenstift. Sie hatte den dreien versprochen, dass sie nach dem Diebstahl zu ihrer Clique gehören würden. Sie waren in den Drogeriemarkt gegangen. Einer hatte Schmiere gestanden, der andere hatte ihren Sohn ein wenig abgeschirmt. Patrick hatte sich das Ding geschnappt und war danach dem Hausdetektiv direkt in die Arme gelaufen. Die anderen beiden waren unerkannt abgehauen. Patrick hatte sie nicht verpfiffen. Selbst dann nicht, als die Exekutive auftauchte. Patrick schwieg.

»Eine Jugendsünde«, hatte der Polizist damals gemeint, als sie ihren Sohn auf der Polizeiinspektion wieder in Empfang nahm. In die Clique wurden die drei nicht aufgenommen.

Sieben Jahre später folgte der erste Einbruch: eine Villa in Döbling. Danach knackten er und seine Freunde ein Auto und brachen in eine Trafik im siebten Bezirk ein. Als sie geschnappt wurden, war Patrick neunzehn. Achtundzwanzig Monate Jugendknast, lautete das Urteil. Nach zweiundzwanzig Monaten durfte er wegen guter Führung raus.

»Oma?«

Maria blickte auf. In der offenen Tür stand ihre Enkelin in einem entzückenden altrosa Kleidchen. Dahinter Hanna. Sie hatte sie nicht kommen hören.

»Amelie.« Sie öffnete ihre Arme. Die Kleine zögerte kurz, warf sich dann doch an Marias Brust. »Schön, dass du mit deiner Mama mitgekommen bist.«

»Du weinst«, stellte Amelie fest.

Maria nickte und strich ihrer Enkelin zärtlich über den Kopf. Das Haar duftete nach Kindershampoo.

»Bist du traurig, weil Patrick gestorben ist?«

»Ja.« Marias Augen schwammen in Tränen.

»Mama meint, der ist jetzt im Himmel. Dort, wo auch unsere Katze ist. Glaubst du, die zwei treffen sich dort?«

Maria lächelte. »Ja, Amelie, das glaube ich.«

»Dann kann er der Mimi sagen, dass ich sie lieb hab.«

»Ja, das kann er.« Sie drückte ihrer Enkelin sanft einen Kuss auf die Wange.

»Schau mal in die Küche, die Oma hat Kuchen gebacken«, lenkte Hanna ihre Tochter ab. Die Kleine löste sich aus Marias Armen und verschwand.

»Konrad meinte, ich soll sie mitnehmen, weil sie dich auf andere Gedanken bringt«, sagte Hanna.

»Das ist lieb gemeint, und ich freu mich, dass ihr da seid. Aber wie soll mich das auf andere Gedanken bringen und weshalb? Patrick ist tot, das muss ich verarbeiten.«

Hanna setzte sich zu ihrer Mutter aufs Bett, legte den Arm um sie und zog sie fest an sich heran. Sie schwiegen und weinten leise.

»›Mama, ich geh heute zum Vorstellungsgespräch‹, das war das Letzte, was er zu mir gesagt hat«, schniefte Maria. Sie zog zwei unbenutzte Taschentücher aus ihrer Jackentasche, reichte eines ihrer Tochter.

Hanna seufzte laut und tupfte sich die Tränen aus den Augen. »Da hatte er den Brief wahrscheinlich schon geschrieben. Aber warum hat er ihn in den Kasten gelegt und nicht auf den Schreibtisch?«

»Ich hab gebügelt, als er ging. Er wusste also, dass ich heute noch an seinen Kleiderkasten gehe, um ihm die Sachen reinzulegen. An seinen Schreibtisch bin ich doch nie gegangen.«

»Hast du den Brief denn nicht gesehen?«

»Ich hab seine T-Shirts im Wäschekorb liegen lassen nach dem Bügeln. Ich wollt zuerst den Kuchen backen, damit der fertig ist, wenn er …« Sie brach ab, machte eine kurze Pause, holte Luft. »Ich bin nur froh, dass die Polizei den Humidor nicht mitgenommen hat.«

Hanna nickte wissend. »Das war einmal Papas Zigarrenkästchen.«

»Es steht schon seit einigen Jahren in Patricks Zimmer. Früher hat er es manchmal geöffnet und hineingeschnüffelt.«

»Ich weiß«, sagte Hanna.

»Derweil war er doch ein Baby, als euer Papa gestorben ist. Er hat sich doch unmöglich an den Geruch der Zigarren erinnern können.«

»Patrick hat seine Zigaretten darin aufbewahrt«, sagte Hanna unbewegt, weil sie glaubte, dass ihre Mutter zu viel in diese Geste hineininterpretierte.

Maria seufzte laut. »Otto hat ihm den Vorstellungstermin verschafft.«

»Ach«, zeigte sich Hanna überrascht. »Wirklich? Wo?«

»Bei Susal.«

»Scheiße. Ich hoffe, man macht ihm keinen Vorwurf,

weil er sich für Patrick eingesetzt hat. Jetzt, nachdem …«

»Es ist meine Schuld.«

»Ach Mama! Es ist nicht deine Schuld«, widersprach Hanna mit resigniertem Tonfall. Diese Diskussion hatten sie schon zu oft geführt. Es waren immer die anderen, die Umstände, die Tatsache, dass er ohne Vater aufwachsen musste.

Amelie kam zurück. Sie kaute mit offenem Mund auf einem zu großen Stück herum und hielt ein weiteres Stück Kuchen in der Hand. Der Anblick zauberte Maria ein von Liebe erfülltes Lächeln ins Gesicht. Sie erhob sich, wischte mit einer energischen Handbewegung die letzten Tränen weg. »Magst einen Kakao zum Kuchen?« Sie griff nach Amelies Hand

»Ja. Kakao und Kuchen«, jubelte die Kleine. Hanna folgte ihnen. Maria goss Milch in einen Topf. Echter Oma-Kakao wurde gerührt, nicht einfach in der Mikrowelle warm gemacht. Währenddessen bereitete Hanna für sie beide Kaffee zu.

Die drei Baldauf-Frauen gemeinsam in der Küche, dachte Maria. Ein Hauch Wärme kehrte in ihr verwundetes Herz zurück. Hanna reichte ihrer Mutter eine Tasse. Sie standen schweigend nebeneinander, mit dem Rücken an die Anrichte gelehnt, und sahen Amelie zu, die mit Genuss den Kakao trank und das nächste Stück Kuchen verschlang.

»Ich hoffe, sie bekommt kein Bauchweh.«

Hanna schüttelte den Kopf.

»Nicht von Kuchen, Oma«, sagte Amelie mit vollem Mund. »Nur von Gemüse.«

Jetzt lachten die beiden Frauen sogar ein wenig.

»Die Journalistin war bei dir zu Hause«, sagte Maria schließlich. »Was hast du ihr erzählt?«

Hanna berichtete in knappen Worten von dem Gespräch. »Sie hat mich nach Patricks alter Gang gefragt. Sie glaubt, dass sie wieder aktiv geworden sind.«

»Patrick hatte nichts mehr mit denen zu schaffen.«

»Das hab ich auch gesagt.«

»Hoffentlich reimt sie sich da nicht irgendeinen Blödsinn zusammen. Journalisten sind gefährlich, das weißt du doch.« Sie klang vorwurfsvoll, hieß es nicht gut, dass Hanna mit der Journalistin gesprochen hatte.

Wenn Maria aufrichtig über das Geschehene nachdachte, musste sie sich eingestehen, dass Patrick schon eine ganze Weile angespannt auf sie gewirkt hatte. Sie wollte seine Geheimniskrämerei nicht wahrnehmen, redete sich ein, dass Patrick einfach nur wegen des bevorstehenden Vorstellungsgesprächs nervös gewesen war. Einmal hatte sie die Tür zu seinem Zimmer geöffnet, als er weggegangen war. Sie hatte einen oberflächlichen Blick hineingeworfen. Schuldgefühle hatten sie die Tür wieder schließen lassen. Was war sie nur für eine Mutter, die ihrem eigenen Sohn misstraute?

In diesem Moment fasste sie den Entschluss, Hanna einzuweihen. Sie brauchte dringend eine Verbündete. Mit irgendjemandem musste sie doch reden, sonst drehte sie noch durch. Otto wollte sie nicht damit belasten. Er war Teil ihres Lebens, aber nicht Patricks Vater.

»Komm mit!«, forderte sie Hanna schließlich auf. Sie drückte sich von der Anrichte weg, stellte die Tasse ab und verließ die Küche. Amelie beschäftigte sich am Küchentisch mit einem Malbuch.

»Ich hab etwas gefunden«, flüsterte sie im Flur ihrer

Tochter zu und öffnete die Tür zum Wohnzimmer. Auf dem Tisch lag die Gratiszeitung mit der toten Unternehmerin auf dem Titelbild.

»Das ist doch die Schönegg«, stellte Hanna fest.

Maria schob das Schmierblatt zur Seite und reichte ihrer Tochter einen Schnellhefter mit Computerausdrucken. Hanna blätterte eine Weile von vorn nach hinten und wieder zurück, besah stumm Seite für Seite. Dann blickte sie ihre Mutter entgeistert an. »Wo hast du das her?«

Sie deutete zum Wohnzimmerschrank. »Es lag in der untersten Lade. Du weißt schon, dort, wo ich all das Zeug hineinräume, das sonst nirgends Platz findet. Da schau ich auch so gut wie nie hinein. Aber jetzt ... ich hab mir gedacht, ich putz mal wieder ordentlich durch.« Sinnvolle Tätigkeiten waren wichtig, wenn einem das Schicksal übel mitspielte. Wohnung putzen, Kleider ausmisten, Schränke ausräumen.

»Mama!«, zischte Hanna eindringlich. Sie blickte zur offenen Tür. Die Gefahr bestand, dass Amelie plötzlich auftauchte und zuhörte. »Das hier könnte ein Hinweis auf Patricks Motiv sein. Wir müssen es der Polizei geben.«

Maria warf ihrer Tochter einen wütenden Blick zu. »Du erzählst niemandem, was ich gefunden habe. Kein Wort! Nicht einmal zu Konrad. Der konnte deinen Bruder sowieso nie leiden.«

»Das stimmt doch so nicht«, verteidigte Hanna ihren Mann, obwohl sie beide wussten, dass Maria recht hatte. Schmarotzer war noch das Netteste, was er über Hannas Bruder zu sagen hatte.

»Ich weiß nicht, warum er den Schnellhefter in

die Lade im Wohnzimmer gelegt hat und nicht in die Schreibtischlade«, sagte Maria.

»Weil Patrick möglicherweise damit gerechnet hat, dass man sein Zimmer durchsucht. Mama! Du musst das …«

»Gar nichts muss ich!«, unterbrach sie ihre Tochter barsch.

Amelie betrat das Wohnzimmer. Die beiden Frauen verstummten augenblicklich. Der Blick der Kleinen wanderte zwischen ihrer Mutter und ihrer Großmutter hin und her. »Bin fertig mit Zeichnen.« Sie hielt das Malbuch in die Höhe, zeigte auf ein Bild, einen Bauernhof mit Blumen davor.

»Das ist aber ein schönes Bild«, rief Maria verzückt und schaltete den Fernseher an. Eine Kindersendung lief, *Heidi,* wenn sie sich nicht irrte. Amelie machte es sich auf dem Sofa gemütlich. Maria zog ihre Tochter mit sich, zurück in die Küche.

»Es ist mir nämlich scheißegal, ob die Polizei herausfindet, weshalb Patrick das getan hat. Scheißegal. Hörst du?«

15

Der Hauptsitz von Modewelt Schönegg lag in der Tuchlauben, einst eine der vornehmsten Straßen Wiens. Und ein passender Ort für ein Modegeschäft, fand Sarah, weil sich der Straßenname doch von den seinerzeit sehr wohlhabenden Tuchhändlern und Tuchschneidern ableitete.

Sarah blieb vor dem Kaufhaus stehen. Erd- und Obergeschoss bildeten eine durch Glasfronten einsehbare helle Verkaufsfläche. Darüber lagen die Büros, bis in den vierten Stock. Unter dem Dach hatte sich Christa Schönegg eine Wohnung ausbauen lassen, in die sie nach der Scheidung eingezogen war. Der Rest der Familie lebte in der Jahrhundertwende-Villa in Hietzing, die sich seit Generationen in Familienbesitz befand. Bernhard Schönegg wohnte seit der Scheidung in einer Innenstadtwohnung nahe dem Stadtpark.

Sarah betrat das Geschäft. Eine Verkäuferin mit einem strengen Kurzhaarschnitt kam auf sie zu. Sarah erklärte, wer sie war und was sie wollte. Die Frau deutete zum Aufzug. »Vierter Stock.«

Auf dem Weg nach oben gingen Sarah einige abergläubische Leitsätze durch den Kopf, die in Zusammenhang mit Kleidung standen. Wenn man sich ein Kleid am Strauch zerriss, beneidete jemand einen. Wenn man sich vor Hexen schützen wollte, musste die Kleidung verkehrt herum angezogen werden. Vor allem die Unterwäsche, der besondere Kräfte nachgesagt wurden, weil sie eng am Körper anlag. Sie nahm sich vor, sich dem Thema demnächst in ihrer Kolumne zu widmen.

Der Lift stoppte, und Sarah trat in den Flur. Sie glaubte, in einem anderen Jahrhundert gelandet zu sein. Das Parkett unter ihren Füßen knarzte. An den Wänden hingen Schwarz-Weiß-Aufnahmen. Ein Foto zeigte das Gebäude von Modewelt Schönegg im Jahr 1920, dem Gründungsjahr des Unternehmens.

Eine Tür öffnete sich. Eine Frau trat heraus. Sarah schätzte sie auf Ende vierzig. »Frau Pauli?«

»Ja.«

»Ich bin die Sekretärin von Frau Schönegg-Bach. Darf ich Sie bitten?«

Sie zeigte auf die offene Tür. Sarah trat ein. Die Frau klopfte an die Verbindungstür, öffnete sie und meldete Sarah an. Dann trat sie einen Schritt zurück und hielt die Tür auf wie ein Butler.

Isabella Schönegg-Bach strahlte dieselbe zeitlose Vornehmheit aus wie das Biedermeierinventar ihres Büros. Sie war attraktiv, auf eine strenge Art, ihr brünettes Haar hochgesteckt. Keine Locke oder Strähne auf dem Haupt, die nicht wusste, wohin sie gehörte. Das schwarze Kostüm schien ihr auf den Leib geschneidert worden zu sein, ebenso die dunkelgraue Bluse. Dazu dezenter Schmuck und zurückhaltendes Make-up. Sie kam hinter ihrem Schreibtisch hervor, reichte Sarah elegant die Hand und deutete auf eine Sitzgarnitur aus der ersten Hälfte des neunzehnten Jahrhunderts. Zu Sarahs Überraschung stand auf dem Tischchen bereits Kaffee.

Sarah kam sich vor wie in einem Sisi-Film mit Romy Schneider in der Hauptrolle. Sie bekundete ihr Beileid.

»Danke.« Eine steife, aber freundliche Antwort. »Sie wollen also mit mir über meine Schwester reden. Weshalb?«, fragte Isabella Schönegg-Bach, nachdem sie Platz genommen hatten.

Sarah sah die Frau verdutzt an. »Ihre Schwester wurde Opfer eines Gewaltverbrechens.«

»Und Sie wollen daraus Kapital schlagen«, sagte die Unternehmerin sachlich, während sie Kaffee einschenkte.

»Nein«, wehrte Sarah ab. »Ich will vielmehr verstehen, warum das passiert ist.«

»Und da kommen Sie ausgerechnet zu mir?« Sie stellte die Kanne auf den Tisch. »Sollten Sie sich da nicht lieber mit der Familie des Mörders unterhalten?«

»Ich hab mit seiner Schwester gesprochen. Sie kann sich auch nicht erklären, weshalb das geschehen ist.«

»Genauso wenig wie wir.« Das freundliche Lächeln und der warme Tonfall irritierten Sarah ein wenig. Es passte nicht zu ihrem Gesprächsthema. Lernte man diese charmante Art, die Zähne zu zeigen, auf dem Mädcheninternat für höhere Töchter?

»Gab es einen besonderen Grund, weshalb Ihre Schwester in der Gruft war?«

»Wir wissen nur, dass sie ein paar Fotos geschossen hat.«

»Warum?«

»Das entzieht sich leider meiner Kenntnis.«

»Die Polizei meint, der Täter sei Amok gelaufen.«

»Das wird wohl so sein, denn gekannt hat meine Schwester den jungen Mann auf gar keinen Fall«, sagte

Isabella Schönegg-Bach. »Meines Wissens war er vorbestraft.«

»Ja, aber Einbruch und Diebstahl sind etwas anderes als Mord.«

Die Unternehmerin schürzte die Lippen. Sie dachte offenbar anders darüber. Dann folgte eine Abhandlung über Christa Schöneggs Wirken. Ihre Leistung im Unternehmen, ihre Bemühungen, immer wieder neue Kollektionen für Modewelt Schönegg zu entdecken. Der Beschreibung nach musste Christa Schönegg eine Workaholikerin gewesen sein, die ihre Aufgaben stets mit einem Lächeln auf den Lippen erledigte.

Als Isabella Schönegg-Bach berichtete, welch liebevolle Mutter ihre Schwester gewesen sei, ging Sarah etwas durch den Kopf. Das Verbrechen hatte vor dem Sarg jener Kaiserin stattgefunden, der nachgesagt wurde, Übermutter für ihre Kinder und Untertanen gewesen zu sein. Ein kritikloses, verherrlichtes Bild der Nachwelt, denn die Wahrheit sah anders aus. Maria Theresia herrschte bestimmend und auch verletzend über ihre Kinder.

Bei der Geiselnahme starb eine, wie ihre Schwester sie darstellte, liebende Mutter. Zwei andere Mütter hatten ihre Söhne verloren. Otto Sagen hatte vorgeschlagen, in diesem Zusammenhang das Leid der Mütter zu thematisieren. Vielleicht sollte sie das wirklich tun.

Und vielleicht war es gar kein Zufall, dass Patrick ausgerechnet an dieser Stelle zwei Menschen und sich selbst getötet hatte. Sarah erinnerte sich an einen Zeitungsartikel, den sie vor längerer Zeit gelesen hatte. Darin hieß es, dass die Gefahr bestand, dem Kind zu viel Nähe zu geben und es damit einzuengen, wenn ein trennender Dritter, also der Vater, fehlte. Nach allem, was sie von Hanna gehört hatte, wuchs Patrick seiner Mutter einerseits über den Kopf, und andererseits war Maria Baldauf eine Glucke. War das seine Art, sich aus der Überbemutterung zu befreien? Konnte das seine Botschaft sein?

»Darf ich Ihnen die Welt meiner Schwester zeigen?«, riss die Unternehmerin Sarah aus ihren Gedanken. Sie wartete keine Antwort ab, sondern erhob sich und forderte Sarah mit einer Geste auf, ihr zu folgen. Sie fuhren mit dem Lift in den zweiten Stock, und Sarah glaubte, erneut einen anderen Kosmos zu betreten. Moderne Glaswände, moderne Menschen, moderne Büros.

»Das ist unser kreativer Bereich«, erklärte Isabella Schönegg-Bach, der es trotz aller Biederkeit gelang, nicht fehl am Platz zu wirken. »Am Ende des Flurs befindet sich unsere Werbeabteilung, und der vordere Bereich ist … war die Wirkungsstätte meiner Schwester. Hier wird entschieden, welche Modelabel in unseren Häusern verkauft werden. Die Auslieferung erfolgt dann über unser Logistikzentrum …«

»Logistikzentrum?«, unterbrach Sarah. »Das zweite Opfer hat in einem Logistikzentrum gearbeitet.«

»Aber nicht für uns«, sagte Isabella Schönegg-Bach rasch. »Nicht auszudenken, wenn auch einer unserer Mitarbeiter …« Sie verstummte, schüttelte den Kopf.

»Ich weiß, er hat in einem Logistikzentrum für Arzneimittel gearbeitet, in Eibesbrunn. Liegt Ihres auch dort?«

»Ja. Im Gewerbepark.« In dem Moment fiel der Groschen. »Sie denken jetzt aber bitte nicht, dass meine Schwester den Mann daher kannte. Zwischen den beiden eine Verbindung herstellen zu wollen ist lächerlich.« Isabella Schönegg-Bach schüttelte energisch den Kopf. »Spinnen Sie sich da ja nichts zusammen so wie Ihre Kollegen von der Konkurrenz. Möglicherweise werden wir nie den wahren Grund erfahren, weshalb meine Schwester sterben musste.« Sie presste die Lippen fest zusammen und blinzelte auffällig, als bemühte sie sich, Tränen zu unterdrücken. Dann öffnete sie die Glastür zu einem Konferenzraum, in dem sich zwei Männer unterhielten. Der jüngere erschien Sarah zu konservativ für sein Alter. Oder trug man heutzutage wieder Stecktuch? Aber was wusste sie schon von Mode? So viel wie ihre Katze von den Aufgaben eines Drogenspürhundes.

An einer Wand hingen unterschiedliche Modeskizzen und, wenn Sarah das richtig erkannte, Pläne von einem Laufsteg. Die Unternehmerin zeigte auf den jüngeren Mann. »Das ist Luis … er war der Assistent meiner Schwester. Er wird bis auf Weiteres ihre Aufgaben übernehmen.« Dann deutete sie auf den älteren. »Und das ist mein Schwager. Er leitet unsere Werbeabteilung.«

Das ist also Bernhard Schönegg, dachte Sarah und gab Conny insgeheim recht. Diesen Mann würden viele Frauen trösten wollen. Sie schüttelte den beiden nacheinander die Hand, stellte sich vor und sprach ihr Beileid aus.

»Wenn Sie wollen, können Sie gerne fotografieren. Nur bitte die Skizzen nicht«, ergriff die Unternehmerin wieder das Wort.

In dem Moment begriff Sarah. Isabella Schönegg-Bach hatte dem Interview nur zugestimmt, weil sie hoffte, so die aus den Fugen geratene Welt wieder gerade zu rücken. Sie wollte einen seriösen Artikel über das Wirken ihrer Schwester in der Zeitung lesen, der dem Geschwätz über viel zu junge Liebhaber widersprach. Sarah nutzte die Gunst der Stunde.

»Stimmt es, dass Modewelt Schönegg im September erstmals auf der Fashion Week eine eigene Modelinie vorstellt?«

Isabella Schönegg-Bachs Augenbrauen wanderten erstaunt nach oben. Die beiden Männer warfen sich einen raschen Blick zu. Treffer, versenkt, dachte Sarah und lächelte unverbindlich.

»Wer behauptet das?«

»Niemand Bestimmtes. Es ist ein Gerücht.«

»Geredet wird in der Branche immer. Wenn dem so wäre, hätte ich wohl den Laufsteg auf der Fashion Week für uns reservieren müssen«, schaltete sich Bernhard Schönegg in das Gespräch ein. »Und das habe ich definitiv nicht. Meine Frau … Exfrau«, verbesserte er sich, »war jedes Jahr dort, um sich die Modenschauen anzusehen. Auf der Suche nach jungen Talenten, deren Mode wir verkaufen können. Aber eine eigene Modelinie …« Er schüttelte den Kopf. Assistent Luis senkte den Blick.

Wenigstens einem war die Lüge peinlich.

Als Sarah wieder vor dem Gebäude stand, setzte sie ihre Sonnenbrille auf, überquerte die Straße, blieb stehen und blickte die Fassade hinauf. Sie glaubte, so die Dimension des Unternehmens besser zu begreifen und in sich aufnehmen zu können. Luis stand am Fenster und sah zu ihr herunter. Neben ihm tauchte Isabella

Schönegg-Bach auf. Dann verschwanden die beiden wieder. Sarah wandte sich ab. Ihr Blick fiel auf einen bestimmten Mann. Auch er stand da und betrachtete die Fassade des Modehauses. Sie erkannte ihn erst auf den zweiten Blick. Er hatte Sarah nicht bemerkt. Sie ging auf ihn zu.

»Herr Sagen.«

Langsam wanderte sein Blick zu ihr. Auch er erkannte sie nicht sofort. Er schirmte seine Augen gegen die Sonnenstrahlen ab. »Sie sind doch diese Journalistin«, sagte er unsicher.

»Sarah Pauli, vom *Wiener Boten*«, bestätigte sie. »Was tun Sie hier?«

Der Mann zuckte die Achseln, ließ die Schultern sinken und sah auf einmal aus wie ein Häufchen Elend. Trotz seines hünenhaften Erscheinungsbilds.

»Wenn ich das wüsste. Ich musste einfach herkommen.«

Sarah nickte verständnisvoll. »Sie besuchen die Angehörigen von Patricks Opfern.«

»Wenn Sie so wollen. Man hat mir gesagt, dass sie einen Sohn in Patricks Alter hatte.« Sein Blick trübte sich. »Es ist alles so furchtbar.«

»Waren Sie schon bei Herrn Graumanns Eltern?«, fragte sie, wohl wissend, dass diese nicht in Wien lebten.

»Nein. Das hier erschien mir …« Er verstummte, suchte nach dem passenden Wort. »Unverbindlicher. Ich kann's nicht anders ausdrücken. Außerdem weiß ich nicht, wo die Eltern von Herrn Graumann wohnen.«

»Haben Sie vor reinzugehen?«

Otto Sagen schüttelte erschrocken den Kopf.

»Haben Sie Zeit? Darf ich Sie auf etwas zu trinken einladen?«

Er zögerte, sah auf seine Armbanduhr.

»Keine Angst, das wird kein offizielles Interview. Bleibt alles ganz unter uns. Ehrenwort.«

»Ich muss in zwei Stunden bei einem Kunden in Liesing sein.« Wieder wanderten seine Augen zur Armbanduhr. »Aber ein Getränk müsste sich ausgehen.«

Sie setzten sich in Bewegung, steuerten ein Café am Graben an. Auf dem Weg zu einem freien Tisch bestellten sie bei einem vorbeieilenden Kellner zwei große Soda-Zitrone und nahmen unter einem Sonnenschirm Platz.

»Hanna erzählte mir, dass Sie früher Feuerwehrmann waren. Das war sicher eine aufregende Zeit, zumal Sie bei dem Brand in der Hofburg dabei waren.«

»Wie man es nimmt.« Otto Sagen bemühte sich zu lächeln. »Ich war Bereitschaftsoffizier, hatte eine Menge Verantwortung. Es ist zwar jetzt schon über zwanzig Jahre her, aber es hat sich in meinen Kopf gebrannt, als wäre es gestern gewesen.« Sodann erzählte er vom Brand in der Novembernacht 1992, der die Redoutensäle vollkommen zerstörte. »Als wir ankamen, sah es gar nicht so schlimm aus. Derweil wütete bereits ein Großbrand im Inneren des Gebäudes.« Er schilderte, wie Passanten halfen, die Lipizzaner aus den Stallungen der Spanischen Hofreitschule zu retten, führte Sarah die unmittelbare Brandgefahr für die angrenzende Nationalbibliothek, die Schatzkammer und das Sisi-Museum vor Augen.

Der Kellner brachte die Getränke. Otto Sagen schob

einen Untersetzer unter die Gläser und bat den Ober, den Tisch abzuwischen. Er zeigte auf einen Fleck. Vermutlich Schokolade.

»Zweihundertvierzig Feuerwehrmänner aus Wien und über hundert aus Niederösterreich waren im Einsatz. Um sechs Uhr morgens hatten wir das Feuer dann weitgehend unter Kontrolle«, fuhr er fort, als der Kellner verschwunden war.

»Das hat Patrick imponiert, hat mir Hanna erzählt. Sie hatte gehofft, dass er Sie zum Vorbild nimmt und auch zur Feuerwehr geht. Immerhin war das als Kind sein Traum gewesen.«

»Das hätte seine Mutter nie zugelassen.«

»Weshalb?«

»Zu gefährlich. Sie hat ihn eher in einer Bank oder als Beamtèn gesehen. Aber mit einer Vorstrafe hatte er da natürlich keine Chance.«

»Und bei der Feuerwehr?«

Er zuckte mit den Achseln. Der Kellner kam mit einem Putzlappen und wischte über den Tisch. Sein Blick ließ erkennen, was er von Otto Sagens Wunsch hielt.

»Warum haben Sie aufgehört bei der Feuerwehr?«, fragte Sarah.

Sagen zögerte, und Sarah erahnte plötzlich eine ausnehmende Traurigkeit in seinem Blick. Es schien, als müsste er sich zwingen, darüber zu sprechen.

»Meine Frau ist bei einem Brand ums Leben gekommen«, presste er schließlich hervor. »Wir hatten eine wunderschöne Wohnung in der Hütteldorferstraße. Sie war gerade frisch renoviert worden.« Er machte eine kurze Pause, schluckte schwer. »Sie hat geschlafen und das Feuer nicht bemerkt. Ich war nicht zu Hause, weil ich Nachtdienst hatte. Als wir ankamen, war es schon zu spät.« Er drehte das Glas in seiner Hand. »Mein einziger Trost ist, dass Jasmin wahrscheinlich nichts mitbekommen hat. Sie starb an einer Rauchgasvergiftung.«

Ein paar Frauen lachten an einem Nebentisch laut auf.

»Das tut mir sehr leid.«

»Ich hab Jasmins Leiche gefunden.« Tränen standen in seinen Augen. »Sie können sich gar nicht vorstellen, was das mit einem macht.«

Sarah nickte. »Wann ist das passiert?«

»Vor acht Jahren. Danach hab ich gekündigt.«

Sie schwiegen eine Weile.

»Für mich war es ein großes Glück, Maria kennenzulernen«, fuhr Otto Sagen fort. »Uns verband zuerst nur der Verlust eines geliebten Menschen. Dass wir uns ineinander verlieben, haben wir beide nicht geahnt.«

»Wo haben Sie sich kennengelernt?«

»Sie werden lachen. Auf dem Friedhof. Ich hab sie öfter gesehen, wenn sie das Grab ihres Mannes gepflegt hat. Irgendwann hab ich sie angesprochen.«

»Liegt Ihre Frau auf demselben Friedhof?«

Otto Sagen lächelte schwach, was Sarah als Ja interpretierte.

»Am Hütteldorfer Friedhof?«, kombinierte sie, weil doch die Wohnung in der Hütteldorferstraße lag. Ihre Eltern lagen dort begraben. Sie hatte Otto Sagen jedoch noch nie auf dem Friedhof gesehen. Derweil handelte es sich um eine überschaubare Begräbnisstätte.

Otto Sagen schüttelte den Kopf. »Am Zentralfriedhof.« Dann holte er tief Luft. »Und jetzt Patrick. Das alles ist eine große Tragödie.« Er erzählte Sarah vom ersten Angelausflug, den er mit Patrick unternommen hatte. »Maria hatte Angst, er würde mich nicht akzeptieren. Sie liebt ihren Sohn sehr, müssen Sie wissen. Und darin lag auch so manches Problem. Sie schaffte es nicht, Patrick Grenzen zu setzen.«

Sarah nickte. »Ich würde gerne mit ihr reden.«

»Sie wird nicht mit Ihnen sprechen. Im Moment liest sie weder die Zeitung, noch geht sie ans Telefon. Ja, sie verlässt nicht einmal mehr die Wohnung.«

»Muss sie nicht in die Arbeit?«

»Sie hat Sonderurlaub bekommen.«

»Sie sollte sich professionelle Hilfe holen.«

Otto Sagen nickte bekümmert.

»Sie und Patrick haben sich gut verstanden. Wie war er? Ich meine, abgesehen davon, dass er angeblich ein guter Kerl war.«

»Tja, das ist gar nicht so leicht zu erklären. Es gab Tage, da strahlte er vor Glück und Unternehmensgeist. Und dann gab es wieder Tage, da verzog er sich in sein Schneckenhaus.«

»Das klingt nach Depressionen«, sagte Sarah.

»Ich weiß nicht, ob man das eine Depression nennen kann.« Er räusperte sich.

»Woher hatte er die Waffe?«

Otto Sagen schüttelte den Kopf.

»Ich glaube, Sie wissen mehr, als Sie mir erzählen, Herr Sagen. Und ich verstehe, dass Sie mir misstrauen, immerhin bin ich eine Fremde für Sie, noch dazu eine Journalistin.«

Er sah sie erschrocken an, fuhr sich nervös mit der Hand durch die Haare. »Was meinen Sie mit, Sie glauben, dass ich mehr weiß, als ich erzähle?«

»Ich hatte bei unserer ersten Begegnung das Gefühl, dass Sie über die Waffe Bescheid wissen.«

»Ich wusste, dass er wieder Kontakt zu einem seiner alten Freunde hatte«, gestand er.

»Aus seiner alten Gang? Mit der er die Einbrüche und Diebstähle beging?«

Otto Sagen nickte.

»Sie meinen, daher hatte er die Waffe?«

»Möglich. Ich hab ihn nicht gefragt.«

»Aber Sie wussten, dass er eine besitzt?«

Sein Schweigen genügte ihr als Antwort.

»Hanna meinte, die Gang habe sich zerschlagen. Einer von ihnen studiert heute sogar Jus.«

»Stimmt, aber Gerhard hat nach der Haft weitergemacht und Patrick wieder mit reingezogen.« Er seufzte.

Sarah machte sich Notizen.

»Sagt Ihnen der Name Jimmy etwas?«

»Ist ein Freund von Patrick. Ich kenne ihn aber nicht näher. Hab ihn selten gesehen.«

»Wissen Sie, wo ich Gerhard oder Jimmy erreichen kann?«

Wieder schüttelte Otto Sagen den Kopf. »Patrick hat sich mir anvertraut. Ich hab mich wieder in die Scheiße geritten, Otto, hat er zu mir gesagt.« Otto Sagen nippte gedankenverloren am Glas. Einen Moment lang versank er in der Erinnerung. Sarah wartete geduldig, bevor sie die Frage stellte, die ihr auf der Zunge lag.

»Glauben Sie, dass die Sache in der Gruft ein missglückter Überfall war?«

Otto Sagen zuckte mit den Achseln.

»Er hat einen Brief hinterlassen. Was genau stand da drin?«

»Nur dass es ihm leidtäte und er seine Mutter und seine Schwester liebe und er ihnen von nun an keinen Kummer mehr bereiten könne.«

»Das mit dem Brief ist Ihnen bei Hanna rausgerutscht. Sie wollten nicht, dass ich davon erfahre. Warum?«

»Weil ich nicht will, dass das in der Zeitung steht.«

»Dass er einen Abschiedsbrief hinterlassen hat, ist meines Erachtens weniger schlimm als die Tatsache, dass Patrick zwei Menschen getötet hat. Finden Sie nicht?«

»Trotzdem. Der Brief ist privat, geht nur seine Mutter und seine Schwester etwas an.« Er leerte das Glas mit drei kräftigen Zügen, bestellte ein Bier.

»Das verstehe ich«, sagte Sarah.

Plötzlich veränderte sich der Blick des Mannes. »Ich mach mir Tag und Nacht Gedanken über Patrick. Haben Sie gewusst, dass sein Vater auch kriminell war? Vererbt sich so etwas?«

Sarah sah ihn überrascht an. »Patricks Vater war kriminell? Inwiefern?«

»Er arbeitete als Buchhalter in einer Spedition und betrog das Unternehmen um zweihunderttausend … damals noch Schilling. Er starb an Krebs, bevor es zum Prozess kam.«

»Hat man Frau Baldauf für den Schaden haftbar gemacht?«

Otto Sagen schüttelte den Kopf. »Das konnte der Anwalt zum Glück abwenden.«

»Ich glaube nicht, dass es so etwas wie ein kriminelles Gen gibt«, sagte Sarah.

Der Kellner brachte das Bier.

»Sie haben mir versprochen, dass alles, was wir hier bereden, unter uns bleibt.«

»Natürlich. Sollte ich etwas nachrecherchieren, lass ich Ihren Namen aus dem Spiel. Ehrenwort.«

»Patrick war ein begnadeter Geschichtenerzähler.«

»Wie meinen Sie das?«

»Er hat sich seine Welt zurechtgebogen.« Wieder schaute er sie mit diesem traurigen Blick an. »Hinterher ist man immer klüger. Ist es nicht so? Man sieht die Dinge mit ganz anderen Augen.«

»Welche zum Beispiel?«

»Wenn jemand lügt.«

»Patrick hat gelogen? Ich meine, wie? Jeder von uns lügt. Laut Studien lügen wir sogar täglich.«

»Ich denke, er hat fest daran geglaubt, was er so erzählt hat.« Er lachte leise. »Der Bub wäre ein großartiger Politiker geworden. Glauben S' mir!«

»Haben Sie ihn einmal der Lüge überführt?«

»Öfter. Doch jedes Mal konnte er mir plausibel erklären, weshalb … Er hatte eine enorme Überzeugungskraft.« Er wiegte seinen massigen Oberkörper hin und her. »Er hat gelogen, um seine Mutter nicht zu enttäuschen. Irgendwann war es dann Teil seines Lebens.«

»Sie meinen, Patrick war ein krankhafter Lügner?« Die Behauptung von Patricks Lehrerin kam ihr in den Sinn.

»Das weiß ich nicht. Damit kenn ich mich nicht aus.«

»Haben Sie mit Frau Baldauf darüber geredet?«

»Ich hab mich nie eingemischt.«

»Aber die Geschichte, dass er seinen alten Freund Gerhard wiedergetroffen hat, haben Sie Patrick geglaubt?«

Otto Sagen wurde kurz unsicher. »Ja. Es klang glaubhaft.«

»Nahm Patrick Drogen?«

Wieder ein Kopfschütteln. »Er hat Alkohol getrunken. Aber nicht mehr als andere in seinem Alter auch.«

»Hat er Gewaltspiele gespielt?«

»Gesehen hab ich ihn jedenfalls nie bei so etwas, nur Autorennen, Fußball und so Zeug. Glauben Sie, dass da ein Zusammenhang besteht?«

»Vermutlich nicht. War nur so ein Gedanke.«

Er sah auf die Uhr. »Ich muss jetzt leider ... mein Kunde.« Er leerte das Glas und griff nach der Geldbörse.

»Lassen Sie! Ich hab doch gesagt, ich lad Sie ein.«

Er stand auf, reichte ihr die Hand. »Danke.«

Sarah blickte ihm nach. Ihr Handy piepste. Eine SMS von Patricia: Es gibt Neuigkeiten.

16

Sarah lief, immer zwei Stufen auf einmal nehmend, die Treppe zur Chronik-Redaktion hoch.

»Was gibt es für Neuigkeiten?«, platzte sie ins Büro.

Ihre Kollegin hörte augenblicklich auf zu tippen und griff sich an die Brust. »Hast du mich jetzt erschreckt!« Sie schnaufte ein paarmal kräftig durch, bis sich ihr Herzschlag wieder beruhigt hatte. »Sie befragen gerade den Typen, der möglicherweise den Notruf abgesetzt hat.«

»Ist nicht wahr! Wie das?« Ihre Vermutung hatte sich also bestätigt. Es hatte einen Mittäter gegeben. Sie warf ihre Umhängetasche auf ihren Schreibtisch und schaltete den PC ein. »Wer ist unsere Quelle, oder kam das schon von offizieller Seite?«

»Simon hat angerufen. Er wollte eigentlich dich sprechen.« Patricia rollte genervt mit den Augen. »Aber ich hab ihm glaubhaft versichern können, dass ich sein …« – sie malte Anführungszeichen in die Luft – »Geheimnis an dich weitergebe und nicht für mich behalte oder am Ende gar verschlampe.« Sie grollte Simon ob seines Misstrauens ihr gegenüber. »Er hat die Info über seine nicht ganz so legalen Kanäle bekommen.«

»Also nichts, was wir veröffentlichen können. Egal, wir bleiben auf jeden Fall dran. Ich muss jetzt erst mal zu Conny, bin gleich wieder da. Wenn ich zurück bin, klemmen wir uns hinters Telefon und schauen, ob wir etwas Offizielles herausfinden.« Auf ihrem Weg zu Conny schaute sie in Simons Büro im Erdgeschoss vorbei, um sich für die Information zu bedanken. Er saß andächtig vor einer Reihe eingeschalteter PCs.

»Gern geschehen.«

»Hast du auch einen Namen für mich?«, fragte sie hoffnungsvoll.

»Leider. Name wurde keiner genannt.«

»Trotzdem danke.«

Er nickte und konzentrierte sich wieder auf einen der Bildschirme.

Conny schob auf ihrem Bildschirm Fotos von links nach rechts.

»Kannst dich nicht entscheiden, wer auf deine Society-Seite darf und wer nicht?«, fragte Sarah.

»So ähnlich.« Die Gesellschaftsreporterin ließ die Maus los und lehnte sich in ihrem Stuhl zurück. »Und, wie war's bei der Königin der Modewelt?«

Sarah berichtete knapp. »Wirklich Spektakuläres gab das Gespräch nicht her.«

»Bist du wenigstens Bernhard Schönegg begegnet?«

»Oh ja, das bin ich.« Sarahs Augenbrauen wanderten anerkennend nach oben.

»Hab ich's nicht gesagt? Der Mann ist eine Augenweide.«

»Was hältst du davon, über Christa Schönegg ein Porträt zu schreiben? Für die Chronik-Seite gibt die Sache zu wenig her.«

Conny musste nicht lange überlegen. »Material hätte ich genug, und passen würde es auch.«

»Ich konnte das Gerücht über die eigene Modelinie ansprechen. Den Blick der Schönegg-Bach hättest du sehen sollen. Kennst du Christa Schöneggs Assistenten?«

»Luis, klar. Der ist bis vor einem Jahr nicht von ihrer Seite gewichen. War aber schnell vorbei mit der großen Liebe.«

»Ich dachte, sie hat ein großes Geheimnis um ihren letzten Geliebten gemacht. Das hast du mir jedenfalls erzählt.«

»Hat sie auch. Luis war nicht der Letzte. Nach ihm tauchte sie plötzlich allein auf diversen Partys auf und verschwand immer auffallend früh.«

»Versteh ich nicht! Ich dachte …« In dem Moment fiel bei Sarah der Groschen. »Wirklich? Deshalb glaubst du an einen geheimnisvollen Liebhaber? Vielleicht hatte sie einfach nur die Nase voll von Partys, hat sich kurz sehen lassen … zwecks Kontaktpflege und ist wieder nach Hause, um sich in Ruhe vor die Glotze zu hängen.«

Conny lachte laut. »Das Gerücht, dass es einen Neuen in ihrem Leben gibt, hat sich verbreitet wie ein Lauffeuer.«

»Gerüchte«, wiederholte Sarah abfällig. »Grad du weißt …«

»Dass oft etwas dran ist«, unterbrach Conny rasch. »Und da sie ihn versteckte, munkelte man in der Branche, dass er wohl nicht zu den Sprösslingen stinkreicher Unternehmer gehörte oder gar aus Adelskreisen stammte. Denn die hat sie ja alle hergezeigt.«

»Das würde wiederum für Patrick Baldauf sprechen.«

»Mich würde interessieren, was ihr lieber Sohn Robert zum Liebesleben seiner Mutter sagt.« Conny hob die Augenbrauen und wiegte ihren Kopf hin und her. »Er studiert in London.«

»Wie auch immer. Halt dich an diesen Luis. Der weiß Bescheid. Er übernimmt vorläufig die Aufgaben von Christa Schönegg.« Sarah schob Conny ihre Notizen über den Schreibtisch.

»Danke. Bist ein Schatz!«

»Kannst du mir den Sinn der Geheimhaltung erklären?«

Conny zuckte mit den Achseln. »Wahrscheinlich erhofft man sich eine Art Überraschungseffekt und damit geballte Publicity. Man lässt sozusagen die Bombe auf der Fashion Week platzen, und sämtliche Medien stürzen sich auf Modewelt Schönegg.« Conny kniff die Augen zusammen. »Vielleicht sollte ich mal die Veranstalterin anrufen und nachfragen, wer sich alles auf dem Laufsteg präsentiert.«

Zurück in der Chronik-Redaktion ließ sich Sarah auf ihren Stuhl fallen. Patricia war nicht im Büro, und auch Stepan schien nicht im Glaskasten zu sitzen. Das verschaffte ihr ein paar Minuten. Zuerst rief sie die Polizeimeldungen ab, ob es Neuigkeiten zu der Befragung gab. Sie fand nichts. Dann griff sie zum Telefon, rief Maja Petrovic an. Die Studentin freute sich über die Praktikantinnenstelle beim *Wiener Boten.*

»Was hältst du davon, über dein Erlebnis in der Gruft zu schreiben?«

Maja Petrovic zögerte einen Moment. Sarah konnte sich denken, weshalb. Sie hatte Ähnliches erlebt. Nach dem Neujahrskonzert hatte plötzlich ein Heckenschütze am Musikvereinsplatz das Feuer eröffnet. Sarah hatte noch nie solche Angst gehabt wie in diesem Moment. Darüber zu schreiben hatte ihr geholfen, sie zu überwinden. Das versuchte sie, Maja zu erklären. »Betrachte die gesamte Situation, als wärst du Zuseher. An manche Dinge wirst du dich nicht erinnern können, an andere wieder detailgetreu. Schreib alles auf. Bilder, Sequenzen, Wörter, Gesichtsausdrücke, deine Empfindungen. Alles, was dir in den Sinn kommt. Auch wenn du denkst, dass es nicht wichtig ist. Aufschreiben. Das bringt Ordnung in deine Gedanken und Gefühle.«

»Wenn du meinst.« Majas Stimme klang unsicher.

»Es hilft. Glaub mir!«

»Hat es dir geholfen?«

»Ja.«

»Gut. Ich mach's.«

Sarah notierte sich, Stepan zu informieren.

»Weißt du, wann die Gruft wieder öffnet?«

»Am Samstag.«

»Schaffst du's runterzugehen?«

Wieder zögerte Maja. »Ja.«

»Wäre es für dich okay, wenn wir dort ein paar Fotos von dir schießen?«

»Okay.«

Sie vereinbarten eine Zeit. Stepan betrat die Redaktion, und Sarah weihte ihn direkt ein.

»Wenn die Story gut geschrieben ist, veröffentlichen wir sie. Sonst kannst du's vergessen, oder du schreibst sie um.« Er reichte ihr einen Zettel. »Ich hab jemanden gefunden, der bereit ist, dir wegen der Waffe ein Interview zu geben. Es ist eh klar, dass du seinen Namen unerwähnt lässt.«

Sarah schnappte gierig nach dem Stück Papier. »Eh

klar! Ich werde nicht nach dem Reisepass fragen, um seine Legitimation zu überprüfen. Zudem gehe ich davon aus, dass ich seinen richtigen Namen nicht erfahren werde. Stimmt's?«

Stepan schwieg.

»Wann treffe ich ihn?«

»Montag, um sechzehn Uhr. Das Café liegt am Sechshauser Gürtel.«

»Nicht die noble Gegend.«

»Das Flair eines Café Sachers hat es nicht. Aber das hast du auch hoffentlich nicht erwartet. Frag an der Bar nach Falk.«

»Woher kennst du überhaupt solche Leute? Na, ist ja auch egal. Keine Namen nennen, Bericht allgemein halten. So wird's gemacht.« Sie salutierte spielerisch.

»Gut. Was haben wir sonst noch?«

»Die Polizei befragt gerade einen Mann zu dem Notruf vor dem Attentat.«

»Wissen wir, um wen es sich handelt?«

»Nein. Wo ist eigentlich Patricia?«

»Keine Ahnung. Was ist mit der Terrormeldung? Ist da was dran? War unser Täter radikalisiert?« Er spielte auf den Bericht von Oskar Kretschmer in *Neues der Woche* an.

»Ein Kleinkrimineller aus der Donaustadt wird zum Terroristen? Ich weiß nicht. Das klingt nach einer Schlagzeile für die Boulevardpresse. Mit der Behauptung, die Terrorgefahr steige in Wien, hat unser Kollege von der Konkurrenz ein wenig übers Ziel hinausgeschossen.« Sie klickte sich durch die Polizeimeldungen und wurde fündig. »Der Terrorverdacht ist sowieso schon vom Tisch. Die Ermittler haben nichts entdeckt, was auf einen Kontakt zum IS oder zu anderen radikalen Gruppierungen schließen lässt. Bekennerschreiben gibt's auch keins.«

Patricia erschien mit einem Becher Kaffee, setzte sich auf ihren Platz. Sarah wollte ihre Kollegin fragen, warum auch sie Kaffee aus der Küche holte, obwohl sie doch ihren eigenen Kaffeezubereiter in der Redaktion hatten. Sie ließ es.

»Irgendwas Neues?«

Patricia verzog das Gesicht und schüttelte den Kopf. »Was soll es Neues geben? Du warst gerade einmal fünfzehn Minuten weg.«

»In der Zeit kann viel passieren«, entgegnete Sarah. Sie überlegte, Stein anzurufen, verwarf den Gedanken aber wieder. Wenn die Befragung in diesem Moment stattfand, würde auch er ihr noch nichts Konkretes erzählen können. »Ich möchte gerne über die Motive von Amokläufern schreiben«, schlug sie vor. »Also genauso generell wie übers Waffengeschäft.« Sie zwinkerte Stepan zu.

»Schlagzeile?«, fragte der Ressortleiter.

»Im Rausch morden!«

Stepan nickte zustimmend. »Ruf einen unserer beratenden Psychologen an. Hol dir so viele Informationen wie möglich, damit du keinen Aspekt auslässt. Und stell fest, ob Baldauf brutale Computerspiele gespielt hat.«

»Die Frage hab ich Stein schon gestellt. Wenn ja, lässt er's mich wissen.« Das erinnerte sie daran, dass Stein ihr die Studie schicken wollte. Sie rief ihre Mails ab. Er hatte Wort gehalten. Sarah überflog die erste Seite. Stepan trat hinter sie, las stumm mit. Fast zweitausend Probanden hatte man getestet und nur einen sehr schwachen Zusammenhang zwischen Spielkonsum und Verhaltensstörungen entdeckt. »Stein hat mir davon erzählt«, erklärte sie Stepan.

»Wie auch immer. Es gibt sicher Studien, die diese Behauptung widerlegen. Erwähne sie also lieber nicht im Artikel«, schlug Stepan vor und trat wieder zur Seite. »Was ist mit den Opfern?«

Sarah speicherte das PDF auf ihrem Computer ab.

»Conny schreibt ein Porträt über Christa Schönegg.« Sie berichtete in wenigen Worten von ihrem Gespräch mit Isabella Schönegg-Bach.

»Was ist mit der Behauptung, der Täter sei ihr Liebhaber gewesen?«

»Sie hatte junge Liebhaber, ja. Aber niemand aus ihrem oder seinem Umfeld glaubt, dass die beiden ein Liebespaar waren. Ferner gibt es keinen Hinweis darauf, dass sie sich überhaupt kannten. Sie stammen von unterschiedlichen Planeten. Wo hätten sie sich also kennenlernen sollen?« Kurz überlegte sie, Stepan und Patricia von der Begegnung mit Otto Sagen zu erzählen. Sie verwarf auch diesen Gedanken wieder. Zuerst musste sie das Gespräch für sich selbst analysieren.

»Über das zweite Opfer weiß ich zu wenig.« Sie sah Patricia an. »Hast du inzwischen etwas rausgefunden?«

»Ja, einiges.« Patricia blätterte in ihren Aufzeichnungen. »Ich hab mit seiner Mutter telefoniert.« Sie kniff die Augen zusammen. »Das war kein angenehmes Telefonat, wie ihr euch sicher vorstellen könnt. Die arme Frau hat gar nicht viel reden können, so sehr hat sie geweint. Es hat ewig gedauert, bis ich zumindest ein bisschen was aus ihr rausgequetscht habe. In erster Linie das Übliche: Ihr Sohn war ein großartiger Mensch, der nie jemandem etwas getan hat und so weiter ... Aber das Interessanteste erwähnte sie irgendwann mittendrin. Sie meinte, ihr Sohn habe sich seit geraumer Zeit verfolgt gefühlt und ernsthaft daran gedacht, zur Polizei zu gehen.«

Sie blickte abwechselnd von Sarah zu Stepan, die sie beide erstaunt ansahen.

»Gibt es eine Anzeige?«, fragte Stepan.

»Das wusste seine Mutter nicht.«

»Hast du bei der Polizei nachgefragt?«

Patricia schüttelte den Kopf. »Noch nicht.«

»Hatte er eine Vermutung?«, hakte Sarah nach.

»Ja, hatte er. Aus dem Logistikzentrum verschwanden regelmäßig rezeptpflichtige Arzneien. Das hat er seinem Vorgesetzten gemeldet. Zuerst ging man von einem Einbruch aus. Doch es gab keinerlei diesbezügliche Spuren. Deshalb dachte man an einen Fehler im System, bis Graumann einem Kollegen auf die Schliche kam. Der wurde daraufhin fristlos entlassen. Und bevor ihr fragt: Sie konnte mir den Namen des Kollegen nicht nennen, weil ihn ihr Sohn ihr gegenüber nicht erwähnt hat.« Sie hob den Zeigefinger, stoppte so die logische Nachfrage. »Natürlich hab ich gleich im Logistikzentrum angerufen. Der Geschäftsführer ist auf Dienstreise, und sonst konnte oder wollte mir niemand Auskunft geben. Ich ruf aber noch mal an, wenn der Chef zurück ist.«

»Gut! Dann bleibt Patricia an dieser Sache dran, und du, Sarah, kümmerst dich um die Artikel Waffendeal und Amoklauf«, sagte Stepan zufrieden lächelnd. »Ich will gute Storys, meine Damen. Verdammt gute Storys.«

Sarah rollte mit den Augen. Stepan verzog sich in sein Büro.

»Verstehe ich das richtig? Volker Graumann dachte, dass der entlassene Mitarbeiter ihn beobachtet?«, fragte Sarah.

»Das war seine Vermutung. Möglich, dass das auch Einbildung war, denn gesehen hat er nie jemanden, behauptet seine Mutter. Außerdem liegt die Sache schon ein Weilchen zurück. Wie lange genau, wusste sie nicht.« Patricia warf einen Blick auf ihre Notizen. »Dann hat sie mir noch erzählt, dass er gerne allein lebte, von Kindesbeinen an eher ein Einzelgänger war. Zeichnen war seine große Leidenschaft. Er hatte immer und überall einen Zeichenblock dabei, schon als Kind saß er stundenlang irgendwo herum und skizzierte, was er sah. Dass er öfter in die Gruft ging, wusste seine Mutter. Das war sein neues Projekt, die Särge der Kaiser.«

»Stellte er die Zeichnungen auch aus oder verkaufte sie irgendwo?«, fragte Sarah.

»Seine Mutter meinte, dass er sich von den Bildern nur schwer trennen konnte. Da er nicht von der Kunst lebte, musste er das auch nicht.«

Nun griff Sarah doch zum Telefon, um Stein anzurufen. »Er weiß sicher, ob Graumann Anzeige erstattet hat oder nicht. Auf jeden Fall gäbe das eine schöne Tränendrüsen-Story für unseren lieben Kollegen Kretschmer von *Neues der Woche* ab. Hobbyzeichner stirbt im Kugelhagel!«

Sie lachten beide. Stein meldete sich.

Der Chefinspektor wusste Bescheid über Volker Graumanns Verdacht, beobachtet zu werden. »Auch wir reden mit den Angehörigen und hören genau zu«, sagte Stein deutlich. »Und nein, es liegt keine Anzeige vor.« Sarah hörte Stein amüsiert schnauben. »In einer Stadt mit fast zwei Millionen Einwohnern kann man sich schon mal beobachtet fühlen. Vor allem, wenn man wie Graumann in einem kleinen Weindorf am Land aufwuchs. Ach ja, by the way, weil ich's dir versprochen habe. Keine Ballerspiele auf dem PC.«

»Trotzdem danke für den Link zur Studie«, sagte Sarah.

»Gern geschehen. Wir haben auch keine sonstigen Daten gefunden, die auf eine Straftat hinweisen. Baldauf hat sich weder im Darknet rumgetrieben noch sonst etwas auf seinem PC abgespeichert, das eine Verbindung zu den Opfern nahelegt. Das Motiv der Tat ist und bleibt ein Rätsel.«

»Was ist mit dem Mann, den ihr gerade zum Notruf befragt?«

Jetzt hörte sie Stein laut auflachen. »Warum wundert's mich nicht, dass du schon wieder Bescheid weißt?«

»Weil ich gut bin in meinem Job?« Sarah zwinkerte Patricia zu und dankte Simon im Geiste.

»Das behauptest du jedes Mal. Leider kann ich dir dazu noch nichts sagen, Sarah. Die Befragung läuft noch.«

»Ein Komplize?«

»Eine Zeugenbefragung.«

»Wann hast du etwas für mich?«

»Später.«

»Ist dieses ›Später‹, wenn ich, sagen wir, Gerhard Ehm erwähne?«

»Du probierst es wirklich mit jedem Schmäh. Ich sagte, später, und nicht, nenn mir einen Namen.«

»Dann eben später«, gab Sarah sich geschlagen und verabschiedete sich.

Während der gesamten Zeit kreiste unaufhörlich das zurückliegende Gespräch mit Otto Sagen in ihrem Kopf. Sie rief das Archiv auf. Zuerst suchte sie nach den Meldungen über den Brand in der Hofburg. Sie war überrascht, wie lange das schon zurücklag, derweil kam es ihr vor, als wäre es erst wenige Jahre her. Dann suchte sie nach dem Wohnungsbrand vor acht Jahren, bei dem Otto Sagens Frau ums Leben gekommen war. Sie konnte nichts finden. Möglich, dass der *Wiener Bote* nicht darüber berichtet hatte?

Sie sah auf die Uhr. Es war fünf. In der Hoffnung, dass heute nicht mehr viel passieren würde, schaltete sie den Computer aus und raffte ihre Sachen zusammen. Wenn sie sich vor dem Abendessen mit David noch duschen und umziehen wollte, musste sie sich beeilen. Sie schrieb ihm eine SMS, dass er sie von zu Hause abholen solle.

Als Sarah die Wohnungstür aufsperrte, hörte sie, wie Gabi jemandem ein Glas Rotwein anbot. Sie zögerte einen Moment. Chris war noch im Krankenhaus arbeiten, das wusste sie. Sie ging in die Küche.

Ihre Freundin bereitete Marie Futter zu.

»Sag jetzt bitte nicht, dass du meine Katze zum Weintrinken verführst. Sie ist viel zu jung für Alkohol.«

»Sie hat vereinzelt schon graue Haare. Sie ist definitiv alt genug«, erwiderte Gabi und wandte sich an die schwarze Halbangora. »Dein Frauli lässt dir keinen

Spaß im Leben, gell, Marie.« Sie ging in die Knie und strich der Katze übers Fell. »Kastrieren hat sie dich lassen, fett sollst nicht werden … und jetzt stört sie auch noch unsere Zweisamkeit bei einem guten Glas Rotwein.«

Die Katze strich um Gabi herum, drückte ihren Körper fest gegen ihre Beine und schnurrte.

»Hör nicht auf sie, Marie! Die will uns nur auseinanderbringen«, lachte Sarah.

Gabi kam wieder hoch. »Was tust du eigentlich hier? Ich dachte, du und David …«

»Eh! Ich wollt mich nur schnell duschen und hübsch machen. Das hat er verdient, wenn er mich schon zum Essen ausführt.«

Um sechs Uhr schrieb David Sarah eine SMS, er stehe in der Yppengasse in zweiter Spur, und bat sie, sich zu beeilen. Sie verabschiedete sich rasch von Marie und Gabi und lief gleich darauf die Stufen hinunter.

David hatte beim Italiener in der Krugerstraße hinter der Oper einen Tisch reserviert. Sarah mochte das Lokal. Die Kellner sprachen untereinander italienisch, zudem aßen Italiener hier. Ein Zeichen für Authentizität. Außerdem war die Küche ausgezeichnet, und die Weine stammten von anerkannten Weingütern. Einzig, dass sie noch immer nicht die Muttersprache ihrer neapolitanischen Großmutter verstand und sprach, ärgerte sie in solchen Momenten. Als ob sie geahnt hätte, wohin David sie ausführte, trug Sarah eine luftig weiße Seidentunika und die dunkelblaue Sommerhose eines italienischen Modelabels.

Sie bestellten einen Vorspeisenteller mit verschiedenen, in Olivenöl eingelegten Gemüsen, danach *Orate alla griglia* und eine Flasche Pinot Grigio aus dem Collio. Der Abend begann ganz nach Sarahs Geschmack.

»Hast du dir meinen Vorschlag überlegt?«, fragte David nach dem ersten Schluck Wein.

Sarah nickte. Der Vorspeisenteller kam. Sarah griff nach der Gabel und steckte sich eine Melanzani in den Mund.

»Ich weiß, dass du an der Wohnung am Yppenplatz hängst, und ich weiß ...« Er verstummte, weil im Grunde genommen alles gesagt war. Sarah legte die Gabel auf den Teller, lehnte sich zurück und sah David eine Weile an. In Wahrheit hatte sie längst einen Entschluss gefasst.

»Machen wir's kurz.« Sie presste die Lippen aufeinander. »Das Haus im achtzehnten Bezirk ist toll, die Gegend ist toll ...« Sie trank einen Schluck Wein, legte die Stirn in Falten. David ließ sie nicht aus den Augen. Jede Faser seines Körpers schien angespannt. Seine Augen fragten, ob sie ihm hier und jetzt einen Korb gab, und Sarah konnte sich denken, dass die nächste stumme Frage lautete: Was bedeutete eine Abfuhr für ihre Beziehung?

Sarah holte tief Luft, schloss einen kurzen Moment lang die Augen und gab sich einen Ruck.

»Also gut, was gesagt werden muss, muss gesagt werden.« Sie machte wieder eine Pause, sah ihm fest in die Augen. »Ich mach's!« Sie schenkte David ein verliebtes Lächeln und nahm damit endlich den Druck aus der Situation. David sah sie überrascht an, atmete entspannt aus und lehnte sich im Stuhl zurück. Sarah lachte und aß weiter.

»Gib's zu! Du hast geglaubt, ich sag Nein, und du musst mich dann wochenlang überzeugen.« Sie zwinkerte ihm zu. »Stimmt doch? In Wahrheit mach ich mir schon länger Gedanken darüber, ob wir zusammenziehen sollten. Ich find die Idee schön, gemeinsam mit dir ein neues Kapitel aufzuschlagen.«

»Du hast mir einen ganz schönen Schreck eingejagt.«

Sie lächelte ihn noch immer bezaubernd an.

»Du bist eine Hexe.«

»Ich weiß.«

»Was ist mit Chris?«

Sarah wurde wieder ernst. »Er und Gabi ziehen in den ersten Stock, und du kommst ihnen, wie vorgeschlagen, mit der Miete entgegen. Wenn er mal ein angesehener und wohlhabender Primarius ist, zahlt er das Doppelte.« Sie grinste hinterhältig.

David hob sein Glas. »Auf unsere Zukunft, was immer sie uns bringen mag.«

»Auf unsere Zukunft!«

Sie stießen an und tranken einen Schluck.

»Dir ist aber schon klar, dass ich deinen ganzen Haushalt umkremple«, sagte Sarah.

David seufzte lachend. »Das hab ich befürchtet.«

Dann besprachen sie die nächsten Schritte, malten sich ihre gemeinsamen nächsten Jahre aus. Zwischendrin rief Stein an. »Wir haben den Zeugen wieder nach Hause geschickt. Es gibt zu wenig, um ihn mit der Tat in Verbindung zu bringen«, ließ er sie wissen.

»Wie seid ihr auf ihn gekommen?«

»Ein Hinweis.«

»Schade«, konnte sie sich nicht verkneifen. »Es hätte so schön gepasst.«

Nach der gegrillten Goldbrasse bestellten sie zwei Espressi, und Sarah erzählte David von dem Gespräch mit Otto Sagen, erwähnte auch ihr Versprechen ihm gegenüber.

»Im Archiv hab ich von dem Brand des Wohnhauses nichts gefunden. Löschen wir gewisse Zeitungsartikel nach einer Weile?«

David schüttelte den Kopf. »Eigentlich nicht.«

»Vielleicht haben wir auch nicht berichtet.«

»Klingt unwahrscheinlich. Wenn du willst, frag ich mal in der Zentralwache der Wiener Feuerwehr nach, was da los war. Kann sein, dass keine Meldung an die Presse rausging.« Er notierte sich die Jahreszahl. »Ich kenn da jemanden.«

»Du kennst jemanden bei der Berufsfeuerwehr?«

»Nicht nur irgendjemanden, sondern den Branddirektor.«

»Wow, den obersten Boss, da bin ich jetzt aber beeindruckt. Warum weiß ich das nicht?«

David zwinkerte ihr zu. »Weil ich mich hüte, dir muskulöse Männer in Feuerwehruniform vorzustellen.«

»Schön, dass du mir vertraust.«

»Vorsicht ist besser als Nachsicht.«

»Sprichwörter kannst du auch aufsagen. Sag, Mann, was verheimlichst du mir noch alles?«

»Keine Angst, das war mein einziges Geheimnis. Es verbindet mich keine enge Freundschaft mit dem Branddirektor. Wir kennen uns von diversen Veranstaltungen, haben ein paarmal miteinander geplaudert.«

»Das enttäuscht mich jetzt.«

»Soll ich ihn anrufen und nach dem Brand fragen?«

»Hm. Wie muskulös ist er, hast du gesagt?«

»Kein bisschen.«

»Gut, dann darfst du ihn anrufen. Sonst hätte ich das erledigt«, witzelte Sarah und stieß ihr Glas noch einmal gegen seines.

Samstag, 5. August

17

Sarah erwachte um acht Uhr. David lag neben ihr und schlief noch. Sie kuschelte sich kurz an ihn, genoss für einen Augenblick seine Wärme und schlich sich dann leise aus dem Zimmer. Marie lag im Vorraum, hatte offenbar auf sie gewartet, denn sie erhob sich unmittelbar, als sie Sarah bemerkte. Die Schlafzimmertür ihres Bruders war geschlossen. Sicher schliefen Gabi und er noch. Soweit sie wusste, hatte er heute frei. Sie fütterte die Katze, zog sich im Badezimmer um und lief dann runter zur Trafik, wo sie die Tageszeitungen kaufte.

Patrick Baldauf hatte es auf die Titelseite eines Boulevardblattes geschafft. Zwar verdeckte ein schwarzer Balken die Augen, dennoch erkannte sie ihn. Über dem Bild prangte die Schlagzeile: Attentäter psychisch labil und gewissenlos!

Sarah fragte sich, über welche Kanäle das Blatt an das Foto gekommen war und woher ihre Kollegen von der Konkurrenz ihre Informationen bezogen. Dann fielen ihr die Bilder auf Facebook ein. Wahrscheinlich hatte man einfach eines heruntergeladen, ein wenig verändert und ohne Genehmigung verwendet. Wo kein Kläger, da kein Richter. Sie verließ den Kiosk und ging zurück in die Wohnung. David war inzwischen aufgestanden und hatte Kaffee und für Sarah Tee gekocht. Sie legte die Zeitungen auf den Tisch.

»Das nenne ich mal Qualitätsjournalismus«, sagte David angesichts der Schlagzeile. Er fand reißerisch aufgemachte Titelseiten unerträglich.

Gabi tauchte auf, murmelte ein »Guten Morgen« und verschwand im Badezimmer.

Nach einem gemeinsamen Frühstück brach David zu seiner Wohnung auf. Er hatte sich mit einem Freund zum Joggen verabredet. Sarah und Gabi hinterließen für Chris eine kurze Nachricht am Küchentisch und fuhren in die Innenstadt. Sarah hatte ihre Freundin überredet, sie zu begleiten. Sie war noch nie in der Gruft gewesen. Das Bedürfnis, tote Habsburger zu besuchen, hielt sich bei ihr in Grenzen. Derweil interessierten sie die zum Teil prunkvollen Särge mit all den symbolträchtigen Verzierungen sehr wohl.

»Kaiserin Anna stiftete 1617 testamentarisch das Kapuzinerkloster und ordnete den Bau der Gruft an«, las Gabi laut von einem Zettel ab, während sich die Rundschiebetür vor ihnen öffnete. »Mit dem Bau wurde jedoch erst unter Kaiser Ferdinand II. im Jahr 1622 begonnen.«

»Willst du mir jetzt die ganze Entstehungsgeschichte vorlesen?«

»Ich dachte, das interessiert dich.« Gabi schob den Zettel in ihre Tasche zurück. »Ein bisschen Kulturgeschichte würde dir nicht schaden.«

Sarah verdrehte die Augen und bezahlte den Eintritt für sie beide. »Volker Graumann ging regelmäßig in die Gruft«, wechselte sie das Thema, während sie die Steintreppe hinabstiegen. »Er blieb jedes Mal mehrere Stunden, fertigte Bleistiftzeichnungen von den Särgen an.«

»Warum zum Teufel zeichnet jemand Särge?«

»Warum nicht? Die sind doch ziemlich interessant.«

»Lass mich raten. Dahinter steckt irgendeine Art von teuflischer Symbolik.«

Sarah lachte. »Klar, der Teufel steckt in jedem Detail. Aber schon in vorchristlicher Zeit betrachtete man den Sarg als Wohnung für die Seele. Späne, die bei der Fertigung eines Sarges anfielen, legte man dem oder der Verstorbenen bei. Ansonsten fand der oder die Tote keine Ruhe. Also hoffen wir, dass all die Verstorbenen hier unten Späne in ihren Kisten haben, sonst klopft uns womöglich einer von ihnen auf die Schulter.« Den letzten Satz flüsterte Sarah, während sie sich misstrauisch umblickte und unvermittelt nach Gabis Hand griff. Ihre Freundin erschrak. Sarah lachte.

»Ich weiß nicht, was ich gruseliger finde. Die Tatsache an und für sich oder dass du so etwas weißt.« Gabi schüttelte Sarahs Hand ab.

Inzwischen waren sie in der Karlsgruft angekommen, dem Teil, der unter Kaiser Karl VI. angelegt worden war. Ihr Blick wanderte über die dunklen Särge. Ihr kam es vor, als wandten sich sämtliche Todessymbole ihnen zu. Ein Omen? Sie fragte sich plötzlich, wie viele Meter unter der Erde sie sich befanden und ob der Weg nach oben versperrt werden konnte, womöglich durch ein Erdbeben. Wie lange überlebte man in einer Gruft, wenn die Klimaanlage versagte? Dann fiel ihr auf, dass keine Fackeln brannten, nur künstliches Licht. Ein beklemmendes Gefühl beschlich sie, weil ihr ein alter Volksglaube einfiel, der besagte, wenn keine Fackeln brannten, schlichen sich in der Dunkelheit böse Geister heran, um den Toten wiederzuerwecken und sich seiner zu bemächtigen. Verdammt, warum nur fiel ihr das ausgerechnet jetzt ein? Ihr lief ein kalter Schauer über den Rücken angesichts der vielen Särge, aus denen die Toten steigen konnten. Lenk dich ab! Ablenken! Ablenken! Sie deutete auf einen Sarg, in dem laut Ausschilderung die Erzherzogin Maria Anna Josepha lag. Engel, ein Totenkopf und der Kopf eines Löwen mit einem Ring waren darauf abgebildet.

»An den Särgen der Habsburger findest du häufig den Kopf oder die Pranke des Löwen. Er war das Wappentier der Herrscherdynastie. Es symbolisiert Mut, Weisheit und Königlichkeit. Deshalb bewacht dieses mächtige Tier auch wichtige Bauten auf der gesamten Welt sowie Tempel und Gräber. Sie wehren zudem Dämonen ab. So viel zur Kulturgeschichte«, erklärte Sarah und versuchte, die dunklen Gedanken endgültig zu vertreiben.

»Das scheint ihnen ja vor wenigen Tagen nicht wirklich gelungen zu sein«, merkte Gabi launig an und folgte Sarah zu einem anderen prunkvollen Sarg.

»Schau, der von Karl VI. wird von vier Löwen getragen. Die Ecken zieren die Wappenschilder des Römischen Reiches, Böhmens, Ungarns und Kastiliens«, zählte Sarah an ihren Fingern ab und zeigte dann auf eine bestimmte Stelle. »Überhöht von je einem Totenkopf, übrigens dem häufigsten Vanitas-Symbol. Diese Motive sollen anzeigen, dass der Mensch keine Gewalt über das Leben hat. Und mal so nebenbei, der Totenkopf ist auch ein Zeichen der Freimaurer.« Sie legte ihre Stirn in Falten. In dem Moment sah sie die Studentin. Die junge Frau stand mit dem Rücken zu ihr und starrte auf einen bestimmten Fleck.

»Komm jetzt, Gabi! Da vorn ist die Petrovic.«

Maja Petrovic wandte sich um und lächelte schwach in ihre Richtung.

»Hast du hier gesessen?«, fragte Sarah, während sie sich die Hände schüttelten.

Maja nickte.

»Wie fühlst du dich?«

»Komisch. Immerhin wäre ich hier fast gestorben.« Maja deutete auf den Boden unter dem Gewölbebogen, der zugleich die Verbindung zur Franzensgruft darstellte. Simon tauchte mit der Kamera auf. Er ließ sich von Maja die wichtigsten Stellen zeigen.

»Der Baldauf ist direkt dort gestanden.« Sie zeigte auf den Sarkophag von Maria Theresia und Franz Stephan von Lothringen. Sarah blickte nach oben zur Kuppel. Licht fiel durch das Glas der Gewölbefenster. Simon schoss Fotos.

»Er hat mit der Pistole herumgefuchtelt und uns angeschrien, dass wir uns setzen sollen. Mich hat die nackte Angst gepackt, und ich hab mich zusammengekauert, hab gehofft, dass er mich übersieht, wenn ich mich ganz klein mache.« Majas Stimme brach. Offenbar kehrte die Erinnerung stärker zurück als gedacht. Sarah legte ihr den Arm um die Schulter.

»Wo stand Christa Schönegg?«

»Direkt vor dem Sarg von Kaiser Franz II.«, erklärte Maja und zeigte auf die Stelle. »Fast unmittelbar daneben saß der Mann mit dem Zeichenblock. Nachdem er die beiden erschossen hatte, war hier alles voll Blut.« Sie machte eine Geste, die den gesamten Boden rund um den Sarg miteinbezog.

Der Marmor zeigte sich wieder blitzsauber, und Sarah fragte sich, ob noch an irgendeiner Stelle winzige Blutspritzer überlebt hatten.

Maja sah Sarah nachdenklich an. »Ob ich die Gruft jemals wieder unbefangen betreten kann?« Sie holte tief Luft. »Seid mir nicht böse, ich muss weg hier.«

Sie wandte sich um und ging. Sarah, Gabi und Simon folgten ihr. In der Neuen Gruft holten sie Maja ein. Sie starrte erneut auf den Boden. Ihre Augen aufgerissen, das Gesicht blass.

»Hier hat er sich eine Kugel in den Kopf gejagt.«

Sarahs Blick schweifte zu dem Sarg, der hinter der Absperrung stand. Erzherzogin Maria Josepha von Sachsen.

Ein seltsamer Zufall, dachte Sarah. Wenn sie die Historie richtig im Kopf hatte, litt die Erzherzogin unter den Affären ihres Mannes Otto, den man auch den »schönen Otto« nannte. Patrick Baldaufs Mutter hieß ebenfalls Maria und deren Lebensgefährte Otto.

Sie ermahnte sich stumm, nicht wie ihre abergläubische Großmutter vorschnelle Schlüsse zu ziehen. Genauso gut hätte sie darüber nachdenken können, ob Patrick Freimaurer und Alchemist war. Immerhin beging er zwei Morde vor dem Sarg von Franz Stephan von Lothringen, der beides gewesen war.

Maja schwankte. Sarah fasste instinktiv nach ihrem Arm, glaubte, dass ihr die junge Frau an Ort und Stelle umkippen könnte. Sie zog sie weiter.

Vor der Grabstätte des Erzherzogs Maximilian I., dem Kaiser von Mexiko, hatten Besucher Blumen und eine kleine mexikanische Fahne abgelegt. Ein groteskes Bild, wenn man bedachte, dass Maximilian gegen den Widerstand des mexikanischen Volkes eingesetzt und drei Jahre später entmachtet und hingerichtet worden war.

Vor der Begräbnisstätte von Kaiser Franz Joseph, Kaiserin Elisabeth und Kronprinz Rudolf lagen mehrere Gebinde.

»Wer bitte schön bringt Blumen und Kränze in die Gruft?«, stellte Gabi eine rhetorische Frage, während sie nach draußen eilten.

Im Freien schloss Maja die Augen, atmete tief durch, als müsste sie sich mit Leben vollsaugen.

Simon verabschiedete sich und ging. Sarah und Gabi bugsierten Maja ins nächste Café. Dort bestellte Sarah drei Gläser Sekt. »Das bringt den Kreislauf wieder in Schwung.«

Sie schwiegen. Erst als der Kellner die prickelnden Getränke brachte, kam wieder Leben in Maja. Sie hob ihr Glas.

»Auf das Leben!«

Sie stießen an und tranken.

»Heute fand ich's zum ersten Mal gruselig in der Gruft«, fuhr sie fort, noch immer ein wenig blass um die Nase.

»Kein Wunder nach dem, was du da unten erlebt hast«, sagte Gabi verständnisvoll.

Sarah lenkte das Gespräch auf Majas Praktikantenstelle beim *Wiener Boten*. Eigentlich wollte sie die Studentin so auf andere Gedanken bringen, und doch redeten sie gleich wieder über das, was sie durchgemacht hatte. Immerhin sollte Maja einen Artikel darüber schreiben.

»Bekommst du die Story bis Dienstag hin?«, fragte Sarah. »Dann könnten wir sie gegebenenfalls am Freitag bringen.«

Maja nickte. »Ich bin es wieder und wieder in meinem Kopf durchgegangen, und dabei ist mir etwas eingefallen. Du hast mich doch im AKH gefragt, ob er meines Erachtens damit rechnete, dass die Sache so ausgehen würde.« Sie schüttelte den Kopf. »Ich glaube nicht. Er hat den toten Mann angesehen, dann die Waffe und wieder den Toten. So als wäre er selbst von den Folgen des Schusses überrascht worden. Dann hat diese Schönegg angefangen zu schreien, und aus war's.« Wieder hob Maja das Glas. »Auf das Leben!«

Erneut stießen sie an, und Gabi bestellte eine zweite Runde. Maja Petrovic stürzte den Sekt hinunter. »Sie hat noch mit ihrem Sohn telefoniert.«

»Was?«

»Als sie die Eintrittskarte kaufte, hat sie gerade mit ihrem Sohn telefoniert.«

»Kannst du dich erinnern, was sie gesagt hat?« Sarahs Neugier war geweckt. Was für eine Geschichte. Der Sohn telefoniert wenige Augenblicke vor ihrem Tod mit seiner Mutter.

»Sie hat nicht viel gesagt, nur so etwas wie: Ich steh jetzt an der Kasse, Sohnemann. Wir sprechen später darüber.« Sie stand auf. »Seid mir nicht böse, aber ich muss jetzt allein sein.«

Gabi und Sarah blickten ihr nach.

»Hast du noch mal mit David über den Hauskauf gesprochen?«, fragte Gabi. »Ich weiß, wie schwer dir das fällt, die Wohnung am Yppenplatz zu verlassen.« Sie machte eine kurze Pause. »Chris zu verlassen. Das denkst du doch wahrscheinlich.«

Sarah brauchte eine Sekunde, um Gabis plötzlichem Themenwechsel folgen zu können. Sie war gedanklich noch bei dem Telefonat. Christa Schöneggs Sohn wusste, dass seine Mutter in der Gruft war.

»Hast du gehört, was ich gesagt habe?«, hakte Gabi nach.

»Findest du das blöd?«, stellte Sarah eine Gegenfrage. »Immerhin haben meine Eltern mir die Wohnung besorgt, und irgendwie häng ich daran.«

Gabi schüttelte ihre blonden Locken. »Nein. Ich finde das gar nicht blöd, sondern verständlich. Aber du kannst nicht ewig an Chris' Seite sein. Außerdem würden wir nur ein Stockwerk über euch wohnen. Du verlässt ihn also nicht, ihr benutzt nur zwei unterschiedliche Badezimmer.«

Sarah umarmte ihre Freundin. »Du hast ja recht.« Sie schob Gabi ein Stück von sich, lächelte verschmitzt. »Mach dich schon mal bereit. Ich weiß noch nicht, wann, aber wir ziehen um. Das steht fest.«

Gabi jubelte. »Ach, ich freu mich.«

Und Sarah fragte sich stumm, worüber Christa Schönegg mit ihrem Sohn gesprochen hatte, kurz vor ihrem Tod, und ob Baldauf tatsächlich darüber erschrak, jemanden getötet zu haben.

18

Isabella Schönegg-Bach warf einen Blick auf die Küchenuhr. Die Flugzeuge aus Mailand und London waren vor einer Stunde gelandet. Bernhard hatte angeboten, die Kinder vom Flughafen abzuholen, derweil bereitete sie ein spätes Mittagessen zu. Sie hatte das vorgeschlagen, um so schnell wie möglich alle um den Tisch zu versammeln. Es gab so vieles zu besprechen, warum also nicht gleich. Worauf sollten sie warten? Bis nach dem Begräbnis? Das machte die Sache nicht besser.

Isabella formte aus der Grießmasse Nockerl. Melanie hatte mit ihr telefoniert und sich eine Grießnockerlsuppe gewünscht.

»Eine Suppe, trotz der Hitze?«, hatte sie ihre Tochter gefragt.

»Und als Hauptspeise Schinkenfleckerl«, war Melanies Antwort gewesen. »Das schmeckt Robert sicher auch.«

Österreichische Hausmannskost gab es weder in Mailand noch in London, das machte sie plötzlich zu etwas Besonderem. Isabella hatte der Haushälterin das gesamte Wochenende über freigegeben. Was sie zu besprechen hatten, war eine reine Familienangelegenheit. Da wünschte sie keine fremden Ohren im Haus.

Nachdenklich legte sie ihre Stirn in Falten. Seit Tagen

schon durchforstete sie ihr Gehirn nach einer Definition ihrer Gefühlswelt. Sie war traurig, zweifellos. Aber sollte sie nicht vielmehr bestürzt, unglücklich und verzweifelt sein? Oder sich zumindest sterbenselend fühlen, weil ihre Schwester tot war? Natürlich hatte sie ein paar Tränen vergossen, im Büro, als sie allein war. Jedoch nicht in der Menge, die man sich von einem engen Familienmitglied erwartete. Stattdessen dachte sie rational und überlegte, wie es ab sofort weiterging. Was war nur los mit ihr? War ihre Beziehung zu Christa wirklich so abgestumpft, dass sie jetzt nur eine Art Betäubung empfand? Zu ihrer Verteidigung erinnerte sie sich daran, noch nie ein gefühlsbetonter Mensch gewesen zu sein. Nach dem Tod ihres Vaters hatte ihr Christa sogar Gefühlskälte vorgeworfen, weil sie nicht verzagte, sondern direkt nach der Beerdigung ins Geschäft gefahren war. Trauer machte sie mit sich selbst aus, sie brauchte kein Publikum dafür. Und Selbstmitleid ertrug sie generell nicht.

»Du bist deinem Vater sehr ähnlich«, hatte ihre Mutter gesagt. Damit war das Thema erledigt.

Ein Auto nahte. Konnte es sein, dass sie schon da waren? Sie warf einen Blick durchs Küchenfenster. Von dort aus konnte man gut auf die Straße sehen. Das Auto fuhr vorbei. Als sie das letzte Nockerl in die Suppe gleiten ließ, führten sie ihre Gedanken zurück ins Büro ihrer Schwester. Sie hatte es persönlich durchsucht, hatte naturgemäß in zig Unterlagen gewühlt. Doch wer sich hinter dem Namen »Rome« verbarg, wusste sie noch immer nicht. Nicht einmal in der Dachgeschosswohnung konnte sie den winzigsten Anhaltspunkt dafür finden. Warum hatte Christa die Sache nur so geheim gehalten? Sie wollte sie mit der Modelinie im Katalog vor vollendete Tatsachen stellen, so viel war klar. Nur weshalb war sie diesen Weg gegangen? Wer hatte die Aufnahmen gemacht? Den Fotografen, der normalerweise für die Modewelt Schönegg fotografierte, hatte ihre Schwester nicht beauftragt. Mit ihm hatte Isabella telefoniert. Sie hoffte, dass sich auf Christas Computer etwas finden ließ. Doch der musste erst von einem Spezialisten geknackt werden. Ihre Schwester hatte ihn gesichert wie Fort Knox.

Die Küchentür schwang auf, ihre Mutter erschien. Sie trug ein beigefarbenes Sommerkleid, das knapp über die Knie ging. Ihr dezentes Make-up war perfekt auf die kurz geschnittenen grauen Haare abgestimmt. Sie war noch immer eine attraktive Frau, trotz ihrer einundachtzig Jahre.

»Jetzt müssten sie bald da sein.« Kurz flackerte eine Art Freude in den Augen der alten Frau auf. Seit Christas Tod fehlte jedwedes Glück in ihrem Blick. Die abgrundtiefe Trauer um ihr Kind kostete sie viel Kraft. Christa war ihr Liebling gewesen. Isabella dagegen erinnerte ihre Mutter zu sehr an ihren herrischen Ehemann.

»Ich erwarte sie jeden Moment.«

»Soll ich dir zur Hand gehen?«

»Lass nur, Mama. Ich bin gleich fertig.«

Es läutete an der Haustür. Sie hörte Konstantin den Flur entlangeilen. Ihr Mann freute sich auf die beiden wie ein kleines Kind aufs Christkind. Sie fehlten ihm, auch wenn er es nicht zugab. Ihre Mutter eilte ebenfalls zur Eingangstür. Isabella wischte sich die Finger am Geschirrtuch ab und folgte den beiden in gemäßigtem Tempo. Hektik war ihr zuwider. Konstantin drückte gerade Melanie fest an seine Brust, als sie an der Haustür ankam. Ihre Mutter herzte Robert. Sie wollte ihn gar nicht mehr loslassen, weinte.

Mein Gott, wie erwachsen die Kinder geworden sind, dachte Isabella. Derweil lag ihr letzter Besuch gerade einmal sechs Monate zurück.

Robert trug eine schwarze Jeans und ein schwarzes T-Shirt. Hatte er abgenommen? Die dunkelblonden Haare standen ihm wirr vom Kopf ab, und seine Augen waren ebenso schwarz wie die Kleidung. Jede Faser ihres Neffen verhieß Trauer. Er und Christa hatten von jeher eine Einheit gebildet. Oft schien ihr Bernhard ein Störfaktor gewesen zu sein. Die beiden hatten sich oft gegen ihn verbündet. Der Junge musste unendliche Qualen leiden.

Melanie trug ein schrilles Sommerkleid. Ihre blonden Haare waren schlampig nach oben gesteckt, einzelne Strähnen fielen ihr ins Gesicht. Trug man das jetzt so in Mailand? Sie verkniff sich die Frage, weil sie Wichtigeres zu besprechen hatten.

Endlich war sie an der Reihe, die Kinder nacheinander in die Arme zu schließen.

»Kommt rein!«, winkte sie die beiden ins Haus. »Das Essen ist gleich fertig.«

Robert kam ohne Gepäck. Isabella vermutete es noch in Bernhards Auto. Melanie brachte ihren Koffer in ihr altes Kinderzimmer.

»Willst du nicht auch deinen Koffer gleich reinbringen?«, fragte Isabella ihren Neffen.

Robert tat, als hörte er die Frage nicht. Wenig später versammelten sie sich alle um den ovalen Tisch im Esszimmer.

Isabella hatte das Augarten-Porzellan aufgedeckt. Das bekannte Wiener Tafelservice holte sie nur zu besonderen Anlässen hervor. Die Suppe aßen sie schweigend. Den Kindern schmeckte es, das sah man ihnen an. Erst beim Hauptgang begannen sie miteinander zu sprechen. Zögernd. Vorsichtig. Ängstlich. Unverfängliche Themen waren erst einmal angebracht. Das Wetter in Österreich, Italien und England reichte für die ersten zehn Minuten. Danach löcherten Bernhard und Konstantin Melanie und Robert mit Fragen nach dem Studium. Nach einer halben Stunde war der Zeitpunkt gekommen, zum eigentlichen Thema zu wechseln.

»Ich habe schon alles in die Wege geleitet«, sagte Isabella. »Selbstverständlich wird Christa in unserem Familiengrab am Hietzinger Friedhof beigesetzt.« Ihr Tonfall duldete keinen Widerspruch.

»Das brauchst du nicht zu betonen, Kind«, sagte ihre Mutter. »Das versteht sich von selbst.«

Offensichtlich war allen klar, dass Isabella das Zepter in die Hand nahm, wie meistens. Sie legte ihre Hand sanft auf Roberts Unterarm. »Deine Mutter wird ein wunderschönes Begräbnis bekommen.« Sie zog die Hand weg, stand auf, nahm aus der Schublade des Sideboards ein Taschentuch und tupfte sich imaginäre Tränen aus den Augenwinkeln. »Das ist das Letzte, was wir für sie tun können.« Sie reichte ihrer Mutter ein Taschentuch, der nun tatsächlich Tränen über die Wangen liefen. Robert erhob sich halb, gab der alten Frau einen Kuss auf die Wange. Seine Augen waren feucht, doch das von Isabella angebotene Taschentuch lehnte er dankend ab.

Die Kosten für ein Begräbnis waren so unverschämt

hoch, dass Isabella sich ärgerte, diese nicht als Betriebskosten absetzen zu können. Wie zum Teufel konnte sich eigentlich Otto Normalverbraucher das Sterben leisten?

»Wir haben am Montag um neun Uhr einen Termin beim Bestatter.« Sie blickte in Roberts Richtung. »Ich hab mir überlegt …« Sie machte eine kurze Pause, sah die anderen der Reihe nach an. »Also, ich bin der Meinung, Robert sollte Christas Sarg aussuchen. Sie hätte es sicher so gewollt.«

Die anderen stimmten zu. Robert nickte unglücklich. Er wollte weg, raus aus der Situation, das sah man ihm deutlich an. Schon als Kind war er empfindsamer als andere Kinder seines Alters gewesen. Im Gegensatz zu Melanie. Sie war tough und zielorientiert, eine geborene Führungskraft. Nur gut, dass sie in ihre Fußstapfen treten würde und nicht Robert.

»Die Beerdigung findet nächsten Freitag statt. Wir werden den Sarg aufbahren, eine Gedenkmesse halten und danach zum Grab gehen. Ich hab unseren Angestellten angeboten, während dieser Zeit das Hauptgeschäft und die Filialen zu schließen, damit sie Abschied nehmen können.«

Einstimmiges Nicken am Tisch. Melanie begann zu weinen. Isabella reichte ihr ein Taschentuch. Konstantin legte den Arm um die Schulter seiner Tochter und zog sie an sich. Robert starrte auf den Teller vor sich. Er hatte kaum etwas gegessen. »Ich werde in die Stadtwohnung ziehen«, sagte er schließlich.

Natürlich! Deshalb hatte er den Koffer im Wagen gelassen. Das war von Beginn an sein Plan gewesen. »Du kannst selbstverständlich hier übernachten. Dein altes Zimmer ist gerichtet.«

Robert schüttelte den Kopf. »Ich möchte lieber in die Wohnung.«

»Warum?«, fragte Isabella. Sie hatte damit gerechnet, alle unter dem Dach der Villa zu wissen. So wie früher. »Hier hast du doch viel mehr Ruhe, Robert.«

»Ich brauch keine Ruhe.«

»Lass ihn doch dort wohnen, wo er möchte, Isabella«, mengte sich Bernhard ein. »Er ist erwachsen.«

»Klar, dass du ihn ermutigst«, zischte sie. »Du und Christa, ihr konntet ja auch nicht rasch genug ausziehen nach der Scheidung.«

»Für Christa mag das gestimmt haben«, bestätigte Bernhard. »Ich war als Angeheirateter ja nach der Scheidung nicht mehr geduldet im Hause Schönegg-Bach, schon vergessen?«

Isabella warf ihm einen giftigen Blick zu.

»Das gehört jetzt nicht hierher«, unterbrach Isabellas Mutter scharf.

»Ich gebe Bernhard recht«, mischte sich jetzt auch noch Konstantin ein. »Robert ist erwachsen. Wenn er lieber in der Stadtwohnung übernachten will, dann soll er das.«

Isabella kniff die Lippen zusammen. Sie war gekränkt, enttäuscht, überrumpelt und wütend. Da wollte man den Kindern etwas Gutes tun, sie verwöhnen, ihnen zur Seite stehen, und das war nun der Dank dafür. Doch sie riss sich zusammen. Es lag nicht in ihrer Natur, verletzte Gefühle zu zeigen. »Meinst du nicht, dass dich dort alles an Christa erinnern wird, Robert? Das könnte sehr schmerzhaft sein.«

»Damit komm ich klar.«

»Das Bett in der Wohnung ist nicht bezogen und …«

»Tante Isabella. Du hast es gehört, ich bin erwachsen«, unterbrach Robert sie ungeduldig. »Ich kann inzwischen mein Bett allein beziehen.« Dann wanderte sein Blick von einem zum anderen. »Ich glaube, ihr versteht mich nicht. Ich werde dort nicht nur für ein paar Tage übernachten. Ich möchte dort einziehen, denn ich habe beschlossen, das Studium in London abzubrechen und meinen Abschluss in Wien zu machen.«

»Warum?«, kam es von gleich mehreren Seiten.

»So kann ich zeitgleich im Unternehmen arbeiten.«

Isabella klappte die Kinnlade nach unten. »Wann hast du das beschlossen?«

»Schon vor längerer Zeit.«

Bernhard schmunzelte. Dieser Bastard hatte also von Roberts Plänen gewusst. Konstantin und Melanie schien es gleichgültig zu sein. Ihre Tochter tupfte die Tränen weg und aß weiter, als wäre nichts passiert.

»Hast du dir das gut überlegt?«, fragte Konstantin.

»Findest du die Idee etwa gut?« Ihre Stimme klang durchdringender, als sie das wollte. Konstantin zuckte mit den Achseln.

»Dein Vater könnte deinen Anteil treuhänderisch verwalten, bis du deinen Master hast«, fügte Isabellas Mann hinzu.

»Ich finde es auch gut, wenn wieder ein Mann in die Führungsebene einzieht.« Das war klar! Ihre Mutter gehörte zu jener Generation Frauen, die lieber den Männern die Geschäfte überließen. Emanzipation klang für sie wie ein Wort, das man beim Scrabble benutzte, das aber nichts mit der Wirklichkeit zu tun haben sollte.

Melanie grinste breit. Sie musste sich sichtlich zusammenreißen, nicht laut loszulachen. Isabella fühlte sich wie auf dem Schafott.

»Ja, ich hab es mir gut überlegt. Schau, Tante Isabella«, sagte Robert mit sanfter Stimme. »Der Abschluss in London ist mir nicht so wichtig wie unser Familienunternehmen. Hier werde ich jetzt gebraucht.«

»Hör auf!«, unterbrach Isabella ihn. »Ich weiß, worauf du hinauswillst. Du willst hier den Chef spielen. Aber glaube mir, du bist viel zu jung, um die Verantwortung für Schönegg zu übernehmen.«

»Wie alt war mein Urgroßvater, als er das Unternehmen gründete?«

»Zweiundzwanzig«, kam ihm Melanie zu Hilfe.

»Das kann man mit der heutigen Zeit nicht mehr vergleichen«, entgegnete Isabella.

»Ich werde die Anteile meiner Mutter erben.« Roberts Stimme klang scharf. »Und du kannst mich nicht davon abhalten, in die Firma einzusteigen.«

Isabella öffnete erneut den Mund, doch Robert stoppte sie mit einer raschen Handbewegung.

»Aber du kannst mich unterstützen, Tante Isabella. Mir beibringen, was mir meine Mutter nicht mehr beibringen konnte«, schlug er einen versöhnlichen Ton an. »Die Verantwortung für das Unternehmen will ich dir nicht streitig machen, ich will nur für Schönegg arbeiten.«

»Deine Mutter würde wollen …«

»Meine Mutter ist tot«, schnitt er ihr das Wort ab.

Was zum Teufel war nur in ihn gefahren?

»Du wirst ihn dabei unterstützen, Isabella!« Der Tonfall ihrer Mutter duldete nun ebenfalls keinen Widerspruch.

Eine Weile herrschte gedrücktes Schweigen am Tisch. Alle warteten auf Isabellas Reaktion. Sie wollte keinen Streit. Nicht hier und jetzt. Sie zählte stumm bis drei und setzte ein falsches Lächeln auf. »Wenn du das unbedingt willst, Robert. Es ist deine Entscheidung. Dann werde ich dir eben zur Seite stehen.«

Sie würde schon zu verhindern wissen, dass ihr Neffe zu viel Einfluss auf die Geschäftsgebarung nahm.

»Gibt es schon ein Motiv?«, wechselte Robert das Thema.

Ein böser Einfall schoss Isabella durch den Kopf. Hatte etwa Robert seine Mutter ermorden lassen, um an das Erbe zu kommen?

Montag, 7. August

19

Sarahs Montagmorgen begann mit einem ausgiebigen, jedoch einsamen Frühstück und der Lektüre der Tageszeitungen. Sie hatte es nicht eilig, weil sie erst um halb zehn in der Redaktion sein musste. David war bereits um sieben Uhr zu einem wichtigen Termin aufgebrochen. Chris schlief noch, weil er im Krankenhaus Nachtdienst hatte. Aus dem Grund hatte Gabi in ihrer eigenen Wohnung übernachtet. Nur Marie leistete ihr Gesellschaft. Die Katze putzte sich akribisch das Fell auf dem Stuhl neben ihr. Sarah konzentrierte sich auf die Artikel, die mit der Geiselnahme in der Gruft zu tun hatten.

»Das Medieninteresse an Patrick Baldaufs vermeintlichem Amoklauf ist nicht mehr sehr groß«, sagte sie überrascht, und die Katze schnurrte. »Das Drama ist gerade mal sechs Tage her, Marie, und schon Schnee von gestern. Wir leben wahrlich in einer schnelllebigen Zeit.« Nicht einmal mehr die Boulevardpresse berichtete noch darüber. Sarahs Interesse blieb dennoch bestehen. »Das kann doch nicht alles gewesen sein. Was meinst du, Marie?«

Sie streichelte die Katze und nahm dann einen Schluck Tee. Die Halbangora streckte sich, sprang vom Stuhl und verließ die Küche. »Hab schon verstanden. Ich rede zu viel, du willst lieber deine Ruhe haben. Wir ziehen übrigens demnächst um. Kannst schon mal anfangen zu packen!«

Sie schrieb Simon eine SMS, dass sie sich gerne die Fotos aus der Gruft ansehen wolle. Er schrieb zurück, er schicke ihr die Daten auf ihren Rechner, sobald er in die Redaktion komme.

Sarah räumte das Geschirr in den Spüler und rief dann eine Psychologin an, die dem *Wiener Boten* beratend zur Seite stand. Im Gegenzug bekam sie eine Rezension, wenn von ihr ein neues Buch veröffentlicht wurde. Eine Hand wusch nun einmal die andere. In Sarahs Artikel würde ihr Name fettgedruckt als Quelle erwähnt werden.

Fünf Minuten später war sie aufgeklärt. Mobbing, soziale Isolation, Versagensängste konnten Ursache für Patrick Baldaufs Handeln sein. Die Auslöser waren oft im privaten Umfeld zu suchen, und man konnte den Tatort meistens mit der verletzten Psyche des Täters in Verbindung bringen. Dinge, die sie wusste und nun bestätigt bekam. Sie machte sich Notizen, erzählte der Psychologin von dem Totenkopf, den Baldauf auf dem Sarg abgelegt hatte. »Was könnte das bedeuten? Totenkult ausgeklammert. Das Teil ist nämlich aus Plastik, es gibt also keine direkte Verbindung zu den Toten.«

»Dieses Zeichen hat einen starken Symbolgehalt, Frau Pauli. Aber das wissen Sie sicher selbst. Gefahr, Leid und Schmerz. Es sorgt für Verunsicherung und schürt Angst. Aber genau das wollen viele Menschen erreichen, die sich mit diesem Zeichen schmücken. Wenn der Totenkopf dann auch noch in Zusammenhang mit der inneren Überzeugung des Täters steht, tippe ich auf einen eher unsicheren Menschen mit geringem Selbstbewusstsein. Aber das ist jetzt nur eine Hypothese, da ich die Person nicht kenne, von der wir reden.«

Nach dem Telefonat stellte sich Sarah unter die Dusche, analysierte das Gespräch. Hatte Patrick Baldauf mit dem Totenkopf all sein Leid am Sarg abgelegt? Worunter litt er? Plante jemand, der ein geringes Selbstbewusstsein hatte, eine derartige Show wie in der Gruft, ballerte der nicht einfach drauflos? Oder wollte er tatsächlich einen spektakulären Abgang machen?

Sarahs Bauchgefühl ließ sie noch immer an einen Mittäter oder zumindest Mitwisser glauben.

Eine halbe Stunde später verließ sie die Wohnung.

In der U-Bahn rief sie über ihr Handy die aktuellen Polizeimeldungen ab. Im Fall Baldauf gab es keine Neuigkeiten. Sie schrieb Martin Stein eine SMS. Auch er hatte nichts für sie. Es gab weiterhin keinen brauchbaren Hinweis auf einen Mittäter. Auch das Motiv war nach wie vor unklar. Bald würde der Fall wohl zu den Akten gelegt werden.

Zumindest Patricia empfing sie mit einer brauchbaren Information. Jimmy hatte geantwortet. Er verriet, als Zeuge einvernommen worden zu sein, verlangte aber Geld für weitere Aussagen. Doch der *Wiener Bote* zahlte nicht für Interviews.

»Dann wissen wir jetzt zumindest, wen die Polizei befragt hat«, sagte Sarah. »Laut Stein ist dabei aber nichts herausgekommen. Aber wir können ja mal *Neues der Woche* im Auge behalten. Vielleicht zahlen die Jimmy die verlangte Summe, und dann wissen wir, was fünfhundert Euro wert sind.« Sie griff zum Telefonhörer und rief im Büro von Modewelt Schönegg an. Man verband sie mit Isabella Schönegg-Bachs Sekretärin. Offenbar waren die Telefonistinnen angewiesen worden, jedweden Anruf von der Presse dorthin zu leiten. Die Sekretärin konnte sich sofort an Sarah erinnern. Sarah bat, mit Robert Schönegg verbunden zu werden.

»Er ist nicht im Haus. Kann ich etwas ausrichten?«

Eine Lüge oder die Wahrheit? Sarah konnte es dem Tonfall der Sekretärin nicht entnehmen.

»Sagen Sie ihm, es ginge um ein Telefonat mit seiner Mutter. Danke vielmals.«

Die große Montagssitzung fand wie üblich um zehn Uhr statt. Weil Urlaubszeit war, saßen weniger Redakteure als sonst an dem Tisch im Konferenzraum.

»Wie weit bist du mit deiner Geschichte über Amokläufer, Sarah?«, fragte Kunz.

»Morgen ist sie fertig.«

»Du hältst sie allgemein, schneidest sie nicht auf diesen Baldauf zu.«

»Ja, das hatte ich vor.«

»Gut. Wir planen sie für Donnerstag ein«, zeigte sich der Chef vom Dienst zufrieden.

»Wir könnten am Mittwoch das Interview mit dem Waffenhändler bringen«, schlug sie vor. »Ich treffe den heute Nachmittag. Gebt mir eine halbe Seite.«

Kunz nickte, sah auf seinen Block. »Mittwoch Waffendeal, Donnerstag die Analyse über Amokläufer und am Freitag die Story der Augenzeugin.« Er hob den Kopf. »Klingt gut! Und wenn du am Ende jeweils auf den Artikel am nächsten Tag verweist, halten wir die Leser bei der Stange.«

Sarah nickte.

»Ich hab heute Morgen die Zeitungen unserer Mitbewerber durchgeblättert. Ich hab nichts mehr über die Kaisergruft-Morde finden können, derweil liegt die Sache noch nicht einmal eine Woche zurück. Kann es sein, dass die Geschichte schon auserzählt ist?«, stellte Stepan zur Debatte.

»Glaub ich nicht«, antwortete Sarah.

»Auch wir werden das nur mehr diese Woche thematisieren. Ab der Samstagsausgabe ist vorerst einmal Schluss«, verlautbarte Kunz zu Sarahs Überraschung.

»Weshalb?«, hakte sie nach.

»Kein Motiv, keine neuen Erkenntnisse. Dass Baldauf mit der Schönegg eine Affäre hatte, lässt sich nicht beweisen. Kurzum: Der Typ hat einfach durchgedreht. Ende. Welches neue Kapitel soll man da noch aufschlagen?«

»Das des zweiten Opfers?«, antwortete Sarah.

»Der Mann war zur falschen Zeit am falschen Ort. Ist scheiße, aber so etwas kommt nun einmal vor«, sagte Stepan.

»Okay. Mag schon sein. Aber dann lass uns wenigstens nach Antworten auf die offenen Fragen suchen«, meinte Sarah.

»Welche offenen Fragen?«

»Zum Beispiel geht mir immer noch nicht ein, warum der Täter die Polizei angerufen haben soll.«

»Publicity?«, schlug Kunz vor.

»Dann wäre er wohl kaum überrascht gewesen von dem Großaufgebot der Polizei«, hielt Sarah dagegen.

»Du glaubst nach wie vor, dass da noch jemand involviert war«, schlussfolgerte Kunz.

»Ja. Außerdem konnte mir bisher niemand erklären, warum Patrick Baldauf ausgerechnet die Gruft für seine Tat auswählte. Es gibt da keine Verbindung, weder zu dem Ort noch zu den Opfern. Wenn ich die Aussage der Psychologin richtig interpretiere, muss es aber eine Verbindung geben. Nur welche? Außerdem war er laut Maja total überrascht, dass der Mann tot war, nachdem er abgedrückt hatte. Vielleicht hatte er gar nicht vor, jemanden zu töten.«

»Blödsinn«, entgegnete Stepan. »Jeder Trottel weiß, was er mit einer Pistole anrichten kann. Und mit Verlaub, die Maja stand unter Schock. Die kann sich auch einfach geirrt haben.« Stepan zog die Augenbrauen nach oben. »Du kennst die Philosophie des *Wiener Boten*: keine Spekulationen, nur Fakten.«

»Ich bleibe dabei: Unsere Leser wollen wissen, was da genau passiert ist, und vor allem, warum.«

»Ich glaube, dass es eher dir keine Ruhe lässt, nicht zu wissen, welcher Teufel den Kerl geritten hat«, behauptete Stepan.

»Außerdem hat Christa Schönegg kurz vor ihrer Ermordung noch mit ihrem Sohn telefoniert. Wäre doch interessant zu erfahren, worum es da ging.«

Einen kurzen Moment herrschte Schweigen.

»Okay«, sagte Kunz schließlich. »Wenn du unbedingt willst, bleib meinetwegen dran. Aber denk daran, wir sind der *Wiener Bote* und kein Psycho-Magazin. Platz bekommst du erst, wenn du uns neue Fakten auf den Tisch legen kannst. Klar? Falls der Schöneggjunior und seine Mutter Kuchenrezepte ausgetauscht haben, interessiert uns das nicht.«

»Klar!« Sie verkniff sich ein Grinsen.

Kunz wandte sich dem Ressortleiter der Kulturredaktion zu. Zwei Minuten später dominierte ein völlig anderes Thema die Redaktionssitzung. Die Tür zum Konferenzzimmer flog auf. Conny erschien. Sie scannte den Raum, erspähte Sarah, peilte den freien Stuhl neben ihr an und ließ sich galant darauf nieder.

»Du wirst nicht glauben, wer eine Laufsteg-Zeit auf der Fashion Week gebucht hat«, flüsterte sie.

»Sag schon!«

Kunz warf ihnen einen warnenden Blick zu. Getuschel während der Redaktionssitzung konnte er nicht ausstehen.

»Christa Schönegg höchstpersönlich. Niemand wusste Bescheid. Nicht mal ihr Exmann hatte eine Ahnung, obwohl das ja eigentlich in sein Aufgabengebiet fällt. Nur Luis. Aber der musste den Mund halten. Sonst hätte sie ihn rausgeschmissen. Und den Designer kannte nur Christa Schönegg.«

»Das klingt, als würden wir von der Oscarverleihung reden«, murmelte Sarah. »Strikte Geheimhaltung.«

Conny zeigte ihr schönstes Zahnpastalächeln. »Das krieg ich schon noch raus.«

Kunz räusperte sich und warf Conny einen tadelnden Blick zu, den sie zu ignorieren wusste.

»Tja, und dann hängt im Hause Schönegg-Bach wohl der Haussegen schief. Der Junior, Robert, will in der Geschäftsleitung mitmischen, hat dafür das Studium in London geschmissen und ist bereits in die Stadtwohnung seiner Mutter gezogen.«

»Das ging aber schnell. Woher weißt du das?«

»Ach Süße. Wien ist ein Dorf, und die Modeszene ist extrem geschwätzig.«

»Ich hab auch was«, flüsterte Sarah und erzählte Conny hinter vorgehaltener Hand von dem Telefonat.

Nach einer Dreiviertelstunde beendete Kunz die Sitzung. Er und Stepan blieben für eine nachfolgende Besprechung im Konferenzraum. Die anderen kehrten an ihre Schreibtische zurück. Patricia wollte rasch einen Einkauf erledigen. Sarah genoss die Stille in dem Großraumbüro. Zeit, um in Ruhe nachdenken zu können. Welche Fragen hatte sie nicht gestellt, die aber wichtig waren? Was hatte sie übersehen? Sie musste unwillkürlich lächeln. Wenn die anderen wüssten, worüber sie gerade nachdachte, hätten sie Sarah wieder einmal daran erinnert, dass sie nicht Polizistin, sondern Journalistin war. Sie ordnete ihre Notizen. Wut, Rache und Hassgefühle waren Auslöser für Amokläufe. Wen hasste Patrick Baldauf so sehr, dass er sich gezwungen sah, zwei Menschen zu töten? Wohl kaum die Habsburger, dachte sie. Wobei ihr einfiel, dass Christa Schönegg aus Adelskreisen stammte. Vielleicht hatte Patrick sich benachteiligt gefühlt und die sogenannte bessere Gesellschaft für ihren Reichtum und ihre Privilegien gehasst?

Dann las Sarah von ihrem Block ab, dass der Tatplan von Amokläufern oftmals beinhaltete, sich von der Polizei erschießen zu lassen. In Patrick Baldaufs Plänen hatte das offensichtlich keine Rolle gespielt. Er hatte sich selbst gerichtet.

Sie griff zum Telefon und tippte die Nummer von Maria Baldauf in die Tastatur. Vielleicht hatte Otto Sagen unrecht, und sie hob doch ab. Sie musste herausfinden, ob Patrick etwas mit sich herumgetragen hatte, was seine Familie verschwieg. Sie ließ es lange läuten. Niemand hob ab.

Stepan betrat die Redaktion. »Wann fängt diese Maja bei uns an?«

»Wenn ich's richtig im Kopf hab, nächste Woche. Wieso?«

»Nur so«, brummte er und verschwand in seinem Büro.

Sarah überlegte, noch einmal in der Modewelt Schönegg anzurufen, mahnte sich jedoch zur Geduld. Wenn Robert Schönegg sie bis morgen nicht zurückrief, würde sie nachhaken. Sie nahm ein Blatt Papier und schrieb drei Namen darauf: Patrick, Jimmy und Robert. Gab es womöglich eine Verbindung zu dem Schönegg-Sprössling, die sie nicht sehen konnte? In Klammern fügte sie außerdem Gerhard Ehms Namen hinzu.

Patricia kam in die Redaktion, warf im Vorbeigehen einen Blick auf Sarahs Zettel. »Worüber denkst du nach?«

»Ob Robert Schönegg den Mord an seiner Mutter in Auftrag gegeben und Patrick Baldauf ihn ausgeführt hat.«

»Das Motiv?«

»Er will das Liebesleben seiner Mutter nicht mehr tolerieren. Vielleicht will sie ihn auch nicht in der Firma haben.« Sie erzählte Patricia von Robert Schöneggs Vorhaben, in das Unternehmen einzusteigen. »Patrick braucht Geld, Robert hat Geld. Während seine Mutter erschossen wird, ist er in London. Ein besseres Alibi gibt es nicht.«

»Und wer hat dann von der Telefonzelle aus angerufen?«

»Entweder dieser Jimmy, der, wie wir wissen, total

zufällig vor dem Haus der Baldaufs stand, als die Hausdurchsuchung lief. Oder dieser Gerhard Ehm, zu dem Patrick wieder Kontakt hatte. Einer von denen hat die Sache mit Schönegg eingefädelt und wollte dann doch nicht mit Patrick die Kohle teilen.«

»Das klingt zwar ein bisschen vertrackt, aber ja, es könnte so gewesen sein. Was für ein Glück, dass wir nur die Presse und nicht die Polizei sind. Wir müssen also erst berichten, wenn die Ermittler wissen, wie's gelaufen ist.« Patricia widmete sich ihrem PC. Sie war keine Journalistin, die nach Storys suchte. Pressemeldungen abzutippen und Hintergrundrecherche genügten ihr vollauf. Sie passte wohl doch besser in die Lifestyle-Redaktion.

Sarahs Telefon am Schreibtisch läutete. Sie hob ab. Die Praktikantin kündigte Hanna Jungwirth an und verband sie.

»Hallo, Frau Jungwirth«, sagte Sarah.

»Ich hab am Samstag Ihre Seite im *Wiener Boten* gelesen. Sie haben die Symbolik der Kaisersärge beschrieben. Meiner Mutter hat das mit den persönlichen Schutzgeistern besonders gut gefallen. Dass es sich dabei auch um unsere Ahnen handelt, sie auf uns achten. Sie meinte, Patrick sei nun ihr Schutzgeist.«

»Ein schöner Gedanke.«

»Glauben Sie eigentlich daran, worüber Sie schreiben?«

»Das kommt auf das Thema an. Und was heißt schon glauben? Es geht darum, den Hintergrund zu erklären. Ich beschreibe, woher gewisse Riten, Brauchtümer und Symbole kommen und was sie bedeuten.«

»Gibt es auch etwas über Diebstahl?«, fragte Hanna.

Sarah fand die Frage merkwürdig, überlegte dennoch. »Mir fällt spontan ein alter Volksglaube ein, der besagt, wenn eine Mutter gewohnt ist, ihr Kind vor Sonnenaufgang zu stillen, dann soll sie das auch beim Abstillen tun. Andernfalls könnte das Kind zum Dieb werden.«

»Das ist Blödsinn«, sagte Hanna.

»Warum haben Sie mich eigentlich angerufen? Doch nicht, um mit mir über Ahnengeister zu reden.«

»Sie haben doch bei Ihrem Besuch gemeint, dass Patrick eventuell etwas stehlen wollte in der Gruft.«

»Ja.«

»Ich hab mal was in der Zeitung darüber gelesen, dass Figuren aus Bronze, Messing und Kupfer von Friedhöfen gestohlen werden«, erklärte Hanna. »Wegen der Rohstoffe.«

»Aber Ihr Bruder hatte nicht mal irgendwelche Arbeitsgeräte bei sich. Wie kommen Sie jetzt auf die Idee?«

Kurz schwieg Hanna. »Ich such nach einer Erklärung. Ich kann einfach nicht glauben, dass Patrick Amok gelaufen ist.«

»Mir hat jemand erzählt, dass Ihr Bruder wieder Kontakt zu Gerhard Ehm hatte.«

»Wirklich?«, kam es erstaunt. »Das wundert mich.«

»Weshalb?«

»Seit wann soll das so gewesen sein?«

»Das hab ich ehrlich gesagt nicht gefragt«, gab Sarah zerknirscht zu. »Ist das wichtig?«

»Ja, weil Gerhard vor einem halben Jahr gestorben ist.«

»Oh!«, staunte Sarah und kritzelte diese Notiz auf ihren Block.

»Ich an Ihrer Stelle würde den Informanten feuern«, sagte Hanna verärgert.

Einen Moment lang spielte Sarah mit dem Gedanken zuzugeben, dass Otto Sagen ihr Informant war, ließ es aber bleiben. »Wissen Sie, woran er gestorben ist?«

»Nein. Er ist tot, das genügt. Ich brauche keine schaurigen Details.«

»Als ich bei Ihnen war, haben Sie das noch nicht gewusst«, mutmaßte Sarah.

»Sie haben mich mit Ihren Fragen nach der alten Gang ganz deppert gemacht, also hab ich den Jusstudenten angerufen.«

»Dann kannten Sie ihn also doch! Sie haben seine Nummer?«

»Natürlich! Also nicht wirklich. Aber ich kenne seinen Namen, und die Nummer steht im Telefonbuch. Und bevor Sie fragen: Nein, ich sag Ihnen nicht, wie er heißt. Lassen Sie ihn nach vorn blicken. Bringt ja nichts, in der Vergangenheit zu wühlen.«

»Das hatte ich nicht vor. Ich hätte ihn nur gerne nach Patrick gefragt.«

»Vergessen Sie's. Von mir bekommen Sie seinen Namen nicht. Da er damals nicht erwischt wurde, ist er auch nicht aktenkundig.«

Nachzuhaken erschien Sarah sinnlos, sie ließ es auf sich beruhen. »Können Sie sich vorstellen, dass Ihr Bruder den Sohn von Christa Schönegg kannte?«

»Woher sollte er den kennen?«

»Keine Ahnung, deshalb frag ich ja.«

»Wie heißt er?«

»Robert Schönegg.«

Hanna Jungwirth dachte eine Weile nach. »Den Namen hab ich nie gehört. Wieso fragen Sie?«

»Nur so«, behauptete Sarah. Sie wollte ihren Gedanken, dass Patrick durch ihn möglicherweise zum Auftragskiller wurde, nicht aussprechen. Stattdessen berichtete sie über das Gespräch mit der Psychologin.

»Patrick hatte kein dunkles Geheimnis. Auch hat er die Tat nicht von langer Hand geplant. Es war, wie Otto gesagt hat, eine Kurzschlusshandlung«, widersprach Hanna.

»Das widerspräche sämtlichen Expertenmeinungen.«

»Experten können sich irren.«

»Sagt Ihnen vielleicht der Name Jimmy etwas?«

Hanna schwieg. Sarah wartete. Das Schweigen hielt an. »Sind Sie noch da?«

»Ja.«

»Was sagen Sie dazu?«

»Können Sie in zwei Stunden bei mir sein?«

20

Das Bestattungsunternehmen lag im Bezirk Hietzing. Die Eltern der aktuellen Betreiber hatten bereits Isabellas Großeltern unter die Erde gebracht. Es war eine Art Tradition, die Begräbnisse von dem Beerdigungsinstitut in der Lainzerstraße durchführen zu lassen. Einen Moment lang dachte Isabella daran, dass sie das letzte Mal gemeinsam mit Christa hier gewesen war, nach dem Tod ihres Vaters. Es gab für sie beide nicht viele Entscheidungen zu treffen, was sein Begräbnis anbelangte. Er hatte alles lange vor seinem Tod veranlasst. Selbst die Kosten waren vorab getilgt worden. Isabella hatte auch vorgesorgt und ihre diesbezüglichen Wünsche hinterlegt. Klar, dass Christa sich keine Gedanken gemacht hatte. Sie war der Meinung gewesen, nahezu ewig zu leben. »Ich sterbe mit knapp hundert, putzmunter und gesund«, war ihr Leitsatz gewesen.

Den Empfangsbereich dominierten helle Möbel. Der Fußboden und das Wandregal mit den Urnen waren aus dem gleichen Holz. Isabella tippte auf Ahorn. Von Holzarten verstand sie nichts. In der Mitte des Raumes stand ein Tisch mit einer weißen Marmorplatte und sechs Stühlen drum herum. Die Särge befanden sich im hinteren Teil des Gebäudes. Die Bestatterin trug eine Perlenhalskette und ein dezentes Etuikleid. Sie kaufte ihre Kleidung bei Modewelt Schönegg.

»Es tut mir so leid.« Sie schüttelte lange Isabellas Hand, danach kamen Robert und Bernhard an die Reihe. Dann bat sie, Platz zu nehmen, und legte einen dicken Katalog auf den Tisch. »Bevor ich Ihnen die Särge im Hinterzimmer zeige, sollten Sie sich vielleicht einmal ein paar auf Fotos ansehen. Die Verzierungen gestalten wir nach Ihren persönlichen Wünschen.« Sie zuckte nicht mit der Wimper. »Lassen Sie sich ruhig Zeit. Darf ich Ihnen vielleicht einen Kaffee bringen?«

Bernhard und Robert bejahten. Isabella lehnte ab. Sie hatte keine Lust auf ein Kaffeekränzchen in diesem Ambiente. Zudem hoffte sie, so schnell wie möglich wieder draußen zu sein.

Eine Stunde später musste sie sich zusammenreißen, um nicht laut zu schnauben. Bernhard, Robert und sie saßen noch immer an dem Marmortisch über den Katalog mit den Särgen gebeugt. Ihrem Neffen gelang es nicht, sich zu entscheiden. Wenn sie beim Blumenschmuck, der Musik und allem anderen genauso lange überlegten, dann würde Christa in drei Wochen noch nicht unter der Erde liegen.

Robert war gerade einmal zwei Tage in Wien, und schon brachte er ihren gesamten Zeitplan durcheinander. Eigentlich wollte sie längst im Büro sein. Es gab viel zu tun. Für heute Mittag war eine Sitzung mit den wichtigsten Mitarbeitern anberaumt worden. Christas Aufgaben mussten verteilt werden. Luis konnte unmöglich alles allein stemmen. Zudem fand sie den Gedanken unerträglich, dass der ehemalige Liebhaber ihrer Schwester von ihrem Ableben profitierte. Bernhard sollte ihrer Meinung nach mehr Einfluss gewinnen.

Doch er hatte abgelehnt. »Ich fühl mich auf meinem

Posten ganz wohl. Such dir wen anders, den du anbrüllen kannst, wenn dir die Kollektion nicht gefällt.« Damit hatte sie gerechnet. Bernhard besaß weder Ehrgeiz, noch hatte er Biss. Trotzdem war sie überzeugt davon, ihren Willen letzten Endes doch noch durchzusetzen.

Robert und Melanie wollten unbedingt bei der Sitzung dabei sein. Ein überflüssiges Unterfangen, wie sie fand. Aber gut, sie hatte sich dem Mehrheitsbeschluss gebeugt.

»Sei doch froh, dass sich die Jugend für den Familienbetrieb interessiert«, hatte Konstantin noch im Bett versucht, sie zu überzeugen.

»Blödsinn. Die kommen noch früh genug ans Ruder«, hatte sie geantwortet.

»Ich finde den sehr schön«, riss Robert sie aus ihren Gedanken. Er tippte auf ein bestimmtes Modell. »Den würde ich mir gerne näher ansehen.«

Klar, dachte Isabella. Das ist ja auch der Teuerste. Du musst ihn auch nicht bezahlen.

»Der ist wirklich schön«, presste sie mit einem falschen Lächeln hervor. Eiche, speziell verziert, grummelte sie stumm. Dabei wäre Kiefernholz, was den Verwesungsprozess anbelangte, die beste Variante und günstiger obendrein. Sie hatte sich erkundigt.

»Gut. Dann darf ich Sie bitten, mir zu folgen«, sagte die Bestatterin.

Wie lange sollte dieses Elend noch dauern?

Eine Stunde später war sie endlich auf dem Weg in die Firma. Isabella war heute Morgen mit ihrem eigenen Wagen gefahren. Eine gute Entscheidung, wie sie nun feststellte. Die Fahrt ins Büro gab ihr Zeit, wieder ein wenig herunterzukommen. Ihr Handy klingelte. Sie nahm das Telefonat über die Freisprechanlage an.

»Schönegg-Bach.«

Es meldete sich der Computerspezialist.

»Der Laptop Ihrer Schwester steht in Ihrem Büro«, ließ er sie wissen. »Wenn Sie ihn wieder sperren wollen, richten Sie ein neues Passwort ein.«

»Wenn Sie mir sagen, wie das alte lautet, gerne.«

»Rom2016.«

»Rom2016?«, wiederholte Isabella nachdenklich. Darauf wäre sie nie gekommen. Ihre Schwester war noch nie in Rom gewesen, auch hatte das Unternehmen keine Verbindung dorthin. Die Zahlen deutete sie als Jahreszahl. Doch auch die schien ihr keinerlei Bedeutung zu haben. Sie bedankte sich und beendete das Gespräch. Ihre Augen streiften die Uhr. Wenn sie sich beeilte, konnte sie noch kurz schauen, was auf dem Laptop war, bevor sie in die Sitzung musste. Sie gab Gas. Am Margaretengürtel stockte der Verkehr. In Höhe des Naschmarktes kam er vollends zum Erliegen. Die Zeit flog ihr davon. Sie hieb mit der Hand gegen das Lenkrad. »Verflucht, Robert! Warum konntest du dich nicht ein bisschen schneller entscheiden? Ist es wirklich so schwer, einen Sarg auszusuchen?«

Die prognostizierte Fahrzeit, die ihr das Navi anzeigte, verdoppelte sich, von einer halben auf eine ganze Stunde.

Sie kam gerade noch pünktlich zur Besprechung um zwei Uhr. Christas Laptop musste also warten. Sie versammelten sich im Konferenzzimmer im vierten Stock. An dem Tisch aus Kirschholz hatte schon ihr Großvater Besprechungen abgehalten. Christa hätte den Raum gerne modernisiert, aber Isabella hatte sich dagegen gewehrt. Nun saßen Luis, die Filialleiterinnen, drei weitere Mitarbeiter und Melanie an dem Tisch. Ihre Tochter tippte etwas in ihr Handy. »Bernhard und Robert sind gleich da.« Sie sah ihre Mutter an. »Sind im Stau gestanden.«

Isabella nickte. »Ich auch.«

Sie warteten fünfzehn Minuten, dann kamen ihr Neffe und ihr Exschwager.

»Ich muss Ihnen meine Tochter und meinen Neffen ja nicht mehr vorstellen«, eröffnete Isabella schließlich die Konferenz. »Die nächste Generation von Modewelt Schönegg.« Sie seufzte hörbar, griff nach einem bereitgelegten Taschentuch und tupfte sich die Augen. »Wie Sie alle wissen, ist meine geliebte Schwester ums Leben gekommen, das zwingt uns zu einer Umgestaltung im Management.« Mit wenigen Worten berichtete sie von Roberts Plan, schon jetzt ins Unternehmen einzusteigen. »Er wird Christas Platz einnehmen, und ich hoffe, du unterstützt ihn dabei, Luis.«

Der Assistent hob die Augenbrauen. Er war ebenso überrascht, wie Isabella es gewesen war. »Selbstverständlich.« Ein gezwungenes Lächeln erschien auf seinen Lippen. Mit Sicherheit hatte er gehofft, die Karriereleiter nach oben steigen zu können. Nun bekam er den Junior vor die Nase gesetzt, der nicht halb so viel von dem Metier verstand wie er.

Isabella hatte Luis' Reaktion registriert. Sie lächelte. Vielleicht kündigte er. Dann kam ihr ein anderer Gedanke. Was, wenn Luis der geheimnisvolle Designer war? Konnte es sein, dass er den Mörder auf Christa angesetzt hatte? Sie schüttelte unmerklich den Kopf. Der Gedanke ergab keinen Sinn. Die Sache trieb sie noch in den Wahnsinn.

Die Aufgaben waren schnell verteilt. Bernhard lehnte ihr Angebot, einen Teil von Christas Agenden zu übernehmen, ein weiteres Mal ab. Robert wollte so schnell wie möglich zu arbeiten beginnen. »Ich denke, in drei bis vier Wochen habe ich alles geregelt, um loslegen zu können«, sagte er.

Nach der Sitzung bat er Luis und Bernhard, ihn durch die Räume zu führen.

Als ob dieser kleine Stinker die Firma nicht schon hundert Mal gesehen hätte, dachte Isabella boshaft. Reichte es nicht, dass er am Samstag gleich nach dem Mittagessen die Dachwohnung bezogen hatte? Sie zwang sich zu einem Lächeln. Sie hatte Besseres zu tun. Christas Laptop wartete auf sie.

»Das ist eine gute Idee«, meinte sie und erhob sich.

»Kommst du mit, Melanie?«, hörte sie Robert fragen. Ihre Tochter hakte sich bei ihrem Cousin unter, und gemeinsam zogen sie ab. Bernhard und Luis im Schlepptau.

Isabella ging direkt in ihr Büro. »Ich will die nächsten zwei Stunden nicht gestört werden«, sagte sie ihrer Sekretärin.

Als das Betriebssystem hochfuhr, fühlte sich Isabella wie eine Schatzgräberin. Ein bisschen schämte sie sich auch, weil sie mit dem, was sie hier tat, auch in Christas Privatsphäre eindrang. Tod hin oder her. Ihre Beziehung hatte auf Vertrauen und geschwisterlichem Respekt beruht. Noch vor einem Monat wäre sie felsenfest davon überzeugt gewesen, dass ihre Schwester und sie, was das Geschäftliche anbelangte, keine Geheimnisse voreinander hatten. Die letzten Tage hatten sie eines Besseren belehrt. Was, wenn sie Dinge erfuhr, die sie niemals wissen wollte? Sexuelle Vorlieben? Krankhafte Fantasien? Christa hatte sie hintergangen, und sie, Isabella, hatte keine Zeit mehr gehabt, mit ihr darüber zu reden. Die versäumte Aussprache schmerzte mindestens so stark wie Christas Tod.

Auf dem Bildschirm erschien das Firmenlogo der Modewelt Schönegg. Ihr Herz pochte. Sie atmete tief durch und machte sich auf die Suche. Zuerst sah sie die Mails durch. Mit jenen an die Veranstalter der Vienna Fashion Week begann sie. Christa hatte tatsächlich den Laufsteg im Modezelt reserviert. Den Namen des Designers, dessen Kleidung gezeigt werden sollte, erwähnte sie nicht. Isabella hielt inne, hob den Kopf und starrte gedankenverloren aus dem Fenster. War Christa womöglich selbst die Schöpferin? War sie deshalb in der Gruft gewesen?

Königlich ... Sie rief im Internet Bilder der Kaisergruft auf und betrachtete eingehend die Symbolik der einzelnen Särge. Totenköpfe, Kronen, Motive diverser Schlachten und immer wieder die Pranke des Löwen.

Der Löwe! Natürlich, das musste es sein. Er stand für Mut, Weisheit und Königlichkeit. Möglich, dass Christa den Löwen in die Kollektion einbauen wollte, obwohl sie Isabellas Einstellung zu Tiermotiven auf Kleidungsstücken kannte. Egal ob Tiger- oder Leopardenmuster. Sie fand es einfach nur grauenhaft. Sie schüttelte den Kopf. Sie hatte Christa viel zugetraut, aber sich mit Anfang fünfzig als Modeschöpferin zu versuchen war selbst für sie zu verschroben.

»Eigentlich muss ich mich nicht damit beschäftigen«,

sprach sie mit sich selbst. »Es wird keine eigene Kollektion im Hause Schönegg geben, und damit basta.« Sie hoffte, dass Christa nicht schon irgendwelche Verträge unterschrieben hatte. Wenn dem so wäre, mussten sie für ungültig erklärt werden. Immerhin fehlte Isabellas Unterschrift. Ihr Anwalt würde Kleinholz aus demjenigen machen, der irgendwelche Ansprüche stellte.

Sie schloss den Mailordner, begann in den Dokumenten zu stöbern und stieß auf einen Ordner namens ROME. Sie öffnete ihn. Darin befanden sich weitere Unterordner. Sie klickte den ersten an und staunte. Unzählige Modeaufnahmen, fein säuberlich sortiert. In einem anderen fand sie Skizzen. Sie klickte sich durch. Zweifellos, das hier war, wonach sie gesucht hatte. Nur der Klarname des Designers fehlte. Sie rief die Suchmaschine auf, tippte »Rome« und »Designer« ein. Verflixt, es gab keinen Designer, der so hieß.

»Wir fahren jetzt.«

Isabella stieß einen leisen Schrei aus, so sehr hatte sie sich erschreckt. Melanie und Robert standen vor ihr. Wann hatten die beiden ihr Büro betreten, und wo war ihre Sekretärin? Erkannte Robert den Laptop seiner Mutter?

»Alles in Ordnung?«

»Ja, alles gut. Ich war nur so in die Arbeit vertieft, dass ich euch nicht gehört habe.« Sie lächelte und schloss instinktiv den Laptop. »Und, habt ihr etwas gesehen, was ihr noch nicht kanntet?«

»Ja, haben wir«, sagte Melanie. Sie schien verärgert zu sein.

21

Hanna Jungwirth wartete bereits. Sie öffnete eilig die Tür, noch bevor Sarah auf den Klingelknopf drücken konnte, und schloss sie gleich wieder hinter ihr. Sie trug Shorts, ein weißes T-Shirt und war barfuß. Ihre Nägel waren diesmal knallrot lackiert.

»Mein Mann ist mit Amelie ins Kino«, erklärte sie ungefragt. Wahrscheinlich wollte sie Sarah damit zu verstehen geben, dass ihre Zeit begrenzt war. So abweisend, wie Konrad Jungwirth sich Sarah gegenüber verhalten hatte, hatte er seiner Frau sicher verdeutlicht, dass er Journalisten im Haus nicht schätzte.

Auf dem Esstisch stand ein Krug mit Zitronenwasser. Sie setzten sich, und Hanna schob Sarah ein leeres Glas zu. Sammy rollte sich auf ihrem Hundebett zusammen. Es war angenehm kühl in dem Haus. Wahrscheinlich Klimaanlage.

»Es klang am Telefon, als wollten Sie mir etwas erzählen«, begann Sarah.

»Meine Mutter hat Patricks Sachen zurückbekommen.« Sie schenkte Zitronenwasser in die Gläser. »Wissen Sie, was eigenartig ist? Patrick muss Handschuhe getragen haben, als er den Abschiedsbrief schrieb. Es sind keine Fingerabdrücke auf dem Papier.«

»Weshalb sollte er Handschuhe getragen haben?«

»Keine Ahnung.«

»Was ist mit den Totenköpfen? Weiß man, woher er die hatte?«

»Massenware. Es lässt sich nur schwer herausfinden, wo er die gekauft hat. Es gibt weder Rechnungen noch irgendeine Bestellung.«

»Hat die Polizei erwähnt, wo er die Waffe herhatte?«

»Schwarzmarkt.«

So weit war Sarah auch schon. »Dafür braucht man Kontakte. Bei unserem letzten Gespräch kam es mir so vor, als wüssten Sie mehr darüber.«

Hanna presste die Lippen aufeinander und schüttelte den Kopf. »Otto meinte, dass Patrick ihm eine Schreckschusspistole gezeigt habe. Er wollte sie nur so zum Spaß. So ein Schmarrn. Man kauft so ein Ding doch nicht zum Spaß.« Sie seufzte. »Aber damit kann man doch niemanden erschießen.«

»Hat die Polizei die Pistole in der Wohnung Ihrer Mutter gefunden?«

»Nein. Die Waffe ist nicht da. Vielleicht hat er sie ja weggeworfen, oder er hat Otto doch eine echte gezeigt und lediglich behauptet, dass es eine Schreckschusspistole wäre. Als Laie kennt man den Unterschied doch nicht. Oder?«

»Keine Ahnung. Ich hab weder Erfahrung mit echten Waffen noch mit Schreckschusspistolen. Möglicherweise hat Patrick sie aber auch woanders versteckt. Bei einem Freund?«

»Patrick hatte nicht viele Freunde.«

»Was ist mit diesem Jimmy?«

Hanna schnaubte leise. »Ist ein Arschloch. Patrick und er haben sich über Facebook kennengelernt. Keiner von uns wusste, was und ob er überhaupt arbeitet oder wo er herkommt. Ziemlich schweigsamer Typ. Ich hab meiner Mutter gesagt, sie soll ihn nicht in die Wohnung lassen.«

»Gab es einen bestimmten Grund für Ihr Misstrauen?«

Hanna schüttelte den Kopf. »Das war mehr so ein Gefühl. Der Typ hat keinen Respekt, verstehen Sie? Er hat meine Mutter von Beginn an geduzt. Ist außerdem so ein Muskelprotz. Total proletenhaft. Er schaut aus, als würde er den ganzen Tag trainieren. Aber er war nun einmal der Freund meines Bruders. Was sollte sie tun?« Sie seufzte. »Patrick und er haben meiner Mutter regelmäßig den Kühlschrank leer gefressen, und sie hat ihn kommentarlos wieder aufgefüllt.« Sie lachte verzweifelt auf, griff nach dem Glas, leerte es in einem Zug. »Ich denke, meine Mutter ist krankhaft harmoniesüchtig.«

In dem Moment fiel Sarah ein, dass Maja meinte, Patrick habe sich erschreckt, als er nach dem Schuss sah, was er angerichtet hatte.

»Könnte es sein, dass dieser Jimmy Ihrem Bruder die Waffe besorgt hat?«, fragte Sarah.

»Möglich. Dem trau ich alles zu.«

»Kannte Ihr Bruder sich mit Waffen aus?«

»Nicht dass ich wüsste.«

»Wissen Sie, wo man diesen Jimmy erreichen kann?«

Hanna zuckte die Achseln. »Keine Ahnung.«

»Kennen Sie seinen Familiennamen?«

Sie schüttelte den Kopf. »Ich hab doch gesagt, dass ihn keiner von uns wirklich kennt oder etwas von ihm weiß.« Sie legte die Hände in den Schoß, knetete ihre Finger und biss auf ihrer Unterlippe herum. Offenbar rang sie mit sich selbst. Als Sarah sie fragen wollte, ob sie etwas belaste, erhob sie sich abrupt.

»Also gut! Möglicherweise mach ich einen großen Fehler, den mir meine Mutter nie verzeihen wird. Sie wollte, dass ich es niemandem sage. Ich hab es ihr aber nicht ausdrücklich versprochen, deshalb ... Ich kann nicht so tun, als wäre nichts passiert.«

»Wovon reden Sie? Ich verstehe kein Wort, Frau Jungwirth.«

»Ich wollte zuerst zur Polizei, dann mit Konrad drüber reden. Aber der regt sich gleich wieder so auf, wenn es um Patrick geht. Und wenn ich ihm das gezeigt hätte ...« Sie verstummte.

»Ich weiß noch immer nicht, wovon Sie sprechen«, sagte Sarah und schenkte Wasser nach. Hanna griff nach dem Glas, trank in gierigen Schlucken, stellte das leere Glas energisch ab und verließ den Raum. Offenkundig hatte sie eine Entscheidung getroffen.

Wenige Augenblicke später kam sie mit einem Schnellhefter und einer Plastikhülle in der Hand wieder zurück. »Davon rede ich. Das hier hat meine Mutter in einer Schublade im Wohnzimmer gefunden.« Sie warf einen langen Blick auf den Plastikdeckel, zögerte kurz und reichte den Hefter an Sarah weiter. »So wie es ausschaut, hat Patrick diesen Herrn Graumann beschattet.«

Sarah schlug die erste Seite auf, blätterte weiter. Datum, Uhrzeit und Volker Graumanns Aktivitäten.

»Ich bin ganz überrascht, wie ordentlich Patrick hier Buch geführt hat.« Hanna biss sich auf die Lippen. »Entschuldigung. Das war eine blöde Bemerkung in dem Zusammenhang.«

»Nein. Sagen Sie ruhig, was Sie denken.«

»Also gut. Schauen Sie!« Sie setzte sich wieder, diesmal direkt neben Sarah. »Patrick war eher so ein kreativer Freigeist, um es nett zu formulieren, wenn es darum ging, Ordnung zu halten. Der konnte nicht mal einen Schulaufsatz anständig gliedern, und ständig hat er sich irgendwo was aufgeschrieben und dann verloren. Verstehen Sie? Das hier dagegen ...« Sie tippte auf die Mappe. »Das sieht aus wie aus dem Lehrbuch. Geordnet und systematisch. Mein erster Gedanke war, das hat jemand anders geschrieben. Aber nach dem, was er getan hat ...« Hanna zuckte seufzend mit den Achseln und tippte auf die Plastikhülle. »Ich habe Ihnen Kopien gemacht. Nehmen Sie sie und finden Sie raus, warum mein Bruder zwei Menschen getötet hat. Aber tun Sie mir einen Gefallen. Stellen Sie ihn nicht öffentlich an den Pranger. Das hat er nicht verdient, egal, was er getan hat.« Sie wischte die aufkommenden Tränen aus ihren Augen und brachte den Hefter zurück. Die Plastikhülle mit den Kopien ließ sie auf dem Tisch liegen.

»Warum geben Sie es nicht der Polizei?«

»Sie fragen immer so viel. Das können ja Sie tun, wenn Sie wollen.« Sie sah Sarah unglücklich an.

Sarah nickte und nippte an ihrem Glas Wasser, während sie die Blätter überflog. Aus den Aufzeichnungen ging hervor, dass Patrick Volker Graumann über einen Zeitraum von neun Monaten beobachtet hatte. Womit sich Graumanns Verdacht bestätigte. Doch warum hatte Patrick ihn beschattet? Angeblich hatte er mit dem Mann nichts zu schaffen. Doch da kam ihr eine Idee. Graumann arbeitete als Lagerleiter in einem Logistikzentrum für Arzneimittel. Rezeptpflichtige Medikamente ließen sich für viel Geld auf dem Schwarzmarkt verkaufen. Was, wenn dieser Jimmy ebenfalls dort gearbeitet hatte? Er könnte jener Kollege gewesen sein, der Medikamente gestohlen hatte und entlassen wurde. Musste Graumann deshalb sterben? Sarah schwirrte der Kopf. Hatte sie womöglich das Motiv gefunden? Noch vor wenigen Stunden hatte sie angenommen, Robert Schönegg hätte den Mord an seiner Mutter in Auftrag gegeben. Der Totenkopf als Hinweis auf Graumann, der Totenköpfe zeichnete. Verdammt, sie hätte es gleich sehen müssen.

Hanna kam zurück. Sarah steckte die Blätter wieder in die Hülle.

»Vielleicht hat ja dieser Jimmy die Aufzeichnungen geführt und sie Ihrem Bruder gegeben.«

Hanna zuckte gleichgültig mit den Achseln. »Macht das einen Unterschied? Patrick hat Graumann erschossen, nicht Jimmy.«

»Wenn Jimmy ihm tatsächlich glaubhaft vermitteln konnte, eine Schreckschusspistole in der Hand zu haben, dann wollte er Graumann vielleicht nur erschrecken«, mutmaßte Sarah. »Darf ich Sie etwas Persönliches fragen, Frau Jungwirth?«

»Klar.«

»Ihr Vater. Wie war er so?«

Hanna sah Sarah überrascht an. Der plötzliche Themenwechsel verblüffte sie augenscheinlich. Dann wurde sie nachdenklich. Offenbar versuchte sie, den Grund der Frage zu begreifen. Schließlich fiel der Groschen. »Sie wollen wissen, ob Patrick unserem Vater ähnelte.« Sammy kam und stupste Hannas Hand an. Gedankenverloren kraulte sie dem Labrador eine Weile die Ohren, ehe sie antwortete. »Mein Vater war ein hochanständiger Mensch. Er hat viel gearbeitet und war trotzdem immer da, wenn man ihn brauchte. Er hat keine meiner Aufführungen in der Schule verpasst.«

»Er hat als Buchhalter in einer Spedition gearbeitet«, warf Sarah ein.

»Ja und? Mein Vater hat über zwanzig Jahre für ein und dasselbe Unternehmen gearbeitet. Das gibt es heute kaum noch. Er war sehr beliebt dort. Sein Chef hat nach seinem Tod die Begräbniskosten übernommen und sich danach sehr rührend um uns gekümmert. Immer wieder hat er nachgefragt, ob wir Unterstützung benötigen.« Sie erhob sich und holte aus einer Lade ein Taschentuch, tupfte die erneut nahenden Tränen weg. Der Labrador ließ sich unterdessen von Sarah streicheln. Hanna schnäuzte sich. »Meine Mutter hatte noch lange danach Kontakt zu einigen Arbeitskollegen.« Sie setzte sich wieder. »Aber Sie wissen ja, wie das ist. Mit der Zeit verliert sich das.«

»Mir hat jemand erzählt, Ihr Vater hätte das Unternehmen um ein Vermögen betrogen.«

Sammy trollte sich wieder auf ihren Platz.

Hanna starrte Sarah an. »Echt? Wer? Das ist doch ein Blödsinn. Schreiben Sie das ja nicht, und falls Sie mir nicht glauben, rufen Sie selbst an, oder Sie fragen meinen Mann. Der arbeitet nämlich auch für die Spedition.«

»Das wusste ich nicht.«

»Natürlich nicht. Mein Vater war überkorrekt, fast schon pedantisch. Der hätte nie seinen Arbeitgeber betrogen. Er hätte generell nie jemanden um irgendwas betrogen. Sie sollten sich langsam neue Informanten suchen.«

Sie hörten die Haustür schlagen. Sammy stürzte aus dem Zimmer.

»Mein Mann und Amelie. Lassen Sie die Kopien verschwinden. Er weiß nichts davon.«

Sarah griff nach der Plastikhülle und stopfte sie rasch in ihre Umhängetasche. Gleich darauf erschienen Konrad Jungwirth und Amelie. Das Kind trug ein weißes Kleid, hatte eine rosa Schleife im Haar, hielt ein Eis in der Hand und strahlte. Sammy war dicht hinter ihr, leckte die Eistropfen vom Boden auf. Konrad Jungwirths Miene verfinsterte sich, als er Sarah sah.

»Stell dir vor, Konrad. Jemand hat der Frau Pauli erzählt, dass mein Vater die Spedition um Geld betrogen hat.«

Konrad Jungwirths Blick wanderte zu seiner Frau. »Wer erzählt so einen Blödsinn?«

Irgendetwas stimmte da nicht. Entweder logen Konrad und Hanna Jungwirth oder Otto Sagen, oder der Speditionschef war damals in den Betrug verwickelt. Das würde erklären, warum er sich nach dem Tod des Vaters um die Familie gekümmert hatte. Aber das lag zwanzig Jahre zurück und hatte mit Patrick Baldauf nicht das Geringste zu tun. Es war lediglich ein Mosaikstein in der Familiengeschichte, und doch wurde Sarah das Gefühl nicht los, der Wahrheit langsam auf die Spur zu kommen.

22

Maria saß auf dem Küchenstuhl und sah Otto zu. Er stellte die Bananenkiste mit den Einkäufen darin auf dem Tisch ab, zog sein Sakko aus und hängte es über die Stuhllehne. Dann begann er, die Lebensmittel in den Kühlschrank zu räumen. Sie hatte seit dem Vorfall in der Gruft die Wohnung nicht mehr verlassen. Otto kümmerte sich um alles, ging einkaufen, kochte abends, nahm ihr Wege ab, so gut das ging. Patricks bevorstehende Beerdigung hatte Hanna geregelt. Den Sarg hatten sie gemeinsam anhand eines Katalogs ausgesucht. Die Kosten übernahmen Konrad und Hanna. Sie hatte Otto von Patricks Aufzeichnungen über Volker Graumann, die sie Hanna überlassen hatte, erzählt.

»Ich will nicht, dass die Polizei den Block findet, falls sie noch einmal kommt«, sagte sie.

Otto pflichtete ihr bei.

Ihr Blick glitt durch das Fenster, hinauf zu den wenigen Wolken am Himmel. Sie fühlte sich leer und tot. Ob das jemals wieder aufhörte?

Otto nahm den Plastiksack mit dem Klopapier, ging in den Flur. Sogar daran hatte er gedacht. Sie hörte, wie er es im Kasten im Vorraum verstaute.

»Ich muss dich leider gleich wieder verlassen und werde auch heute nicht mehr vorbeikommen können«, sagte Otto. »Ich muss ins Burgenland, ein paar Kunden abklappern. Hat sich kurzfristig ergeben, weil ein Kollege sich krankgemeldet hat. Wird sicher spät werden.«

»Übernachtest du im Burgenland?«

Er schüttelte den Kopf. »Nein. Aber ich komm sicher nicht vor zehn oder elf zurück, da will ich dich nicht wecken, weil du doch morgen früh rausmusst.«

Gerade hatte sie sich an den Gedanken gewöhnt, morgen wieder in den Supermarkt gehen zu müssen. Länger konnte sie ihr Fernbleiben nicht mehr rechtfertigen. Irgendwann musste sie sich den Tatsachen stellen. Sollte in der Arbeit jemand Stress machen wegen Patrick, wollte sie kündigen. Brachte man ihr Verständnis entgegen, wollte sie bleiben. Sie hatte auf Ottos Beistand gehofft, aber jetzt musste sie es allein schaffen. Die langsam zurückkehrende Lebenskraft verließ sie wieder.

»Es tut mir ja leid«, sagte Otto. »Aber ich kann doch nicht einfach zu arbeiten aufhören.« Er legte das dritte Butterpäckchen in das dafür vorgesehene Fach, schloss die Kühlschranktür und lächelte sie an. »Verhungern wirst du jedenfalls nicht. Dafür hab ich gesorgt.« Er klopfte auf die Kühlschranktür.

Jetzt konnte auch sie sich ein Lächeln nicht verkneifen. Otto schaffte es immer wieder, sie aufzuheitern. Er küsste sie leicht auf den Mund.

»Ich kann morgen noch nicht in die Arbeit gehen. Ich bin noch nicht so weit.«

Otto sah sie einen kurzen Augenblick schweigend an, dann nickte er verständnisvoll. »Soll ich deinen Chef anrufen und ihm sagen, dass du krank bist? Dann musst du nur deinen Hausarzt bitten, dich ab heute krankzuschreiben.«

Ihr Otto. Immer um eine Lösung bemüht.

»Nein. Ich ruf selber an.«

»Gut, wie du meinst, dann komme ich morgen Vormittag bei dir vorbei, gleich nach meinem ersten Kunden, das wird so gegen zehn, halb elf sein. Ist das okay für dich?«

»Patrick wird am Freitag beerdigt.«

»Ich weiß, Liebling.«

»Ich schaff das nicht.«

»Aber ich bin doch an deiner Seite. Und Hanna und Konrad auch.«

Konrad, dachte Maria. Wie oft hatte er auf den Buben eingeredet, er solle sich endlich anständige Arbeit und eine eigene Wohnung suchen. Er solle nicht ständig seiner Mutter auf der Tasche liegen. Die doch gerade so über die Runden kam. Konrad hatte leicht reden. Er wusste nicht, wie schwer es war, mit einer Vorstrafe Arbeit zu finden.

Bei dem Gedanken wurden ihre Augen wässrig. Otto nahm sofort ihre Hände in seine.

»Es tut mir leid, mein Liebling.«

Maria überlegte, ob jetzt der richtige Zeitpunkt gekommen war, um über ihre gemeinsame Zukunft zu sprechen. Sie wünschte sich schon lange, dass er ganz zu ihr zog. Seine Garconnière in Simmering war viel zu klein für sie beide. Seit dem Tod seiner Frau war er ruhelos umhergezogen, hatte mal hier und mal dort gewohnt. Seit einem halben Jahr hauste er auf achtzehn Quadratmetern. Maria war noch nicht in der Wohnung gewesen, weil er das nicht wollte. Er übernachtete immer bei ihr. Auch das Grab seiner Frau hatte sie noch nie aufgesucht. Auch das wollte er nicht. Vielleicht sollte sie einmal heimlich vorbeischauen.

Otto ließ ihre Hände wieder los. »Ich muss jetzt leider gleich losfahren. Du wirst gar nicht merken, dass ich weg bin, mein Liebling.«

Oh doch! Das werde ich, dachte sie und seufzte.

Nachdem sie die Tür zuschlagen hörte, blieb sie noch eine Weile sitzen. Sie sollte ein heißes Bad nehmen, sich die Haare waschen. Doch ihr fehlte die Kraft dafür.

Irgendwann stand sie auf und begann, wie in Trance Patricks Sachen vom Flur in sein Zimmer zu räumen. Natürlich wusste sie, dass ihr Sohn nicht mehr zurückkommen würde. Aber sie schaffte es nicht, seine Sachen wegzupacken oder gar wegzuschmeißen. Nur die Totenköpfe, die wollte sie so schnell wie möglich aus dem Haus haben. Die erinnerten sie nicht an ihren Sohn, sondern nur an seine Tat.

Als sie zum dritten Mal an der offen stehenden Küchentür vorbeiging, bemerkte sie, dass Ottos Sakko noch über der Lehne hing. Er hatte es offenbar vergessen. Wenn es wichtig war, würde er sicher zurückkommen und es holen.

Sie brachte den Laptop in Patricks Zimmer. Zurück im Flur blieb sie vor dem Telefon stehen, nahm all ihre Kraft zusammen und wählte die Nummer ihres Chefs. Sie konnte morgen unmöglich in die Arbeit gehen, sich hinter die Wursttheke stellen und Kunden anlächeln. Er ging ran. Sie bat um weitere Urlaubstage, unbezahlt, wenn es sein musste. Sie wollte ihn nicht anlügen, wie Otto es vorgeschlagen hatte. Sie war nicht krank. Obwohl Patricks Tod sie allmählich depressiv machte. Aber zählte das? Ihr Chef zeigte sich verständnisvoll, gewährte ihr Zeit bis nach Patricks Beerdigung. Sie wollte ihn nicht fragen, ob er von den Umständen von Patricks Tod aus der Zeitung erfahren hatte. Otto hatte bei seinem ersten Anruf nur von einem plötzlichen Todesfall in der Familie gesprochen. Doch an seinem Zögern erkannte sie, dass ihr Chef nicht wusste, wie er mit der Situation umgehen sollte.

»Mein Beileid«, sagte er schließlich.

»Danke«, krächzte sie. Vielleicht fühlte sie sich nach dem Begräbnis ja wirklich besser. Sie verabschiedete sich und legte auf. Kopfschmerzen kündigten sich an. Maria schloss die Augen und drückte Daumen und Zeigefinger fest auf die Nasenwurzel.

Im selben Augenblick läutete es. Das musste Otto sein. Wahrscheinlich steckte sein Wohnungsschlüssel in der Tasche des Jacketts, sonst hätte er selbst aufgesperrt. Sie eilte in die Küche, nahm das Sakko, ging zur Tür und öffnete.

»Ich hab schon gesehen, dass du dein Sakko vergessen hast.« Sie streckte es einer blonden Polizistin entgegen. Neben ihr stand der bullige Ermittler, den sie von der Wohnungsdurchsuchung her kannte. Soweit sie sich erinnerte, hieß er Martin Stein.

»Wir würden gerne noch einmal mit Ihnen reden, Frau Baldauf«, sagte er. »Das ist meine Kollegin Chefinspektorin Rossmann.«

Die Uniformierte neben ihm lächelte milde. Am liebsten hätte sie ihnen die Tür vor der Nase zugeknallt. Sie wollte endlich ihre Ruhe haben. Sie ließ die Hand sinken. »Mein Lebensgefährte hat sein Sakko vergessen. Er ist auf dem Weg ins Burgenland«, sagte sie und trat einen Schritt zur Seite.

»Bitte, kommen Sie!« Ottos Jackett hängte sie an die Garderobe und führte die Polizistin und den Kriminalbeamten ins Wohnzimmer. Maria setzte sich aufs Sofa. Die Ermittler nahmen in den Sesseln gegenüber Platz.

»Frau Baldauf, hatte Ihr Sohn in letzter Zeit Besuch?«

Dieser Stein verlieh seiner Stimme einen milden Klang, was so gar nicht zu seinem bulligen Aussehen passte. Marias Muskeln spannten sich instinktiv an. Keine Frage, die ein Kriminalbeamter stellte, war unbegründet.

»Wieso wollen Sie das wissen?« Sie fixierte die Tischplatte.

»Freunde oder eine Freundin?«, hakte er nach.

»Eine Freundin hatte Patrick nicht«, sagte sie, als wäre allein der Gedanke daran absurd. Derweil hatte es ein halbes Jahr vor seiner Verhaftung eine gegeben. Sie war hübsch und hilfsbereit gewesen, hatte sich aber nach Patricks Inhaftnahme nicht mehr blicken lassen. Verständlich.

Sie saß eine Weile schweigend da, als müsste sie überlegen, derweil spukte schon die ganze Zeit ein bestimmter Name in ihrem Kopf herum. »Jimmy war hier. Warum fragen Sie?«

»Wann genau war Jimmy hier?«, fragte Stein. »War das vielleicht an dem Tag, als Ihr Sohn ...«

Maria schüttelte heftig den Kopf, um den Chefinspektor am Weiterreden zu hindern. Sie wollte ... nein, sie konnte die Wörter Amoklauf oder Geiselnahme nicht mehr hören. Patrick war kein Amokläufer! Nachdenklich blies sie die Luft durch die Zähne, um die sich ankündigenden Tränen zu unterdrücken. »Zwei oder drei Tage davor ... vielleicht. So genau kann ich das nicht mehr sagen. Er war nicht oft hier«, schob sie eilig hinterher. »Die beiden gingen, als ich von der Arbeit nach Hause kam.«

»Dann kann es der Sonntag schon einmal nicht gewesen sein«, merkte die Polizistin an.

»Trotzdem kann ich nicht sagen, welcher Tag das genau war. Warum wollen Sie das wissen?«

Stein sah auf den Block in seiner Hand, als wollte er ihre Angabe mit einer Notiz vergleichen.

»Weil wir glauben, dass der Abschiedsbrief nicht von Ihrem Sohn verfasst wurde. Wir gehen davon aus, dass er von jemand anderem geschrieben und in den Kleiderkasten gelegt wurde. Das könnte auch der Grund sein, weshalb der Brief am Computer geschrieben wurde und keine Fingerabdrücke darauf sind. Unsere Techniker haben außerdem eruiert, dass er nicht auf dem Drucker Ihres Sohnes ausgedruckt wurde.«

Maria hörte die Worte, verstand den Sinn dahinter aber nicht. Sie dachte an Otto, der mit dem Auto ins Burgenland unterwegs war. Sie musste diese Situation durchstehen, ohne sich vorher mit ihm besprochen zu haben. Sie fühlte sich hilflos und ausgeliefert. »Wie kommen Sie darauf, dass der Abschiedsbrief nicht von Patrick ist?« Sie sah den Chefinspektor und die Polizistin abwechselnd an. »Von wem sollte er denn sonst sein?« Ich hab dich lieb, Mama, ging ihr der letzte Satz des Briefes durch den Kopf. »Um ehrlich zu sein, ich verstehe überhaupt nicht, was Sie mir sagen wollen.« Die Hilflosigkeit verwandelte sich schrittweise in Wut. »Sie kommen in mein Haus, erklären mir, dass mein Sohn tot ist, nennen ihn einen Mörder, und jetzt wollen

Sie, dass ich glaube, dass der Brief, den er hinterlassen hat, nicht von ihm ist. Was wollen Sie eigentlich von mir? Macht es Ihnen Spaß, mich zu quälen?«

Diese verfluchten Ermittler sollten sie endlich in Ruhe lassen. Gut, dass sie Hanna den Schnellhefter gegeben hatte.

»Frau Baldauf!« Stein hob beschwichtigend die Hände. »Wir wollen Sie auf gar keinen Fall quälen. Wir verstehen, dass Sie im Moment eine schwere Zeit durchleben.« Er ließ diesen Satz nachhallen, bevor er weitersprach. »Haben Sie schon einmal von einem Sprachprofiler gehört, Frau Baldauf?«

Maria schüttelte den Kopf. Die Hände zu Fäusten geballt. Sie wollte ihm ins Gesicht schlagen, die Nase brechen, ihn erschießen. Nur damit das hier endlich aufhörte.

»Das sind Experten, die suchen sozusagen nach dem sprachlichen Fingerabdruck. Zumeist in Bekennerschreiben nach einem Attentat oder bei einem Erpresserbrief. Jedenfalls hat ein Kollege von uns den Mailverkehr Ihres Sohnes mit dem Abschiedsbrief verglichen und ist zu der Erkenntnis gekommen, dass Ihr Sohn den Brief nicht geschrieben hat. Sein Gutachten hat er einem zweiten Sprachsachverständigen vorgelegt. Der kam zum gleichen Ergebnis.«

»Die haben sich geirrt«, brauste Maria auf.

Ich hab dich lieb, Mama! Das musste einfach Patricks letzte Nachricht an sie bleiben. Sie wollte es so. Alles andere würde sie ignorieren.

Sie hörte nicht zu, wollte nichts wissen von Rechtschreibfehlern und bestimmten Wörtern, die sich in den Mails ihres Sohnes regelmäßig wiederholten, im

Brief jedoch fehlten. Oder von Worten, die er sonst nicht benutzte, die nur in dem Brief auftauchten. *Ich will dir und Hanna keinen Kummer mehr bereiten*. Zugegeben, eine Wortwahl, die ungewöhnlich war für ihn … aber mal ehrlich. War das überhaupt ein Beruf, Sprachprofiler?

»Frau Baldauf. Ich bitte Sie! Denken Sie nach! Wann genau war Jimmy hier?«

Maria zuckte mit den Achseln.

Die beiden Ermittler warfen sich einen raschen Blick zu. Stein notierte sich etwas. »Heißt dieser Jimmy vielleicht mit richtigem Namen Johann Reiletzmayr?«

»Ich weiß nicht, wie er mit richtigem Namen heißt. Hier war er immer nur der Jimmy.«

Wieder dieser rasche Blick zwischen den beiden. Die Polizistin zog ein Foto aus ihrer Jackentasche. »Reden wir von diesem Mann?«

Maria warf einen Blick auf das Bild. »Ist das dieser Johann Reiletzmayr?«

Martin Stein nickte.

»Ja, das ist Jimmy.«

Die Polizistin steckte das Foto wieder weg.

»Wann war dieser Jimmy das letzte Mal in Ihrer Wohnung? Denken Sie nach!«, forderte der Chefinspektor sie erneut auf. »War es vor einer oder zwei Wochen oder vielleicht sogar am Dienstag letzter Woche?«

Maria Baldauf bemühte sich, dachte angestrengt nach.

»Hat Jimmy etwas damit zu tun?«

»Wann, Frau Baldauf?«

Sie hatte eingekauft, war nach Hause gekommen. Patrick hatte ihr die Einkäufe an der Tür abgenommen.

Er und Jimmy wollten gerade gehen. Was befand sich in der Einkaufstasche?

»Es war am Montag!«

»Also am Tag davor?«

»Ja.«

»Warum jetzt der Montag?«

»Ich hab die Sachen zum Kuchenbacken gekauft. Das hat Patrick gesehen und gegrinst wie ein kleines Kind. Er liebte Kuchen über alles, müssen Sie wissen.« Maria Baldauf konnte die Tränen nicht mehr zurückhalten. Die Polizistin reichte ihr ein Taschentuch. Sie nahm es und zerknüllte es unbenutzt zwischen ihren Fingern.

»Danach war Jimmy nicht mehr in der Wohnung?«

»Nein, danach nicht mehr«, schniefte sie und drückte das Taschentuch gegen ihre Nase.

»Soll ich Ihnen ein Glas Wasser bringen, Frau Baldauf?«, fragte die Polizistin. »Sie sehen blass aus.«

Maria Baldauf schüttelte den Kopf. »Ist nur die ganze Aufregung. Geht schon«, behauptete sie und dachte dabei an Hanna und Konrad, die am Dienstagmorgen auf einen Sprung vorbeigekommen waren, als Patrick bereits gegangen war. Konrad hatte die Toilette aufgesucht, während sie mit Hanna in der Küche geplaudert hatte. Nein, das ist absurd, einfach lächerlich. Konrad und Patrick verhielten sich wie Katz und Maus. Aber das war noch lange kein Grund, einen falschen Abschiedsbrief in den Kleiderkasten zu legen. Außerdem, warum hätte er das tun sollen?

23

Ich hab Unterlagen, die beweisen, dass Patrick Baldauf Volker Graumann beobachtet hat«, sagte Sarah und legte die Plastikhülle mit den Kopien auf ihren Schreibtisch. »Seine Schwester wundert sich zwar über die Genauigkeit der Aufzeichnungen. Sie meint, das sei ungewöhnlich für ihren Bruder. Aber immerhin hätte sie ihm auch nicht zugetraut, dass er zwei Menschen umbringen würde«, erklärte sie aufgeregt. Sie überlegte, Stein sofort anzurufen. Das fiel eindeutig in ihr unausgesprochenes Abkommen mit dem Chefinspektor. Sie berichtete dem Ermittler über besondere Rechercheergebnisse, dafür spielte der Chefinspektor ihr die eine oder andere Information zu, bevor die Konkurrenz davon erfuhr. Außerdem befürchtete sie, eventuell wegen Unterschlagung von Beweismitteln belangt zu werden, wenn sie sich nicht an die Polizei wandte. Sie wollte keinen Ärger, nicht mit Stein. Andererseits wollte sie sich die Unterlagen in Ruhe ansehen.

»Und ich hab endlich mit dem Geschäftsführer des Logistikzentrums gesprochen.« Patricia tippte auf ihren Notizblock. »Vor einem Jahr entließ man dort tatsächlich einen Mitarbeiter fristlos. Der Mann hatte rezeptpflichtige Arzneien entwendet. Volker Graumann kam ihm auf die Schliche und meldete es umgehend der Geschäftsleitung. Den Namen des entlassenen Mitarbeiters darf er mir aus Datenschutzgründen leider nicht nennen. Aber zumindest hat er mir verraten, dass es sich dabei nicht um Patrick Baldauf gehandelt hat.«

»Hast du in unserem Archiv nachgesehen? Vielleicht haben wir darüber berichtet.«

Patricia schüttelte den Kopf. »Das Unternehmen hat damals die Sache intern geregelt und alles unternommen, damit nichts an die Öffentlichkeit dringt. Ergo, keine Berichterstattung.«

»Möglicherweise ist unser Facebook-Jimmy der entlassene Mitarbeiter.«

»Wie kommst du jetzt auf den?«

»Kennst du den Film *Der Fremde im Zug*? Von Hitchcock?«

»Noch nie gehört. Und was hat das jetzt damit zu tun? Du verwirrst mich, Sarah.«

»Warte! Der Film basiert auf dem Roman *Zwei Fremde im Zug* von Patricia Highsmith.«

Patricia schüttelte den Kopf.

»Egal, jedenfalls lernen sich auf einer Zugfahrt zwei Männer kennen. Der eine will seine Frau loswerden, der andere seinen Vater. Also tauschen die beiden Männer die Morde aus. Da es zwischen Mörder und Opfer keinerlei Verbindung gibt, gibt es auch kein Motiv. Das perfekte Verbrechen.«

»Du denkst, dass Jimmy und Patrick Morde ausgetauscht haben?«

»Nehmen wir an, Jimmy ist jener Mitarbeiter, der wegen des Diebstahls fristlos entlassen wurde. Er macht natürlich Graumann dafür verantwortlich. Dann lernt er Patrick kennen, und sein Plan reift. Er schlägt seinem Freund vor, den Mord zu begehen. Eine sichere

Sache. Baldauf geht rein, knallt Graumann ab und verschwindet, bevor die Polizei vor Ort ist. Im Gegenzug soll Jimmy wen auch immer für Patrick ermorden. Du verstehst? In beiden Fällen gäbe es kein nachvollziehbares Motiv.«

»Außer dass sich die beiden besser kennen als die beiden Fremden im Zug«, widersprach Patricia.

»Die Handlung des Films hab ich nur zum Vergleich herangezogen.«

»Warum dann der Anruf bei der Notrufzentrale?«

»Da bleib ich bei meiner Meinung. Jimmy hatte nie die Absicht, seinen Teil der Vereinbarung zu erfüllen. Dass Patrick bei der Aktion stirbt, war einkalkuliert.«

»Schöner Freund«, grummelte Patricia.

Sarah erzählte von der Schreckschusspistole. »Möglicherweise wusste Patrick auch gar nicht, dass er einen Mord begehen sollte. Das ist jetzt aber rein hypothetisch, denn vielleicht hat er gegenüber Otto Sagen auch gelogen und sehr wohl gewusst, dass es eine echte Waffe war.« Sie schob die Plastikhülle Richtung Patricia. »Jedenfalls hat er Graumann observiert, wie ein Profi.«

Ihre Kollegin überflog stumm die Papiere. »Das ist ja der Hammer«, zeigte sie sich nach der ersten Seite mehr als erstaunt und überflog sofort die nächste.

»Sag ich doch! Patrick Baldauf hat Buch geführt. Der wusste, wann der Graumann was wo getan hat. Fehlen nur noch die Uhrzeiten, die er am Klo verbracht hat.«

»Vielleicht sollten wir Facebook-Jimmy doch die fünfhundert Euro für das Interview zahlen. Das ist keine hohe Summe und vielleicht …«

Sarah stoppte sie mit einem Handzeichen. »Vergiss es! Nicht zu zahlen ist Firmenphilosophie. Kein Geld für Interviews, egal, wie hoch die Summe ist und wie nah wir möglicherweise an der Lösung dran sind«, sagte Sarah ergeben seufzend, während sie ihre Mails abrief. »Ich werde der Wahrheit schon noch auf die Spur kommen, auch ohne Jimmys Beitrag.«

»Wäre hilfreich, wenn wir Jimmys richtigen Namen kennen würden«, sagte Patricia.

Sarah klopfte nachdenklich mit der Unterseite eines Kugelschreibers auf den Schreibtisch. »Wir müssen mehr über Volker Graumann in Erfahrung bringen. Vielleicht kommen wir Jimmy so näher.«

»In den sozialen Medien hat sich Graumann jedenfalls nicht herumgetrieben, das hab ich schon recherchiert.« Patricias Blick wanderte nach oben zur Decke. Sie starrte auf einen bestimmten Punkt, ließ sich Sarahs Gedankengang durch den Kopf gehen. Nach einer Weile wandte sie sich wieder an Sarah. »Deshalb hat auch die Befragung Jimmys bei der Polizei nichts gebracht.«

»Genau.« Sarah scannte die Aufzeichnungen und rief danach Martin Stein an. »Ich hab etwas für dich.« Während sie Martin Stein einweihte, widmete sie sich wieder ihrem Bildschirm. Simon hatte sein Versprechen gehalten und ihr die Fotos aus der Gruft geschickt. Sarah sah auf die Uhr. Sie hatte keine Zeit mehr, sich die Fotos anzusehen. Das Treffen mit dem Waffenhändler stand an.

»Wenn meine Überlegung stimmt, würde ich an deiner Stelle diesem Jimmy noch einmal auf die Finger klopfen.«

»Bist du jetzt ins investigative Ressort gewechselt? Jedenfalls danke für deine Mitarbeit.«

»Ich will dir die Unterlagen nicht mailen. Ich hinterlege sie in einem Kuvert an der Rezeption im *Wiener Boten*, muss nämlich gleich zu einem Interviewtermin. Ich ruf dich deshalb später an, und ich hoffe, du vergisst nicht, wer für dich die Unterlagen gecheckt hat. Ich will die Story zwei Tage vor den anderen veröffentlichen können.« Sie legte auf, bevor Stein etwas erwidern konnte, und schnappte sich ihre Umhängetasche.

»Könntest du mir bitte auch noch die Handynummer von Otto Sagen organisieren? Er arbeitet bei einer Firma namens Susal. Die stellen Verpackungsmaschinen für die Lebensmittelindustrie her. Leg sie mir einfach auf den Schreibtisch. Ich komm nach dem Interview mit dem Waffenhändler noch mal in die Redaktion. Und falls du herausfindest, wer unser Jimmy ist, schick mir eine SMS. Danke!« Sie verabschiedete sich und verschwand. Im Foyer hinterlegte sie das Kuvert für Stein. Es würde keine halbe Stunde dort liegen, da war sie sicher.

Wien war für seine Kaffeehauskultur bekannt. Es gab viele Kaffeehäuser, die man laut Touristenführer besuchen musste. Jenes, das Sarah pünktlich um halb fünf Uhr nachmittags betrat, lag im fünfzehnten Bezirk am Sechshauser Gürtel und gehörte zweifellos nicht dazu. Es war schäbig. Durch die verschmutzten Fenster drang kaum Tageslicht. Auf der Fensterbank standen Töpfe mit Pflanzen aus Plastik, die schon bessere Zeiten gesehen hatten. Was auch für die Gäste galt. Kaputte Typen vor vollen Aschenbechern und halb vollen Biergläsern. Auf einem Hocker vor dem Spielautomaten saß eine Frau in enger Jeans, offener Bluse und High Heels. Sarah schätzte sie auf Ende fünfzig. In ihrem Mundwinkel hing eine Zigarette. Sie beäugte Sarah, warf, ohne hinzusehen, Münzen in den Automaten. Ihre Finger waren nikotingefärbt, die Nägel jedoch knallrot lackiert. Hinter der Bar ein Bulle mit Bürstenhaarschnitt und ärmellosem T-Shirt im Militärlook. Die verwaschenen Tattoos zogen sich die Arme hinauf, bis über die Schultern. Der Gestank nach Rauch, Alkohol und billigem Parfum erzeugte bei Sarah einen Würgereiz. Sie fühlte sich wie ein Alien, zumindest starrte man sie an, als käme sie von einem anderen Stern.

In diesem Moment kamen ihr Zweifel. Die Fragen, die ihr erst jetzt im Kopf umgingen, lauteten: Was hatte der Mann davon, ihr von illegalen Waffendeals zu erzählen? Warum hatte er eingewilligt, sie zu treffen? Was hatte Stepan ihm als Gegenleistung angeboten? Hatte er ihm überhaupt etwas angeboten?

Sie ermahnte sich stumm, das hier jetzt durchzuziehen. Immerhin hatte Stepan das Treffen eingefädelt. Sie vertraute ihm. Er hätte es nicht arrangiert, wenn es gefährlich für sie wäre.

Sarah ging zur Bar. »Grüß Gott!«

Der Kerl hinter der Bar brummte eine Art Begrüßung. Sie erkundigte sich nach Falk. Der Barmann bedachte sie mit einem langen interessierten Blick, dann griff er zum Telefon, drückte eine Nummernfolge, murmelte etwas in den Hörer und legte auf. »Der Tisch ganz hinten«, bellte er dann in Sarahs Richtung, die sich zunehmend in einem schlechten Ganovenfilm wähnte.

»Magst was trinken?«

»Ein stilles Wasser bitte.«

Der Barmann belächelte ihre Bestellung. Auch die Gäste grinsten.

»Ich schau einmal, ob wir so was haben«, knurrte er verächtlich. Sarah ermahnte sich, entspannt zu bleiben, wandte sich um und ging ins hintere Eck des Lokals. Der Tisch war unbesetzt. Sie nahm auf einem Stuhl Platz, von dem aus sie den Eingang im Blick hatte. Der Bulle kam und stellte ein leeres Glas und eine kleine Flasche ab.

»Dein Wasser.«

»Danke.«

Durch die schmutzigen Glasscheiben sah sie, dass sich der Himmel verdunkelt hatte. Der Wetterbericht sagte Gewitter voraus. In dem Moment hörte sie fernes Donnergrollen.

Ein mittelgroßer Mann in Jeans und T-Shirt betrat das Lokal. Er machte seinem Namen alle Ehre, der auf Althochdeutsch Falke bedeutete. Breite, muskulöse Brust, große dunkle Augen und der Blick des harten Hundes. Sarah schätzte ihn auf Mitte dreißig. Ob er nach diesem Treffen seinen Decknamen ändern würde? Die Augen des Barmannes wanderten zu Sarah. Falk bestellte ein Bier an der Theke. Die Frau am Automaten warf sich in Pose, lächelte aufreizend in Falks Richtung. Er schenkte ihr einen kurzen nichtssagenden Blick und kam dann direkt an Sarahs Tisch, setzte sich und musterte sie wie ein Möbelstück im Versandhauskatalog. »Du willst also mit mir sprechen.«

Das Bier kam. Das Donnergrollen rückte näher, erste schwere Tropfen klatschten gegen die Fensterscheibe.

»Ich möchte wissen, wie man illegal an eine Waffe kommt«, kam Sarah sofort auf den Punkt. Sie hatte keine Lust auf Smalltalk. Der Kerl wusste, weshalb sie gekommen war.

»Und das willst du dann in deiner Zeitung schreiben.«

»Ich weiß, keine Namen.«

»Keine Namen, kein Ort, keine Details. Du kratzt nur an der Oberfläche. Mehr ertragen deine Leser gar nicht.« Seine Brust blähte sich noch weiter auf. Er grinste schief. An Selbstbewusstsein mangelte es ihm offenbar nicht.

Sarah nickte. »Ich hab nicht vor, deine Geschäfte auffliegen zu lassen. Ich will nur kapieren, wie's funktioniert.«

»Und falls du's doch tust, ist dir klar, dass ich weiß, wer du bist und wo du wohnst.« Er nahm einen Schluck Bier, wischte sich mit der Hand über den Mund.

»Klar.« Nur nicht einschüchtern lassen!

»Dir ist hoffentlich auch klar, dass ich mich nur wegen deinem Chef mit dir unterhalte.«

Sarahs Augenbrauen wanderten nach oben.

»Er ist ein feiner Kerl«, fuhr Falk fort. »Als sie mich vor fünf Jahren wegen illegalem Waffenbesitz verknackt haben, war er der einzige Journalist, der kein Monster aus mir gemacht hat. Seine Story war echt ...« Er suchte nach dem passenden Wort. »Sauber. Und das ist der einzige Grund, warum du hier sitzt und ich mit dir rede. Verstanden?«

Sarah nickte.

»Dann frag, und ich überleg, ob ich dir antworte!«

Sarah kramte Block und Kugelschreiber aus ihrer Umhängetasche hervor.

»Wie funktioniert ein illegaler Waffenkauf?«

»Du brauchst zuerst einmal die richtigen Kontakte. Ohne die läuft gar nichts. So gelangst du dann irgendwann einmal zu mir, und ich leg dir eine Preisliste auf den Tisch.«

»Was heißt irgendwann einmal?«

»Meine Männer prüfen natürlich vorher, ob du sauber bist. Du kannst nicht einfach zu mir kommen und Waffen bestellen, als würdest du …« Er grinste anzüglich. »Unterwäsche kaufen.« Sein Blick wanderte zu ihrem Busen und langsam wieder zurück. »Wir brauchen Sicherheit. Verstehst? Was, wenn du ein Kieberer bist und uns reinlegst?«

»Was, wenn ich eine Journalistin bin, die mit der Polizei zusammenarbeitet?« Sie schalt sich augenblicklich dafür, dass sie sich zu der Provokation hinreißen ließ. Sie wollte Informationen. Die Machosprüche musste sie ignorieren.

Das Lokal wurde plötzlich von einem Lichtblitz erhellt. Krachender Donner folgte unmittelbar darauf.

»Es ist jetzt direkt über uns«, sagte Falk und setzte gleich darauf eine Unschuldsmiene auf. »Was soll schon passieren? Ich erklär dir ja nur, wie's funktioniert, weil ich weiß, wie's geht. Das heißt nicht, dass ich dir Waffen verkaufen könnte.«

»Natürlich nicht. Ich hab mir sagen lassen, dass eine 38er Special um die fünfhundert Euro kostet. Ist das korrekt?«

Vor der Tür tobte inzwischen ein Unwetter. Die Stimmung im Lokal wurde noch düsterer.

Falk zog ein Stück Papier aus der Hosentasche, faltete es auseinander, legte es auf den Tisch und strich den Falz glatt. »Das hier ist eine Preisliste, die hab ich nur für dich geschrieben.« Er grinste breit.

Sarah staunte nicht schlecht. Fein säuberlich waren

auf dem Blatt unterschiedliche Waffen mit den jeweiligen Preisen aufgelistet.

»Einzeln werden Waffen so gut wie nie verkauft.« Er tippte auf eine Zahl, die handschriftlich neben dem jeweiligen Waffentyp notiert stand. Eine abgesägte Lupara kostete tausendzweihundert Euro. Was zum Teufel tat man mit abgesägten Schrotflinten, und wer bestellte so ein Zeug? Sarah hob den Blick und sah in das zufrieden grinsende Gesicht des Falken.

»Sind die alle gebraucht?«, fragte sie.

»Die meisten. Einige davon stammen aber auch aus Einbrüchen bei Waffenhändlern.«

»Die kann man doch zuordnen, wenn man sie findet.«

Falk fixierte sie, als wollte er fragen, ob sie tatsächlich so naiv war, wie sie sich gab. »Die Seriennummern werden natürlich rausgeschliffen, das weiß doch inzwischen jedes Kind.«

»Klar.« Sarah starrte wieder auf das Blatt Papier. Eine Glock 9 mm kostete tausendsechshundert Euro, eine Beretta 9 mm tausend Euro.

Falk fand ihren erschrockenen Gesichtsausdruck offenbar witzig, denn er zwinkerte ihr amüsiert zu. »Das wolltest du doch wissen. Und eines ist dir hoffentlich klar: Menschen, die so etwas bestellen, tun das nicht, um ihre Wohnzimmerwand damit zu schmücken.«

»Machst du dir eigentlich Gedanken darüber, ob jemand damit erschossen wird?«

Falk schenkte ihr ein müdes Lächeln. »Ich weiß, dass du auf der Suche nach dem Verkäufer der 38er Special bist, mit der der Kerl in der Gruft die beiden abgeknallt hat. Ich hab sein Bild in der Zeitung gesehen.«

»Und?«

»Du willst jetzt von mir wissen, ob er die bei mir gekauft hat.«

»Und?«

»Nein.«

Ein gewaltiger Donnerschlag ließ Sarah zusammenzucken. Falk grinste wieder schief. »Hast dich g'schreckt?«

»Er war vorbestraft, hatte möglicherweise Kontakte aus seiner Zeit im Jugendstrafgefängnis«, fuhr Sarah unbeirrt fort.

Falk lachte auf. »Jugendstrafgefängnis. Das ist doch wie a Pfadfinderlager.« Er beugte sich leicht nach vorn. »Und nur weil jemand im Häfen war, heißt das nicht, dass er automatisch die Kontakte hat, die er braucht, um a Buffen kaufen zu können. Verstehst?«

Sarah nickte. Falk zog ein Feuerzeug aus seiner Hosentasche, zündete den Zettel an und legte ihn in den Aschenbecher. Kurz darauf war die Preisliste ein Häufchen Asche.

»Ich hab mich umgehört, weil ich schon dachte, dass du mich danach fragst. Also die Leute, die ich kenne, haben ihm die 38er jedenfalls nicht verkauft.«

»Woher könnte er sie sonst haben? Im Darknet hat er sich angeblich nicht herumgetrieben.«

»Die digitalen Spuren sind schneller verwischt, als du auf den Einschaltknopf deines verfluchten PCs drücken kannst. Aber wie gut das mit dem Darknet in Österreich funktioniert, kann ich dir nicht sagen. Ich setze auf den direkten Kontakt zu meinen Kunden. Die wollen nicht die Katze im Sack kaufen, sondern beste Qualität. Nicht irgendein Glumpert aus Russland, Polen oder einem anderen beschissenen

Ostblockland.« Wieder dieses selbstgefällige Grinsen. Er war stolz darauf, einer vom alten Schlag zu sein. Erst jetzt fiel Sarah die Narbe unterhalb seiner Nase auf. Ähnlich einem Schmiss an der Wange eines Burschenschafters. »Und wenn du einen 3-D-Drucker zu Hause hast, kannst du dir heutzutage die Waffe sogar selbst ausdrucken. Die funktionieren angeblich bis zu fünfzehn Schuss. Ob's stimmt …« Er zuckte mit den Achseln. »Um jemanden umzubringen, würd's reichen.«

Das hörte Sarah zum ersten Mal. »Kein 3-D-Drucker. Die Waffe war echt. Wer kauft bei dir eigentlich so ein?«

»Na, was glaubst? Der Herr Pfarrer nicht.« Er lachte kurz über seinen eigenen Witz und wurde wieder ernst. »Leute, die nicht legal an a Buffen kommen. Oder Leute, die für ihre Zwecke keine legale Waffe brauchen können. Verstehst? Einbrecher, Zuhälter, Menschenhändler …«

»Ist dir das wirklich wurscht, wenn jemand mit einer Waffe getötet wird, die du verkauft hast?«

Falk zuckte mit den Achseln. »Bin ich der Messias? Wenn ich den Leuten die Waffen nicht verkaufe, kaufen sie eben woanders. Nur weil ich ein guter Mensch bin, heißt das nicht, dass die Menschheit gut ist. Also, was hab ich von einem reinen Gewissen?« Er winkte dem Bullen hinter der Bar, bestellte noch ein Bier. »Willst auch eins? Das Gesöff da scheint dir ja nicht zu schmecken.« Er zeigte auf die Wasserflasche.

Erst jetzt bemerkte Sarah, dass sie noch keinen Schluck getrunken hatte. Sie schüttelte rasch den Kopf.

»Sekt? Ich lad dich ein.«

»Nein danke.« Sie goss Wasser in ihr Glas und nahm einen langen Schluck.

»Warum interessiert dich das eigentlich?«, fragte Falk.

»Ich bin Journalistin.«

»Das ist der Grund?«

»Das ist der Grund.«

Das Bier kam. Falk wartete, bis der Bulle wieder hinter der Bar verschwand. Dann bedachte er Sarah mit dem Blick eines Falken, der seine Beute im Visier hatte.

»Willst du noch weitere Infos über imaginäre Waffeneinkäufe?«

»Warum fragst du?«

»Weil ich dir sonst doch von einem Kerl erzählen könnte, der kürzlich zwei 38er Special gekauft hat.«

Sarah hob die Augenbrauen. Dem Geräusch nach ging vor der Tür soeben die Welt unter.

24

Melanie und Robert hatten Isabella auf die Folter gespannt. Sie wollten keinesfalls sofort damit herausrücken, was ihren Zorn erregt hatte. Stattdessen hatten sie für achtzehn Uhr eine Konferenz einberufen. Zuerst hatte Isabella vehement abgelehnt. Was bildeten sich die beiden ein? Sie war die Chefin des Hauses. Man beorderte sie nicht zu einer Besprechung. Die beiden schon gar nicht! Doch nachdem ihre Tochter und ihr Neffe sie am Ende freundlich gebeten hatten zu kommen, willigte sie schließlich ein.

Vorher jedoch wollte sie sich bei der Polizei nach dem Ermittlungsstand erkundigen. Es erschien ihr eigenartig, dass die Polizisten nichts mehr von sich hören ließen. Langsam sollte das Motiv dieses Wahnsinnigen doch klar sein. Doch niemand wollte oder konnte Auskunft geben. Eine weibliche Stimme versprach, dem leitenden Ermittler Bescheid zu geben. »Er wird Sie verlässlich zurückrufen.«

Isabella musste sich wohl oder übel damit zufriedengeben. Nicht zu wissen, weshalb ihre Schwester ermordet wurde, war genauso schlimm wie ihr Tod.

Als sie das Konferenzzimmer betrat, saßen Bernhard, Melanie und Robert schon am Tisch. Luis' Anwesenheit ließ sie kurz zögern. Was hatte das zu bedeuten?

Sie nahm so gleichmütig wie möglich Platz. Keine unüberlegte Geste sollte ihre innere Unruhe verraten.

»Na, was ist so wichtig, dass es unbedingt noch heute besprochen werden muss?« Es gelang ihr, gelassen zu klingen.

»Meine Mutter hat mir den Rohentwurf des Katalogs als PDF geschickt«, eröffnete Robert die Gesprächsrunde.

Isabella sah ihren Neffen verständnislos an. »Warum schickt dir deine Mutter den Entwurf des Katalogs?« Ihr Blick wanderte zu Bernhard, der unmerklich den Kopf schüttelte.

»Weil ich ihn mir ansehen wollte.«

»Ich versteh es immer noch nicht. Warum wolltest du ihn dir ansehen?«

»Weil es mich interessiert hat.«

»Es hat dich doch sonst nie interessiert.« Unbewusst ballte sie ihre Hände zu Fäusten.

»Diesmal schon«, sagte er eindringlich, »und mir ist aufgefallen, dass in der neuen Version eine Kollektion fehlt.«

»Ich hab ihm den aktualisierten Entwurf gezeigt«, erklärte Bernhard rasch.

Isabella legte die Stirn in Falten. »Ihr wisst Bescheid über diesen …« Sie war knapp davor, Abfall zu sagen. »Diese Kollektion?«

Robert warf Melanie einen raschen Blick zu.

»Ist der geheimnisvolle Designer etwa einer deiner Studienkollegen, Melanie? Sei mir bitte nicht böse, aber …«

Ihre Tochter unterbrach sie, indem sie heftig den Kopf schüttelte. Sie nestelte an ihrem auffallend bunten Jumpsuit herum. Isabella hätte ihr gerne gesagt, dass sie das unterlassen sollte. Kleine Kinder zupften an ihrer Kleidung herum. Erwachsene, gebildete Menschen hatten ihre Hände unter Kontrolle. Zudem fand sie die grelle Farbwahl äußerst unpassend nach einem Todesfall in der Familie.

»Nein, Mama! Du hast es noch immer nicht kapiert, oder?« Der mürrische Tonfall ihrer Tochter gefiel Isabella nicht.

In dem Moment fiel jedoch bei ihr der Groschen.

»Rome sind Robert und ich. Es ist unsere gemeinsame Kollektion«, bestätigte Melanie ihren Verdacht.

Isabella kippte die Kinnlade nach unten. Ihr blieb der Mund offen stehen. Sie war sprachlos. Auch Bernhard hatten sie offenbar noch nicht eingeweiht. Er riss verblüfft die Augen auf.

»Eure? Wann habt ihr …«, fand sie endlich ihre Stimme wieder.

»Wann wir das beschlossen haben, Mama? Letzten Sommer. Wir dachten, die neue Generation von Modewelt Schönegg sollte sich auch neu aufstellen.«

In dem Moment fiel Isabella ein, dass sie in den Sommerferien tatsächlich viel Zeit im Unternehmen mit Christa verbracht hatten. Sie hatte dem keine Bedeutung beigemessen. Christa war bestimmt sofort Feuer und Flamme gewesen, als sie davon erfuhr. Die konservative Alte ließ man da natürlich noch außen vor, dachte Isabella verbittert.

»Neu aufstellen?« Isabellas Stimme klang schrill. »Mit der Mode, die ich im Katalog gesehen habe? Das nennt ihr neu aufstellen? Ich nenne das eine Zumutung.«

»Du bist nicht für die Modelinie verantwortlich, Tante Isabella«, sagte Robert. »Das war meine Mutter …«

»Immer in Absprache mit mir«, unterbrach Isabella ihren Neffen ungehalten. »Und solange ich das Sagen in diesem Haus habe, werden wir keine Kollektionen in die Läden bringen, die aussehen wie Faschingskostüme. Nur über meine Leiche!«

»Mach bitte kein solches Drama daraus«, versuchte Bernhard zu beschwichtigen. »Mode verändert sich nun einmal, nimm es einfach zur Kenntnis.«

Isabella warf ihrem Exschwager einen giftigen Blick zu. War ja klar, dass er wieder einmal den Weg des geringsten Widerstandes ging. Das hatte er bei ihrer Schwester auch getan. Und was war dabei herausgekommen? Eine Scheidung!

Robert zuckte teilnahmslos mit den Achseln. »Es gibt einen Vertrag, den meine Mutter …«

»Den ich nicht unterschrieben habe«, unterbrach Isabella harsch.

»Egal, Tante Isabella. Ich bin der rechtmäßige Erbe und damit gleichberechtigter Teilhaber. Meine Mutter und wir«, er zeigte auf Melanie und sich, »haben eine Vereinbarung getroffen. Wohlweislich rechtlich abgesichert, weil wir wussten, wie du reagierst.«

Sie musste sich zusammenreißen, um ihm ihren Verdacht, dass er Christa hatte töten lassen, nicht an den Kopf zu werfen. Sie sollte endlich mit der Polizei darüber reden. Neffe hin oder her. Inzwischen traute sie ihm so ein Verbrechen zu. Er zeigte sich von einer kalten Seite, die Isabella nicht an ihm kannte. Auf der anderen Seite fragte sie sich, wo das Motiv gelegen hätte. Christa hatte ja getan, was ihr Sohn wollte.

»Und wann wolltet ihr mich einweihen?« Ihre Stimme klang gefährlich leise und kalt wie Stahl.

»Direkt vor der Fashion Week«, gab Robert zu und wandte sich an seinen Vater. Eine Art Rechtfertigung war in seinen Augen erkennbar. »Dir wollten wir es schon früher sagen, aber Mamas Tod ...« Er kniff die Lippen zusammen.

Bernhard lächelte gütig.

Isabella schüttelte heftig den Kopf und erhob sich abrupt. »Niemals!«, knurrte sie. »So nicht, meine Lieben. So nicht!«

»Wir können unsere Mode auch anderswo verkaufen«, sagte Melanie. Ihr Tonfall klang trotzig. »Angebote gibt es.«

Isabella sah ihre Tochter überrascht und zugleich verärgert an. In dem Moment begriff sie, dass Melanie nicht zu dem Menschen heranreifen würde, den sie sich wünschte. Sie hatte gehofft, ihre Tochter nach ihrem Ebenbild formen zu können. Sie wusste, dass sie damit gescheitert war, hätte es bereits ahnen müssen, als Melanie ihr mitgeteilt hatte, in Mailand studieren zu wollen, fernab der Heimat und fernab ihrer Mutter.

Die Welt, wie Isabella sie kannte, stand kurz vor der Zerstörung. Das konnte sie deutlich spüren. Die Moderne trug den Sieg davon, während die Familientradition auf der Strecke blieb.

»Unseretwegen war Tante Christa in der Kaisergruft«, sagte Melanie jetzt. »Wir wollten ornamentale Details der k. und k. Zeit in unsere Modelinie einfließen lassen. Sie hat für uns auch das Sisi-Museum und Schönbrunn besucht.« Ihre Stimme brach. Sie begann zu weinen.

»Sie war für uns in der Gruft, versteht ihr?« Auch Robert stand das schlechte Gewissen im Gesicht geschrieben. »Ich hab kurz davor noch mit ihr telefoniert. Sie hat mich gefragt, auf welche Motive sie achten soll.«

»Es ist nicht eure Schuld«, mengte sich Bernhard ein. Er griff nach Melanies Hand, drückte sie sanft. »Ihr konntet ja nicht wissen, was dort passieren würde. Niemand konnte das.«

»Ich fühl mich trotzdem für den Tod meiner Mutter verantwortlich«, krächzte Robert und schlug die Hände vors Gesicht. Es dauerte eine Weile, bis Melanie und Robert sich wieder beruhigt hatten. Diese Schuldgefühle würden sie möglicherweise ihr ganzes Leben verfolgen. Oder sie würden im Laufe der Zeit begreifen, dass man das Schicksal nicht beeinflussen konnte.

»Meine Sekretärin hat mich wissen lassen, dass diese Journalistin, Sarah Pauli heißt sie, angerufen hat und irgendetwas von einem Telefonat zwischen dir und Christa erwähnte. Hast du sie zurückgerufen? Ging es um dieses Gespräch?«

Robert zuckte mit den Achseln. »Keine Ahnung. Ich hab sie nicht zurückgerufen und werde das auch nicht tun. Was meine Mutter und ich beredet haben, geht die Öffentlichkeit nichts an.«

Isabella Schönegg-Bach atmete erleichtert auf.

»Wir wissen nicht, weshalb der junge Mann Christa erschossen hat«, mischte sich nun Bernhard mit belegter Stimme ein. »Vielleicht gibt es einen Grund, den wir alle hier nicht erahnen können. Wenn er sie nicht in der Gruft getroffen hätte, hätte er sie woanders …« Er verstummte.

Isabellas Blick wanderte zu ihrem Exschwager. Es schien, als wollte auch er ein Geheimnis offenbaren. Kaum dass sie daran dachte, begann er zu sprechen, erzählte, dass Christa und er wieder ein Paar gewesen waren. Dass sie es noch einmal miteinander hatten versuchen wollen. Sie traute ihren Ohren nicht. Doch sein Blick verriet, dass er die Wahrheit sagte. Der Weichling hätte ihre Schwester tatsächlich zurückgenommen, obwohl sie sich einen Liebhaber nach dem anderen gegönnt hatte. Was für ein Waschlappen, dachte sie.

Als sie den Mund öffnete, um etwas zu entgegnen, läutete ihr Handy. Sie stand auf, entschuldigte sich, ging nach draußen, nahm das Gespräch an. Der Chefermittler war dran. Klar, sie hatte um seinen Rückruf gebeten, das hatte sie bei all dem Ärger fast vergessen. Doch was ihr der Mann zu sagen hatte, gefiel ihr um keinen Deut besser. Der Mordanschlag in der Gruft hatte nach neuestem Ermittlungsstand nicht Christa gegolten. Ihre Schwester war zufällig in die Schusslinie geraten. Ein völlig sinnloser Tod.

»Die Ermittlungen laufen noch«, sagte Stein. »Wir gehen davon aus, dass es einen Mittäter oder zumindest Mitwisser gibt. Doch so wie sich der Fall darstellt, war Ihre Schwester einfach zur falschen Zeit am falschen Ort. Es tut mir sehr leid, Frau Schönegg-Bach.«

»Was heißt Mittäter oder Mitwisser?«

»Wir vermuten, dass der Mann die Tat nicht allein begangen hat.«

»Wie kommen Sie auf diese Vermutung?«

»Das kann ich leider nicht beantworten. Es ist Gegenstand der Ermittlungen.«

Was für ein gehaltloser Satz, dachte Isabella.

Sie bedankte sich für seinen Anruf und legte auf. Auf einmal war es so still um sie herum. Mit dem Handy in der Hand stand sie da und starrte durch die Glasfront in den Konferenzraum. Robert, Melanie, Bernhard und Luis redeten miteinander. Worüber, konnte sie nicht verstehen. Die dicke Glaswand schluckte sämtliche Geräusche.

Plötzlich fühlte sie sich alt, wünschte sich auf eine einsame Insel oder zumindest in ihr Büro, wo sie die anderen aussperren konnte. Um darüber nachzudenken, was blieb, wenn man von einer Sekunde auf die andere nicht mehr da war.

Doch sie öffnete die Glastür wieder und betrat den Konferenzraum. Die anderen hatten ein Recht darauf zu erfahren, dass es nicht Hass, eine verschmähte Liebe oder andere niedrige Beweggründe waren, die Christa das Leben gekostet hatten. Sondern eine verfluchte, zufällige Begegnung.

25

Obwohl sie nur ein kurzes Stück durch den Regen lief, war Sarah nass bis auf die Knochen. Als sie um sieben den *Wiener Boten* betrat, erschien er wie ausgestorben.

Die Rezeption im Foyer war verwaist, nur ein paar Kollegen der Spätschicht waren da. Das Gebäude glich einem Geisterhaus. Das Kuvert für Stein lag nicht mehr im Fach. Sie wollte ihn später anrufen. Auch Stepan und Patricia waren naturgemäß bereits nach Hause gegangen. Dennoch fand Sarah es schade, ihnen nicht gleich von dem Interview mit Falk berichten zu können. Es zerriss sie förmlich vor Mitteilungsdrang. Ihr Puls hatte sich auf dem Weg zurück nicht beruhigt. Sie triumphierte innerlich, als hätte sie soeben einen Marathon gewonnen. Das Gespräch mit dem Waffenhändler hatte mehr hergegeben, als sie erwartet hatte. Und es hatte eine für sie unvorhersehbare Wendung genommen. Von Patricia war keine SMS gekommen. Demnach hatte sie nicht herausgefunden, wie Jimmy mit wirklichem Namen hieß.

Sie suchte in der Redaktionsküche nach Geschirrtüchern, trocknete sich, so gut es ging, damit ab. Ein Schnupfen war vorprogrammiert. Doch zumindest hatte das Gewitter die Temperaturen ein wenig sinken lassen, und man bekam wieder besser Luft.

In ihrem Büro ließ sie sich auf ihren Stuhl fallen.

Sie atmete dreimal tief durch, legte die Geschirrtücher auf den Tisch und fischte das Handy aus ihrer Umhängetasche. Wie vermutet hatte David versucht, sie zu erreichen. Bei Interviews stellte sie das Telefon generell auf lautlos und vergaß oft, es danach wieder umzustellen. Sie rief ihn zurück. Er saß ebenfalls noch im Büro und arbeitete. Sarah berichtete aufgeregt von dem Treffen mit Falk, während sie zeitgleich ihre Mails abrief. Maja hatte ihren Artikel geschickt.

Mir ist noch etwas eingefallen, las Sarah stumm die erste Zeile und unterbrach kurz ihren Redeschwall.

»Und ich war heute mit dem Branddirektor Mittag essen«, nutzte David die Sprechpause. Sein Ton verhieß eine Neuigkeit.

»Und?«

»Ich bin hier bald fertig und komm dann zu dir.«

»Ist Gabi auch noch da?«, erkundigte sich Sarah.

»Nein, die ist um fünf nach Hause gegangen. Ich soll dir ausrichten, sie kümmert sich um Marie. Du musst dir keine Sorgen machen, und wenn du willst, darfst du über Nacht wegbleiben.«

»Eines Tages wird Marie sie mehr lieben als mich«, lachte Sarah. Ihr war klar, dass David ihr damit zu verstehen gab, dass sie heute in seiner Wohnung übernachteten. Sie löste das Band und lockerte mit den Fingern ihre feuchten Haare. Dann fuhr sie fort, Majas Mail zu lesen. *Scheiß auf den Job*, hatte Patrick Baldauf laut der Studentin gezischt, nachdem er Volker Graumann ins Ohr geflüstert hatte. Den Satz hatte Maja unterstrichen. Vielleicht kannst du etwas damit anfangen, schrieb sie in ihrer Mail. Und ob sie das konnte. Jimmy hatte Graumann ausrichten lassen, dass er auf den Job keinen Wert legte. Sie musste noch einmal mit dem Geschäftsführer reden, vielleicht konnte sie ihn überreden, ihr zumindest Jimmy als entlassenen Mitarbeiter zu bestätigen. Mit etwas Glück kitzelte sie auch noch seinen richtigen Namen aus ihm heraus.

Sie klickte den beigefügten Bericht an und begann zu lesen.

Nach wenigen Sätzen hatte Sarah ein Urteil gefällt und atmete befreit auf. Maja hatte gute Arbeit abgeliefert. Sie hatte sich für die Studentin eingesetzt. Nicht auszudenken, wenn sie jetzt festgestellt hätte, dass diese für den Job ungeeignet war. Doch diesen Bericht konnte sie Stepan uneingeschränkt weiterleiten. Sie schickte das Dokument an das Postfach des Ressortchefs und druckte es aus.

Als sie das Geräusch der sich öffnenden Bürotür hörte, war sie bereits mit den Fotos aus der Gruft beschäftigt, die Simon ihr geschickt hatte. Sie wollte eine Vorauswahl treffen und diese morgen früh mit Stepan besprechen. Andernfalls würde die Bildredaktion die Fotos für Maja Petrovic' Artikel auswählen. Das wollte sie nicht.

David trat an ihren Tisch. Er hielt eine Cognacflasche und zwei Gläser in der Hand.

»Ist etwas passiert?«, fragte Sarah erschrocken.

David trank Cognac ausschließlich, wenn etwas nicht in Ordnung war oder wenn etwas wieder in Ordnung gebracht werden musste. Nach einem Streit zum Beispiel.

»Ich dachte, ein Glas steht uns beiden zu. Immerhin haben wir schon lange Feierabend.« Er schenkte das bernsteinfarbene Getränk in die Gläser. »Hat dich das Gewitter erwischt?« Er zeigte auf die Geschirrtücher.

Sie nickte. »Die nehme ich mit nach Hause und wasch sie.«

»Musst du nicht. Eine Wäscherei kann sich der *Wiener Bote* gerade noch leisten.« David nahm die Tücher und verschwand wieder. Einige Minuten später kam er mit einem Hemd in der Hand zurück. »Ich hab immer eines im Büro, zur Sicherheit. Man weiß ja nie.« Er legte es auf Sarahs Schreibtisch und machte eine bedauernde Geste. »Mit einer trockenen Hose kann ich leider nicht dienen.« Er schnappte sich einen Bürostuhl von einem der anderen Tische, rollte ihn neben Sarahs Schreibtisch und setzte sich. Er wirkte entspannt, griff nach seinem Glas, stieß es gegen Sarahs und nippte. Sarah zog die Jeans und das T-Shirt aus und Davids Hemd an.

»Vielleicht ein bisschen groß«, meinte er. »Aber Hellblau steht dir.«

Sarah grinste. »Es könnte glatt als Minikleid durchgehen, wenn auch als ein sehr kurzes. Hoffentlich kommt jetzt niemand rein, sonst denkt die Belegschaft weiß Gott was von uns.« Sie zeigte auf ihre nackten Beine, setzte sich wieder und deutete auf den Bildschirm, auf dem noch immer Bilder aus der Gruft zu sehen waren. »Ich bin hier gleich fertig. Wennst magst, kannst inzwischen den Artikel unserer neuen Praktikantin lesen.« Sie schob ihm den Ausdruck hin. David überflog mit dem Glas in der Hand die ersten Zeilen.

»Der ist gut«, lobte Sarah und schickte die ausgewählten Fotos an Stepan. Dann nippte auch sie an ihrem Glas. Ein milder Geschmack breitete sich in ihrem

Mund aus, begleitet von einer leicht süßlichen Note. Der Schluck Cognac entspannte schnell und wärmte sie von innen.

David legte den Ausdruck auf den Schreibtisch zurück. »Ich vertraue deinem Urteil, hab jetzt keine Lust zu lesen. Viel lieber möchte ich, dass du mir von dem Interview mit diesem Falk erzählst. Aber bitte im gedrosselten Tempo«, forderte er sie auf. »Ich hab vorhin am Telefon nur die Hälfte verstanden. So aufgedreht hab ich dich schon lange nicht mehr erlebt.« Er hob das Glas. »Auch deshalb hab ich den Cognac mitgenommen, um dich runterzuholen.«

»Gute Idee! Es dreht sich nämlich alles in meinem Kopf. Ich bin in das Lokal in dem Bewusstsein, einen Kerl zu interviewen, der illegal Waffen verkauft. Nicht mehr und nicht weniger. Und dann erzählt er mir plötzlich von einem Typen namens Skull …«

»Totenkopf«, übersetzte David instinktiv.

»Genau. Totenkopf. Jedenfalls hat dieser Skull bis vor einem Jahr rezeptpflichtige Medikamente am Gumpendorfer Gürtel verkauft und ist dann von einem Tag auf den anderen verschwunden. Vor vier Wochen taucht er wie aus dem Nichts wieder auf und fragt nach zwei 38er Special. Verkauft hat sie ihm ein Drogendealer, der die Waffen unbedingt loswerden wollte.«

»Und du denkst, es handelt sich bei einer der Waffen um jene, mit der Patrick geschossen hat«, brachte es David auf den Punkt.

»Das sagt mir zumindest mein Gefühl. Und das hat mich bisher noch nie im Stich gelassen.«

»Kann man den Dealer finden?«

Sarah schüttelte den Kopf. »Ist kurz darauf an einer

Überdosis gestorben. Hat das Dreckszeug nicht nur verkauft, sondern auch selbst genommen.«

»Oder er ist gestorben worden, weil er den Waffendealern das Geschäft vermasselte«, mutmaßte David.

»Ausschließen kann man das wohl nicht«, stellte Sarah fest. »Aber allein von diesem Kauf zu wissen ist schon der Wahnsinn. Ein Typ, der sich Totenkopf nennt, kauft zwei Waffen. Patrick Baldauf hat Totenköpfe gesammelt …«

»War er der Waffenkäufer?«

»Nein. Falk hat Patricks Bild in der Zeitung gesehen. Er war nicht Skull.«

»Hat er ihn dir beschrieben?«

Sarah schüttelte den Kopf. »Falk hat ihn nie zu Gesicht bekommen, weiß aber definitiv, dass es nicht Patrick Baldauf war. Der Kerl ist muskulöser, meinte er. Außerdem wissen wir, dass Baldauf nicht für das Logistikzentrum gearbeitet hat.«

»Warum nennt sich ein Kerl, der illegal Medikamente verkauft, Skull?«, fragte David.

»Ich vermute, weil man Tabletten, die nicht frei zugänglich sind, auch Totenkopf-Tabletten nennt. Das hab ich mir zumindest sagen lassen. Ephedrin und Pseudoephedrin standen wohl hoch im Kurs. Das nehmen Leute, die schnell abnehmen und Muskeln aufbauen wollen.« Sarah tippte die Begriffe in die Suchmaschine ihres Laptops ein. Kurz darauf erschienen auf ihrem Bildschirm Bilder von Schraubdosen aus Plastik mit unterschiedlichen Etiketten. »Das pfeifen sich so Fitnesscenter-Typen rein. Auf manchen Verpackungen ist sogar ein Totenschädel drauf.« Sie zeigte auf eine bestimmte Abbildung. »Aber was ich eigentlich meine … Damit liegt doch der Verdacht nahe, dass es einen Komplizen gibt, der im Besitz der zweiten 38er ist.«

»Es ist ein Anknüpfungspunkt«, sagte David.

»Und eine sensationelle Story.«

Sie trommelte nervös mit den Fingern auf den Tisch, während sie David auf den aktuellen Stand ihrer Recherchen brachte: Patrick Baldaufs *Scheiß auf den Job*. Der Diebstahl im Logistikzentrum. Patricks Aufzeichnungen über Volker Graumann, die Totenköpfe in seinem Zimmer und Jimmy, der ein Info-Honorar verlangte und möglicherweise der fristlos entlassene Kollege Graumanns war.

»Wir zahlen nicht«, sagte David rasch.

»Ich weiß. Aber was, wenn er unser Waffenkäufer ist? Er hat für das Interview fünfhundert Euro verlangt. Ausgerechnet diese Summe! Er hätte auch sechshundert oder tausend Euro verlangen können«, sprach sie aus, was ihr schon die ganze Zeit durch den Kopf ging.

»Komm bitte auf den Punkt, Sarah.«

»Eine gebrauchte 38er Special kostet im Schnitt fünfhundert Euro.«

»Zwei 38er kosten nach Adam Riese dann aber tausend Euro«, entgegnete David.

»Hm«, machte Sarah achselzuckend. Das Argument überzeugte sie nicht. »Außerdem trainiert Jimmy fleißig, wie wir seiner Facebook-Seite entnehmen konnten. Und wo trainiert man? Im Fitnesscenter! Was, wenn er Patrick ans Messer geliefert hat?«, schob sie rasch hinterher und erläuterte ihre These, dass Patrick den Mord für Jimmy begangen hatte. Sie war noch immer aufgeregt, kippte den restlichen Cognac in einem Zug ihre Kehle hinunter.

»Bist ja ein echter Genusstrinker«, lachte David und goss ihr nach.

»Stein hat zwar gesagt, dass sie ihm nichts nachweisen können, aber das kann sich ja auch ändern.«

»Sollte Jimmy tatsächlich Skull sein, dann wird er es dir wohl kaum auf die Nase binden, egal, ob du ihm fünfhundert oder tausend Euro zahlst. Außerdem, wenn Geld fließt, ruft das Nachahmer auf den Plan. In einem stimme ich dir aber zu, das wäre tatsächlich eine sensationelle Story. Vor allem, wenn wir die Ersten sind, die darüber berichten. Aber du brauchst fundierte Fakten, die nicht erkauft sind. Womöglich noch von einem Kerl, der sich lediglich wichtigmacht oder am Ende tatsächlich der Auftraggeber für den Mord ist. Das weißt du.« Er hielt kurz inne, dachte nach. »Was ist eigentlich aus Christa Schönegg geworden?«, fragte er dann und griff nach Sarahs Händen, um sie am Trommeln zu hindern.

»Zuerst dachte ich, dass ihr Sohn den Mord in Auftrag gegeben haben könnte. Aber die Aufzeichnungen über Graumann haben die Sache in eine andere Richtung gelenkt. Ehrlich gesagt gehe ich im Moment eher davon aus, dass die Frau einfach zur falschen Zeit am falschen Ort war.« Sie machte eine bedauernde Geste. »Patrick Baldauf ist deshalb so früh in die Gruft, weil er hoffte, nur Volker Graumann anzutreffen. Das würde auch erklären, warum er dafür sorgte, dass nach ihm niemand mehr die Gruft betreten konnte.«

»Also kein Amoklauf und kein Liebesdrama.« David ließ ihre Hände wieder los.

»Genau. Trotzdem eine geplante Aktion, aber nicht aus Liebeskummer.« Sarah begann, an dem Artikel zu schreiben.

»Warum dann der Notruf?«

»Sein Komplize wollte seinen Teil der Abmachung nicht mehr erfüllen«, wiederholte Sarah ihre Vermutung ihm gegenüber, während sie zeitgleich konzentriert tippte. »Und er konnte sich ausrechnen, dass die Sache eskaliert, sobald der Platz voll Polizisten ist.«

»Klingt einleuchtend«, meinte David.

»Das perfekte Verbrechen«, sagte Sarah. »Und sobald ich weiß, wie der Waffenkäufer mit richtigem Namen heißt, bin ich einen Schritt weiter.«

»Die Frage ist nur, was will er dann mit der zweiten Waffe, wenn er seinen Teil der Abmachung nicht erfüllen will?«

Die Tür flog auf. David und Sarah fuhren erschrocken hoch. Sissi stolzierte ins Büro. Conny blieb im offenen Türrahmen stehen. Sie sah aus, als wäre sie auf dem Weg zu einem wichtigen Event. Elegantes lila Abendkleid, beigefarbene High Heels und zum Outfit passender Schmuck. Ihre kupferrote Mähne trug sie hochgesteckt. In der Hand hielt sie eine Decke.

»Könnt ihr nicht warten, bis ihr zu Hause seid?«, fragte sie und deutete auf Sarah.

»Es ist nicht so, wie du denkst. Ich bin ins Gewitter gekommen«, verteidigte sich Sarah.

»Würd ich auch sagen.«

»Was machst du eigentlich hier?«

»Ich bin auf dem Weg zu einer Veranstaltung, zu der ich Sissi nicht mitnehmen kann. Ich wollte sie im Büro lassen.« Sie hielt die Hundedecke in die Höhe. »Da hab ich euch reden hören. Deshalb kommst du schon jetzt in den Genuss, die Neuigkeit zu erfahren.« Sie lächelte geheimnisvoll.

»Du kannst Sissi hierlassen«, schlug David vor. »Wenn wir gehen, bringen wir sie in dein Büro. Dann ist sie nicht so lange allein.«

Conny trat näher und legte die Hundedecke auf den Boden.

Sarah lehnte sich in ihrem Stuhl zurück. »Spuck's aus! Was weißt du?«

Conny kam zum Schreibtisch, stützte sich ab. »Ich weiß, wer Christa Schöneggs geheimnisvoller Lover war.«

»Wirklich? Wer?« Sarah musterte Conny neugierig.

Die Gesellschaftsreporterin machte ihre berühmte Spannungspause, sah Sarah und David abwechselnd an.

»Bernhard Schönegg. Die beiden waren wieder ein Paar. Nur sollte das noch niemand wissen, weil man sich vorerst die Presse ersparen wollte.«

»Wow«, entfuhr es Sarah. »Ihr eigener Mann.«

»Tja, ist halt nichts Besseres nachgekommen.«

»Woher weißt du das?«

»Ich hab heute mit Bernhard Schönegg persönlich am Telefon darüber geredet.« Sie zuckte mit den Achseln. »Eine schöne Geschichte für die Society-Seite, und ich hab die Erlaubnis, sie zu veröffentlichen. Wir sehen uns dann morgen, meine Lieben.« Sie strich Sissi liebevoll übers Fell und verschwand.

Der Mops legte sich auf die Decke und gähnte.

Sarah schrieb den Artikel zu Ende.

26

Das Gewitter hatte die Luft gereinigt. Der Himmel war zwar noch dunkel, die grauen Wolken jedoch lösten sich langsam auf. Maria öffnete das Küchenfenster. Kühle Luft strömte ins Innere. Sie starrte hinaus. Ihr Blick wanderte ziellos umher, tastete die hohen, mit Efeu überwachsenen Zäune der Nachbarn ab, als könnte sie dort etwas entdecken, das ihr weiterhalf. Sie hatte bereits zwei Mal versucht, Otto zu erreichen. Er ging nicht ans Telefon und rief auch nicht zurück. Das war ungewöhnlich. Beim dritten Versuch hatte sie ihm auf die Mailbox gesprochen. Sprachprofiler. Was es alles gab!

Sie schloss das Fenster wieder und wandte sich um. Sie musste raus, brauchte Bewegung, musste atmen, nachdenken. Wieder Ordnung in ihr Leben bringen, der tristen Umgebung des Hauses zumindest für eine Weile entfliehen. Bloß nicht hier rumsitzen und grübeln. Ihre Gefühlswelt glich einer Achterbahn.

Sie nahm die Handtasche von der Garderobe, riss die Eingangstür auf, hetzte hinaus, schmiss die Tür wieder zu und versperrte sie. Otto hatte vor einem Jahr ein Sicherheitsschloss angebracht. Otto, wo trieb er sich rum? Ein Ehepaar mit Hund ging am Haus vorbei. Der Gedanke, was die Leute von ihr denken würden, die ihr begegneten, bereitete ihr Sorge. Sie gab ein Bild der Verzweiflung ab. Ungewaschene Haare, der graue Hosenanzug wies undefinierbare Flecken auf. Sie hatte sich nicht die Mühe gemacht, sich umzuziehen. Denn im Grunde genommen war's ihr im Moment egal, was andere von ihr dachten.

Sie ging los, passierte geparkte Autos, starrte auf den Gehsteig. Es war erstaunlich, wie viele Dinge innerhalb der letzten Woche geschehen waren. Sie konnte noch immer nicht glauben, was ihr die Polizisten zu vermitteln versucht hatten. Der Abschiedsbrief war nicht von Patrick. Ihr erschien es, als wäre der bullige Ermittler stolz darauf gewesen, zu welchen Erkenntnissen sein Kollege gekommen war. Endlich konnten sie mit Sicherheit behaupten, dass es einen Mittäter gab. Doch wem nutzte das? Ihr bestimmt nicht.

Nachdem die Polizisten gegangen waren, wollte sie gleich Hanna anrufen, sie bitten, zu ihr zu kommen. Doch bei ihrem letzten Telefonat hatte sich ihre Tochter furchtbar darüber aufgeregt, dass jemand gegenüber dieser Journalistin behauptet hatte, ihr Vater sei kriminell gewesen.

»Du weißt doch, wie die Leute sind. Sie reden, und wenn es nichts Konkretes gibt, dann erfinden sie Geschichten, um sich wichtigzumachen«, hatte Maria resigniert geantwortet. Sie waren zum Mittelpunkt böser Lügengeschichten geworden, damit hatte sie gerechnet. Am liebsten hätte sie hinzugefügt, dass diese Pressefritzen die schlimmsten Lügner waren und sie Hanna vor diesem vermaledeiten Interview für den *Wiener Boten* gewarnt hatte. Es ging niemanden etwas an, warum Patrick diese Tat begangen hatte. Nur die eigene Familie.

Nein, sie schaffte es nicht, Hanna die nächste Hiobsbotschaft mitzuteilen. Zudem keimte immer noch der furchtbare Gedanke eines Verdachts in ihr, Konrad habe den Abschiedsbrief in den Kasten gelegt. Ihr Schwiegersohn hatte mit seiner Meinung über Patricks Eigenbrötelei nie hinterm Berg gehalten und war auch nicht zimperlich mit ihm umgegangen. Die beiden hatten sich öfter heftig gestritten. Auch wenn es keinen Sinn ergab, der Gedanke ließ sich nicht verdrängen.

Sie lief am Badeteich vorbei. Am Ende der Straße bog sie in die Quadenstraße und kurz darauf in die Kartouschgasse ein. Ihr Instinkt führte sie zum Bahnhof Hirschstetten. Dort kaufte sie ein Ticket und stieg in die nächste Marchegger Bahn, die einfuhr. Ihr Ziel war der Bahnhof Simmering. Mit etwas Glück war Otto bereits zu Hause. Ansonsten würde sie sich auf eine Bank setzen und auf ihn warten. Sie wollte die Nacht nicht allein verbringen, brauchte seinen Beistand. Maria hoffte, dass er nicht böse auf sie sein würde, wenn sie unangekündigt bei ihm auftauchte. Sie umklammerte krampfhaft die Handtasche auf ihrem Schoß.

Die Wohnung lag in der Gottschalkgasse. Vom Simmeringer Bahnhof waren es noch gute zehn Minuten zu Fuß. Die Haustür stand einen Spalt weit offen. Jemand hatte einen Holzkeil zwischen Tür und Rahmen gesteckt. Maria betrat das Stiegenhaus, drückte den Lichtschalter und stieg Stockwerk für Stockwerk hoch, las die Namensschilder. Sie wusste nicht genau, in welcher Etage Ottos Wohnung lag. Ein komisches Gefühl. Immerhin teilte sie mit diesem Mann ihr Leben.

Im dritten Stock traf sie auf eine Klingel ohne Namensetikett. Konnte sie hier richtig sein? Sie drückte den Knopf, hörte einen dumpfen Gong in der Wohnung. Gleich darauf Schritte.

Lass es Otto sein, betete sie stumm. Sie hatte keine Lust, einer fremden Person den Grund des Läutens zu erklären.

Die Tür ging auf. Sie brauchte einen kurzen Augenblick, um zu begreifen.

»Jimmy?«

Sein Haar war feucht. Er roch nach Duschgel, stand in Jeans, mit nacktem Oberkörper und barfuß vor ihr. Zum ersten Mal sah sie, wie muskulös sein Körper war.

»Maria?«, fragte er überrascht.

»Ich wollte zu Otto.«

Das Licht im Stiegenhaus ging aus.

»Der ist nicht da.«

»Was tust du hier?«

»Ich wohne hier.«

Sie begriff nicht.

»Komm doch rein!« Jimmy sprach leiser, als sie das in Erinnerung hatte.

»Ich will dir keine Umstände machen.«

»Machst du nicht.«

Maria schloss kurz die Augen, dann gab sie sich einen Ruck und betrat die Wohnung. Wenn der Zufall sie schon einmal zusammengeführt hatte, konnte sie genauso gut mit Jimmy reden. Vielleicht war eine Aussprache zwischen ihnen längst fällig. Jimmy wandte sich um. Sie bemerkte eine Tätowierung auf seiner Schulter.

»Das ist ein Totenkopf«, sagte sie.

»Was?«

»Dein Tattoo.«

»Ja. Und?«

»Patrick hatte einen in der Gruft dabei.«

»Hab ich gehört.« Es schien ihn wenig zu beeindrucken.

27

David hatte Sarah nachdenklich beim Schreiben zugesehen.

»Angenommen, deine These mit dem vertauschten Mord stimmt. Wen hätte Patrick ermorden lassen?«

Sarah zuckte mit den Achseln. »Keine Ahnung! Seine Mutter?«, schlug sie spontan vor.

»Die hat Patrick doch über alles geliebt«, entgegnete David.

»Übertriebene Liebe engt auf Dauer ein und schnürt dir die Luft zum Atmen ab«, hielt Sarah dagegen.

»Ist sie außer Gefahr? Was denkst du? Immerhin hat der vermeintliche Komplize die zweite Waffe.«

»Ich weiß ja nicht einmal, ob sie das zweite Ziel gewesen wäre.«

»Du solltest Martin anrufen und ihm von diesem Skull erzählen. Vielleicht kann er etwas damit anfangen.«

»Das wollte ich sowieso. Inzwischen dürfte er sich auch die Aufzeichnungen von Patrick Baldauf über Graumann angesehen haben. Aber vorher will ich wissen, was dir der Branddirektor erzählt hat.« Ihr Blick streifte Patricias Arbeitsbereich. Ein Zettel lag auf dem Schreibtisch ihrer Kollegin. Täuschte sie sich, oder stand da ihr Name drauf?

»Ich mach es kurz, Sarah. Es gibt keinen Otto Sagen bei der Feuerwehr.«

»Klar, der hat vor acht Jahren gekündigt.« Sie erhob sich, beugte sich über den Tisch, schnappte nach dem Zettel auf Patricias Tisch und ließ sich wieder auf ihren Stuhl fallen. Tatsächlich, der war für sie.

»Das meine ich nicht. Otto Sagen hat nie bei der Feuerwehr in Wien gearbeitet.«

Sarah sah ihn überrascht an. Jetzt hatte er ihre volle Aufmerksamkeit. »Was soll das heißen?«

»Der war weder bei dem Brand in der Hofburg dabei, noch gab es zu besagter Zeit einen Hausbrand in der Hütteldorfer Straße.«

»Was heißt das?«

»Der Kerl hat dich angelogen.«

»Aber das hat er doch der ganzen Familie erzählt.«

»Dann hat er die auch belogen.«

»Woher kannte er dann so viele Details?«

David zog Sarahs Computertastatur zu sich und rief das Zeitungsarchiv auf. Auf dem Bildschirm erschien ein Artikel über den Großbrand in der Hofburg. »Die Details inklusive Ablauf erfährst du aus der Zeitung.« Er schob die Tastatur wieder zurück.

»Verdammt«, fluchte sie und begann zu lesen. Tatsächlich. Da stand alles haargenau. Selbst um welche Uhrzeit der Brandmelder aus einer Dolmetschkabine neben dem Redoutensaal angeschlagen hatte, ließ sich dem Artikel entnehmen. Warum war sie bloß selbst nicht darauf gekommen? Sagens trauriger Blick, sein sympathisches Auftreten und die aufgesetzte Kompetenz hatten sie keine Sekunde an der Geschichte zweifeln lassen. Ihre erste Begegnung fiel ihr wieder ein. Er hatte ihr vorgeschlagen, sich mit den Gefühlen der Mutter des Täters auseinanderzusetzen. Hatte er versucht, sie zu manipulieren? Es war ihm offenbar gelungen.

»Was ist nur mit dieser Familie los? Der Sohn ballert in der Gruft herum, die Schwester möchte mich glauben lassen, dass das alles nur an seiner nicht vorhandenen Erziehung liegt, die Mutter bleibt unsichtbar, und ihr Lebensgefährte macht auf verständnisvoll.«

»Sagtest du nicht, Otto Sagen wollte Patrick wieder auf den rechten Weg bringen?«

»Mit Lügen?«

»Vielleicht war es zu Beginn nur eine kleine Lüge. Er lernt Maria Baldauf kennen, verliebt sich, will ihr imponieren und erfindet die eine oder andere Geschichte. Im Laufe der Zeit wird aus ein bisschen Flunkern mehr und mehr. Auf einmal ist da eine fette, große Lüge, und Otto Sagen findet nicht mehr raus aus der Nummer. Er ist plötzlich der Held, der er nie war … und er kann einfach nicht die Wahrheit sagen, weil er Angst hat, alles zu verlieren. Und weil solche heroischen Behauptungen kaum jemand nachprüft … nicht mal du …«

»Du verteidigst ihn noch?«, unterbrach Sarah ungehalten.

»Nein, das mache ich nicht. Ich versuche, eine logische Erklärung zu finden.«

»Du hast mich doch auch nie belogen, nur um mir zu imponieren.«

»Es ist aber auch schwer, dir zu imponieren.« David zwinkerte ihr zu. »Außerdem wusstest du genau, wer ich bin, als wir uns kennengelernt haben. Was hätte ich dir also erzählen sollen?«

»Dass du in jungen Jahren eine Katze vom Dach eines Hochhauses gerettet hast«, witzelte Sarah und fasste ihre inzwischen wieder trockenen Haare mit dem Band zusammen. Eine Geste, die hohe Konzentration verhieß.

»Was hältst du davon, wenn ich uns was beim Inder bestelle? So wie's ausschaut, sitzen wir noch länger hier, und ich habe Hunger.«

Sarah schenkte ihm ein dankbares Lächeln. »Verdammt gute Idee.« Ihr knurrte ebenfalls der Magen.

David griff zum Telefon und bestellte zwei Mal die Empfehlung des Küchenchefs: Samosa und Alu Gobhi.

Sarah las derweil Patricias Notiz. »Langsam verstehe ich gar nichts mehr.« Sie reichte den Zettel an David weiter. »Ich hab Patricia gebeten, mir Otto Sagens Handynummer zu organisieren. Und das ist dabei rausgekommen«, klärte sie David auf. »Otto Sagen war nicht nur nicht bei der Feuerwehr, er arbeitet auch nicht für die Firma Susal.«

»Ein paar ›nicht‹ zu viel, findest du nicht auch?«

»Ich finde das langsam nicht mehr lustig. Der Kerl lügt, sobald er den Mund aufmacht. Erst das mit der angeblich kriminellen Vergangenheit von Patricks Vater, dann die Feuerwehr und jetzt das!«

»Dann ist er wohl ein notorischer Lügner. Es gibt meines Wissens sogar einen Fachausdruck dafür. *Pseudologia phantastica*, auch Münchhausen-Syndrom genannt. Pseudologen können gar nicht anders, als Geschichten zu erfinden. Sie steigern sich oft selbst so in ihr Lügenkonstrukt hinein, dass sie selbst glauben, was sie erzählen.«

Sarah hob anerkennend die Augenbrauen. »Sagen hat behauptet, dass Patrick einer gewesen wäre.«

»Auch das ist typisch für zwanghafte Lügner. In Sagens

Fall würde ich von einer sogenannten Geltungslüge reden. Sie dient dazu, Menschen zu beeindrucken und das Bedürfnis nach Anerkennung zu stillen.«

Sarah erzählte David von Patricks Behauptung als Schüler, sein Vater sei Feuerwehrmann gewesen und bei einem Brand ums Leben gekommen. »Damals meinte seine Lehrerin ebenfalls, Patrick sei ein Lügner.«

»Bist du dir ganz sicher, dass diese Frau Lehrerin war?«, entgegnete David bissig. »Ich fahr jetzt unser Essen abholen. Wenn ich zurückkomme, lass uns mal alles, was du über diesen Sagen hast, zusammenfassen.« David stand auf. »Und ruf endlich Stein an! Die Story über den Waffendeal am Gumpendorfer Gürtel geht noch heute Nacht online. Ich informier jetzt gleich die Spätschicht, dass der Bericht in einer Stunde kommt. Schaffst du das?«

Sarah nickte.

»Übermorgen steht's dann im *Wiener Boten*. Sag das Stein. Vielleicht meldet sich jemand, der Skull kennt«, sagte David auf dem Weg zur Tür. Er hielt in der Bewegung inne. »Warum hat der Waffendealer eigentlich mit dir über seine Geschäfte gesprochen?«

Sarah zuckte mit den Achseln. »Er hat einen Narren an Stepan gefressen. Außerdem kann er es nicht leiden, wenn Drogendealer Waffen verkaufen. Das ist schlecht fürs Geschäft. Ein Artikel darüber käme einer indirekten Warnung gleich«, sagte Sarah. In dem Moment kam ihr ein anderer Gedanke. »Was, wenn wir in eine völlig falsche Richtung denken? Vielleicht sollte Otto Sagen das zweite Mordopfer sein.«

»Das Motiv?«

»Da fallen mir gleich zwei ein. Patrick wusste, dass

Otto seine Mutter belügt, und hat ihn zur Rede gestellt.«

»In dem Fall hätte er sich garantiert nicht auf die Sache in der Gruft eingelassen«, widersprach David.

»Stimmt. Dann bleibt noch Eifersucht. Immerhin steht Otto zwischen Patrick und seiner Mutter, oder anders formuliert: Otto hat ihm seine Mutter weggenommen.«

28

Die Garconnière war unordentlich, der Parkettboden voller Staubflusen. Hier hatte schon länger keiner mehr sauber gemacht. In dem Wohn-Schlaf-Raum quoll Musik aus einer alten Anlage. Jimmy stellte die Musik aus. »Setz dich!« Er zeigte auf einen Stuhl neben einem schmalen Tisch. Darauf lagen ein Feuerzeug und Zigaretten. »Ich mach uns Kaffee.« Er wechselte in den Nebenraum. Durch die offene Tür sah Maria ihn in der Küche hantieren. Neben dem Spülbecken lag ein T-Shirt. Jimmy streifte es sich über.

»Hatte er die Totenköpfe von dir?«, fragte sie.

»Nein«, sagte er um eine Spur zu eindringlich.

Jimmy kam mit zwei Tassen in der Hand zurück. »Ich hoffe, du magst Instantkaffee. Was anderes hab ich nicht da.«

Maria nickte. Sie würde den Kaffee so oder so nicht trinken.

»Warum glaubst du eigentlich, dass Otto hier wohnt?«

»Weil er mir das gesagt hat.«

»Er wohnt definitiv nicht hier. Warum hat er das behauptet?«

Darauf wusste Maria keine Antwort.

»Es tut mir so leid«, sagte Jimmy. Er presste die Lippen aufeinander. Offenbar kämpfte er mit den Tränen. Erst jetzt erkannte sie seine Niedergeschlagenheit, die traurigen Augen, den strengen Zug um seine Lippen. Ausgerechnet Jimmy, dem sie Empathie nicht zugetraut hatte, trauerte offen um Patrick.

»Danke.« Nun nippte sie doch am Kaffee und schwieg eine Weile. Der Totenschädel auf Jimmys Schulter, hatte der etwas zu bedeuten?

»Ich weiß, was ihr über mich denkt«, unterbrach Jimmy die Stille.

»Wie meinst du das?«

»Ihr glaubt, dass ich ein schlechter Umgang für Patrick bin … war«, verbesserte er sich.

Maria antwortete nicht. Jimmy hatte recht. Und um ehrlich zu sein, war sie noch immer dieser Meinung. Sie hatte jedoch nicht damit gerechnet, dass es ihn überhaupt juckte, welche Meinung sie von ihm hatte.

»Die Polizei hat mich vernommen.«

»Sie haben mit allen geredet, die Patrick nahestanden«, tat Maria die Einvernahme ab.

»Mich haben sie aber konkret gefragt, ob ich etwas damit zu tun habe. Ich glaube, Konrad hat behauptet, dass ich in die Sache verwickelt bin.«

»Warum solltest du? Und warum sollte Konrad so etwas tun?«, fragte sie, obwohl auch ihr schon der Gedanke gekommen war. Seine augenscheinliche Trauer um Patrick sprach ihn jedenfalls nicht von diesem Verdacht frei. Vielleicht hatte Jimmy den Abschiedsbrief geschrieben und in den Kasten gelegt.

»Ich stand vor eurem Haus, als die Polizei es durchsucht hat.«

»Vor unserem Haus? Weshalb?«

»Weil ich Patrick abholen wollte. Wir waren für drei Uhr verabredet.«

»Was ist mit den Totenschädeln?«, fragte sie.

»Was soll damit sein?«

»Warum hatte Patrick die?«

»Keine Ahnung. Ich wusste nicht, dass er welche hat. Ich hab die nie bei ihm gesehen.«

Maria schüttelte den Kopf. »Warum ist Patrick vor dem Vorstellungsgespräch in die Gruft? Warum hat er das getan?«, brach die immer wiederkehrende Frage erneut aus ihr heraus.

»Das hab ich Otto auch gefragt.«

»Du hast mit Otto darüber geredet? Wann?«

Jimmy dachte eine Weile nach. »Es muss am Mittwoch gewesen sein. Ja, gleich am nächsten Tag.« Jimmy zündete sich eine Zigarette an.

Maria überlegte. Am Mittwochnachmittag hatte Hanna mit Amelie bei ihr vorbeigesehen. Otto war arbeiten gewesen. Wahrscheinlich war er zwischen zwei Kundenterminen bei Jimmy vorbeigefahren.

»Was wollte er von dir? Und woher wusste er überhaupt, wo du wohnst?«

»Er hat mich vor längerer Zeit mal danach gefragt, und ich hab's ihm gesagt.«

»Und was wollte er am Mittwoch von dir?«

»Er hat mir was vorbeigebracht. Dachte, dass es mir gehört.« Er drückte die halb gerauchte Zigarette aus, erhob sich und ging zurück in die Küche. Sie hörte Geschirr klappern.

Jimmy kam mit einer dunklen Box zurück, überreichte sie Maria. »Weiß auch nicht, wie Otto auf die Idee kommt, dass das mir gehören könnte.«

Maria öffnete den Deckel und traute kurz ihren Augen nicht. In der Box lag eine Waffe. Ihr Herz blieb für einen Moment stehen. So sah also ein Mordinstrument aus.

»Ich hätte sie dir nach der Beerdigung gebracht.«

»Was ist das?«

»Eine Waffe.«

»Das sehe ich auch. Ich meine, was soll das?«

»Keine Ahnung. Otto meint, er habe sie in Patricks Humidor gefunden. Nimm sie wieder mit. Ich will sie nicht in der Wohnung haben.«

»In Patricks Humidor? Warum …« Sie brach ab. Die Schreckschusspistole, dachte sie.

»Ist die echt?«

»Ja, und sie ist geladen, also pass auf!«

Maria schloss die Box, ließ sie auf ihrem Schoß liegen und hatte plötzlich das Gefühl, dass ihre Oberschenkel brannten. Warum hatte Otto ihr nicht erzählt, dass er sie Jimmy gegeben hatte?

»Was ist mit der Waffe?«, fragte sie.

»Ich wusste nicht, dass Patrick eine besitzt.«

»Otto meinte, er habe sich eine Schreckschusspistole gekauft«, sagte sie.

»Das hier ist jedenfalls keine.« Jimmy zeigte auf die Box. »Das ist eine verfluchte 38er Special.«

»Mit so einer Waffe hat Patrick …« Sie verstummte.

»Genau, mit so einer Waffe hat Patrick geschossen«, vollendete er den Satz.

Sie saß eine Weile da, ohne zu sprechen. Es gab plötzlich so viele Fragen. Warum besaß Patrick zwei Waffen? Warum hat Otto die Waffe verschwinden lassen? Dachte er tatsächlich, es handle sich um die Schreckschusspistole? Wollte er nicht, dass sie bei der Hausdurchsuchung gefunden wurde? Zumindest das erschien ihr logisch. Immerhin wusste Otto, wo die Pistole versteckt lag. Sie überlegte, ob Otto vor der Hausdurchsuchung in Patricks Zimmer gewesen war. Sie konnte sich nicht erinnern.

Jimmy zündete sich die nächste Zigarette an, inhalierte tief und stieß den Rauch aus. »Du rauchst nicht, oder?«

Maria schüttelte den Kopf.

»Ich versteh einfach nicht, was in ihn gefahren ist«, sagte Jimmy dann. Er wirkte anders als in ihrer Wohnung, wenn er mit Patrick abhing. Kein selbstgefälliges Grinsen, kein arroganter Blick.

»Das wissen wir alle nicht.«

Jimmy trank den Kaffee in einem Zug aus, erhob sich und ging zurück in die Küche. »Was ich sagen will: Er wär ein guter Trainer geworden, ein verdammt guter Trainer«, hörte sie ihn durch die offene Küchentür. Er kam mit einer Flasche Rotwein und zwei Gläsern in der Hand zurück. »Ich hoffe, du magst Blaufränkischen, der hilft beim Reden und beim Vergessen.«

»Wieso Trainer?«

Jimmy schenkte ein, schob Maria ein Glas hin.

»Weil er sich zum Trainer ausbilden lassen wollte. In dem Fitnesscenter, in dem ich arbeite. Hat er dir das nicht gesagt?«

Maria nahm einen Schluck, kramte in ihren Erinnerungen. »Ich dachte, er stellt sich bei Susal vor. Otto hat ihm dort einen Termin verschafft.«

»Otto«, schnaubte Jimmy plötzlich verächtlich. »Sei mir bitte nicht bös, aber dein Otto verspricht viel, wenn der Tag lang ist.«

»Was soll das heißen?«, fragte sie empört.

»Immer wieder hat er Patrick vertröstet, wollte einen Termin bei seinem Chef organisieren. Daraus ist nur leider nie etwas geworden.«

»Er hat ihm doch diesen Termin bei Susal verschafft.«

»Wann hätte der sein sollen?«

»Am Dienstag um zwölf.«

»Davon weiß ich nichts.«

Maria kniff die Augen zusammen. Er belog sie, das konnte sie in seinen Augen erkennen. Sein Blick wanderte zu der offenen Tür, die in den Flur führte. Maria hatte dort eine verschlossene Tür gesehen, die vermutlich ins Badezimmer führte.

»Patrick hätte im Fitnesscenter arbeiten können. Er wollte am Dienstagnachmittag mit meinem Chef die letzten Details besprechen. Deshalb waren wir doch verabredet. Nächste Woche hätte er anfangen können.«

Nach dem zweiten Glas Rotwein tauchten Bilder vor ihrem inneren Auge auf. Patrick als Baby, in das sie völlig vernarrt war, weil sie nicht mehr damit gerechnet hatte, ein zweites Kind zu bekommen. Das Kleinkind, das weinte, weil ihn ein anderes Kind schikaniert hatte. Dann verwandelte sich das Kind in einen jungen Mann, der nicht mehr nach der Hand seiner Mutter griff, um die Welt zur Ordnung zu rufen. Sie liebte ihren Sohn, egal, was er getan hatte. Plötzlich sehnte sie sich nach Ruhe und einer heißen Badewanne. Und sie wollte endlich mit Otto reden. Er hatte sie noch immer nicht zurückgerufen.

»Warum war Patrick in der Gruft?«, versuchte sie es erneut. Jimmy musste ganz einfach etwas wissen. Mehr als sie. Die Hoffnung, die Tat ihres Sohnes zu begreifen, lebte noch in ihr. Sie sah dem Freund ihres Sohnes in die Augen.

»Ich denke, du fährst jetzt besser wieder nach Hause.«

Das Blut pochte in ihren Schläfen. Ein schrecklicher Gedanke kam ihr. Was, wenn dies doch Ottos Wohnung war und er tot hinter der verschlossenen Badezimmertür lag?

29

Sarah drückte die Sieben, Steins Kurzwahltaste auf ihrem Handy. David war unterwegs, um das bestellte Essen abzuholen. Während sie darauf wartete, dass der Chefinspektor abhob, rief sie im Internet die Seite der Wiener Friedhöfe auf. Stein meldete sich nach dem fünften Läuten. Er bedankte sich für die Aufzeichnungen.

»Wo hast du die her?«

»Seine Mutter hat sie gefunden.«

»Und warum hast du die?«

»Tja, vielleicht hast du ihr mit deiner charmanten Art Angst eingejagt«, antwortete sie und wechselte rasch das Thema. Sie fasste ihre aktuellen Rechercheergebnisse zusammen. Währenddessen rief sie auf der Website der Wiener Friedhöfe den Zentralfriedhof auf. Unter der Rubrik »Online Services« fand sie den Button »Verstorbenensuche«.

»Skull, wie Totenkopf?«, hakte Stein nach.

»Ja. Könnt ihr den ausfindig machen?« Sie tippte den Namen Jasmin Sagen und das Jahr der Bestattung in das Suchformular ein, schränkte die Suche aber nicht auf einen bestimmten Friedhof ein.

»Du hast tatsächlich einen Waffendealer getroffen«, stellte Stein vorwurfsvoll fest.

»Das war wichtig. Du siehst doch, wohin uns das geführt hat.«

»Uns? Sarah, noch einmal. Lass die Finger von solchen Leuten. Du bist keine Polizistin.«

»Und ich wär eine verdammt schlechte Journalistin, wenn ich immer auf dich hören würde. Und frag mich jetzt bloß nicht nach seinem Namen. Erstens hat er einen Decknamen benutzt, zweitens muss ich meine Informanten nicht preisgeben.«

»Ich gebe die Infos an die zuständigen Beamten weiter. Vielleicht sagt der Name Skull ja einem meiner Kollegen etwas. Sonst werden sie sich sicher umhören«, beendete Stein die Debatte, weil er wusste, dass sie zu nichts führte.

»Du lässt mich aber wissen, wenn es Neuigkeiten gibt.«

Stein lachte.

Sarahs Augen wanderten unterdessen über den Bildschirm. Sie verzog missmutig das Gesicht. Die Online-Suche ergab keinen Treffer. Auf keinem Wiener Friedhof lag eine Frau namens Jasmin Sagen. Das hatte Sarah nach dem, was sie inzwischen wusste, fast befürchtet.

Während sie sich im elektronischen Telefonbuch auf die Suche nach Otto Sagen machte, erzählte sie Stein von ihrer These mit dem vertauschten Mord. »Wenn ich recht habe, werdet ihr nie ein Motiv für die Tat in der Gruft finden.« Die Vermutung, dass Patrick dachte, eine Schreckschusspistole in der Hand zu halten, ließ sie unerwähnt. Stein hielt sich an Fakten, keine Hypothesen. Und Fakt war nun einmal, dass Baldauf zwei Menschen erschossen hatte.

Das elektronische Telefonbuch spuckte keinen Mann namens Otto Sagen aus. Hatte er womöglich eine Geheimnummer? Weshalb?

Stein räusperte sich. »Da ist noch etwas. Der Abschiedsbrief wurde mit hoher Wahrscheinlichkeit nicht von Patrick Baldauf geschrieben.« Er berichtete von dem Gutachten des Sprachprofilers.

»Das heißt, ihr sucht jetzt doch nach einem Mittäter?«, schlussfolgerte Sarah.

»Ja.«

Sarah erwähnte Hannas Vermutung bezüglich der Beschattung von Graumann. »Könnte also durchaus sein, dass auch die Aufzeichnungen nicht von Patrick stammen. Sie sind zu genau, meinte seine Schwester.«

»Ich lass sie überprüfen.«

»Dann lass auch gleich noch einmal diesen Jimmy überprüfen.«

Stein machte ein brummiges Geräusch, das Sarah als Zustimmung deutete, obwohl es genauso gut das Gegenteil bedeuten konnte.

»Kann ich im *Wiener Boten* berichten, dass ihr einen Mittäter sucht?«

»Ja. Aber erwähne auf gar keinen Fall die Sache mit dem Abschiedsbrief oder den Aufzeichnungen.«

»Das mit dem Waffenkauf am Gürtel wird aber noch heute in der Online-Ausgabe stehen.«

»Das ist dein gutes Recht, ist immerhin dein Rechercheergebnis. Aber kein Wort über den Brief.«

Sarah versprach es. »Habt ihr schon einen Verdacht, wer der Komplize ist?«

»Einen Verdacht haben wir immer.«

»Gibst du mir einen Hinweis?«

»Nein.«

»Mann, Frau, Tier?«

»Mensch.«

Nach zweimaligem Nachhaken gab Sarah sich geschlagen und brachte die Sprache auf Otto Sagen.

»Seine Familie anzulügen ist nicht strafbar«, erwiderte Stein, nachdem er ihr schweigend zugehört hatte.

»Ein Doppelleben zu führen aber sehr wohl?«

»Solange er nicht zwei Ehefrauen hat, kann er tun, was er will. Und meines Wissens sind Maria Baldauf und er nicht verheiratet.«

»Habt ihr ihn überprüft?«

»Er war gestern beruflich im Burgenland unterwegs«, sagte Stein. Sarahs Frage ließ er unbeantwortet.

»Fragt sich nur, für welche Firma er unterwegs gewesen ist und welchen Job dieser Mann erledigt.«

Stein lachte. »Hör ich da das Wort ›Auftragskiller‹ in deinem Kopf widerhallen?«

»Nein, auf so was wäre ich nie gekommen«, spielte sie die Empörte.

»Was denkst du dann?«

»Serienmörder«, lachte Sarah.

Sie verabredeten, sich bald wieder auf ein Bier im Panorama zu treffen, und verabschiedeten sich. In dem Moment schoss Sarah ein Gedanke durch den Kopf. Sie rief den Ordner mit den Fotos noch einmal auf. Aber diesmal klickte sie die Bilder vom Tag der Tat an. Simon hatte nicht nur Fotos von dem Geschehen vor der Gruft geschossen, sondern auch Schaulustige vor den Absperrbändern fotografiert.

»Wonach suchst du?«, hörte sie Davids Stimme. Er kam mit zwei Tellern mit Blätterteigtaschen und Karfiol mit Kartoffeln darauf durch die Tür. Das Besteck hielt er umständlich zwischen den Fingern. Sarah erhob sich und nahm es ihm aus der Hand. David stellte die Teller auf ihrem Schreibtisch ab. Sie setzten sich.

»Ich suche nach Jimmy. Sein Gesicht kenne ich von Facebook. Falls er nahe der Gruft stand und Simon ihn zufällig fotografiert hat, werde ich ihn finden.«

»Ich wiederhole mich ungern, wir zahlen kein Geld für Interviews«, betonte David. »Und die Ermittlungen überlässt du bitte Stein. Du berichtest darüber, du ermittelst nicht. Bitte!«

Sarah zog eine Grimasse.

David wertete es offenbar als Bereitschaft Sarahs, sich an die Anweisung zu halten, denn er beließ es bei der Bemerkung. »Und was, wenn er nicht unter den Schaulustigen steht?«

»Dann such ich nach jemandem, der anders schaut als die anderen. Jemand, der sich vergewissern will, dass alles nach Plan läuft.«

Sie begannen zu essen. Erst jetzt fiel Sarah auf, dass ihr Hunger noch größer war als gedacht.

»Wie willst du das auf einem Foto erkennen?«, fragte David und schob sich ein Stück Kartoffel in den Mund.

»Augen und Mimik verraten mehr, als du denkst.« Sarah biss von der Blätterteigtasche ab, klickte zum nächsten Foto.

In dem Moment sah sie, womit sie nicht gerechnet hatte. Sie schluckte und tippte mit der Gabel in der Hand Richtung Bildschirm. »So erkenne ich das.«

30

Isabella Schönegg-Bach öffnete die Tür ihres Büros. Nachdem sie den anderen von dem Telefonat berichtet hatte, überkam sie plötzlich das Gefühl, in den nächsten Minuten zusammenzubrechen. Sie musste raus, allein sein. Nicht nur, dass ihre Schwester einen sinnlosen Tod gestorben war, auch ihre scheinbar unantastbare Berufswelt brach auseinander. Und damit auch das vermeintlich gute Verhältnis zu ihrer Tochter und ihrem Neffen. Das reichte fürs Erste. Sie öffnete das Fenster, starrte in die warme Sommernacht, atmete tief durch. Trotz der hohen Temperatur fröstelte sie. Sie zog ihre Kostümjacke enger um die Schultern. Warum nur hatte Christa sie verlassen müssen? Jeder verdammte Streit mit ihr wäre besser gewesen als ihr Tod. In Gedanken verfluchte sie den Täter, wünschte ihn zur Hölle. Ein Geräusch in ihrem Rücken verriet, dass sich die Tür zum Büro öffnete.

»Mama!«

Isabella Schönegg-Bach wandte sich um, lehnte sich gegen die Fensterbank und sah ihre Tochter stumm an. Melanie blieb unsicher in der offenen Tür stehen. Das schlechte Gewissen stand ihr im Gesicht geschrieben.

»Es tut mir leid, dass das alles so gelaufen ist.« Sie presste die Lippen aufeinander, gab sich einen Ruck und kam auf sie zu. Noch ehe Isabella antworten konnte, umarmte ihre Tochter sie fest. Das vertraute Gefühl der engen Mutter-Tochter-Beziehung kam mit einem Schlag zurück. Isabella konnte nicht anders, auch sie schlang ihre Arme um ihre Tochter.

»Habt ihr so wenig Vertrauen zu mir?«, flüsterte sie.

Robert tauchte im Türrahmen auf. Isabella und Melanie lösten sich voneinander. Isabella legte die Stirn in Falten.

»Ich glaub, wir sind dir eine Erklärung schuldig, Tante Isabella.«

Da war sie ausnahmsweise einmal mit ihm einer Meinung. Sie deutete auf die Sitzgarnitur und spürte, wie sich ihre Stirnfalten glätteten. Melanie und Robert nahmen nebeneinander auf dem Sofa Platz. Isabella setzte sich auf den Sessel.

»Dann schießt los! Und fangt ruhig ganz am Anfang an, ich habe heute nichts mehr vor.« Sie lehnte sich zurück. Wenn sie lange genug einfach nur schweigend dasäße und zuhörte, würde sie die ganze Geschichte erfahren, war sich Isabella sicher. Und sie würde möglicherweise begreifen, was bis jetzt im Nebel lag. Melanie und Robert begannen zu sprechen. Abwechselnd. Schnell, dann stockend. In der nächsten Stunde erfuhr Isabella, was sich im letzten Jahr hinter ihrem Rücken abgespielt hatte. Melanie und Robert hatten zwischen Italien und England ihre erste gemeinsame Kollektion entworfen.

»Als wir Tante Christa die ersten Entwürfe gezeigt haben, waren wir extrem nervös«, erklärte Melanie.

»Mama hat's gefallen. Sie fand die Idee einer eigenen Schönegg-Kollektion gut, und sie hat uns motiviert dranzubleiben. Natürlich hat sie uns Tipps gegeben, und so ist dann eines zum anderen gekommen.«

Isabella lag die Frage auf der Zunge, weshalb Melanie die Entwürfe nicht ihr gezeigt hatte. Sie konnte sich die Antwort jedoch ausmalen. Die Kollektion gefiel ihr nicht, das wussten die drei von Beginn an. Sie nicht einzubinden ersparte Ärger und Diskussionen. Isabella mahnte sich zur Geduld und schwieg. Und so erfuhr sie von den geheimen Treffen, Telefonaten und schließlich dem Fotoshooting, das in Mailand stattfand.

»Meine Mutter war von unserem Erfolg überzeugt und meinte, das würde dich milde stimmen. Sie wollte modebewusste Promis finden, die unsere Mode tragen sollten. Das Prinzip brauchen wir dir ja nicht zu erklären«, sagte Robert.

»Hat sie da an bestimmte Promis gedacht?«

Melanie nannte die Namen von zwei Schauspielerinnen, die zurzeit in fast jedem Film zu sehen waren. Isabella nickte anerkennend. Die PR war durchdacht. Begehrte Berühmtheiten waren gute Werbebotschafter. Weniger hätte sie von ihrer Schwester auch nicht erwartet.

»Ihr beide seid also Rome«, murmelte Isabella, als begriffe sie erst jetzt, wer hinter dem Decknamen steckte.

»Modewelt Schönegg wird auch weiterhin jene Designer vermarkten, deren Kollektionen bisher verkauft wurden. Daran werde ich nicht rütteln, Tante Isabella. Melanie und ich versuchen, mit der neuen Kollektion neue Kunden zu gewinnen. Gelingt uns das innerhalb der, sagen wir, nächsten vier Jahre nicht, lassen wir's. So gesehen bleibt fast alles beim Alten«, beendete Robert den Vortrag.

Vier Jahre musste sie also mit diesem Schrott leben. Denn daran, dass die Modelinie ein Erfolg würde, konnte sie noch immer nicht glauben.

»Wir könnten in den Filialen optisch total konträre Bereiche schaffen. Damit sehen unsere Stammkunden gleich auf den ersten Blick, dass diese neue Kollektion nichts mit dem bisherigen Style von Modewelt Schönegg zu tun hat«, schlug Melanie vor.

Isabella Schönegg-Bach schwieg und dachte nach.

»Mama, bitte!«, bettelte Melanie nach einer Weile. »Lass es uns wenigstens versuchen.«

»Du hast vorhin von Angeboten anderer Modehäuser gesprochen. Welche sind das?«

Melanie wechselte einen raschen Blick mit ihrem Cousin, zählte dann vier Modehäuser auf. »Die würden unsere Kollektion sofort integrieren.«

Isabella Schönegg-Bach hielt einen kurzen Moment die Luft an. Zwei der Häuser waren ihr gleichgültig, die zwei anderen aber gehörten zu den Marktführern. Eines hatte seine Zentrale in Italien, das andere gehörte zu einer französischen Kaufhauskette. Es käme einem Skandal gleich, wenn die jungen Schöneggs ihre Mode dort anböten. Die Presse würde sich auf sie stürzen, von einem Zerfall des Familienunternehmens schwadronieren. Verdammt, sie hatte keine Wahl. Außerdem schien die Konkurrenz an den Erfolg der Jungdesigner zu glauben.

»Vier Jahre, sagt ihr.«

In Melanies Augen blitzte es auf. Sie wusste, dass sie sie an der Angel hatten. Ihre Tochter konnte sich ein wissendes Grinsen nicht verkneifen. »Heißt das, wir sind im Geschäft?«

So fühlte es sich also an, wenn die Jugend langsam das Ruder in die Hand nehmen wollte. Aber noch war es nicht so weit. Noch war sie die Chefin. Das würden die beiden schon noch zu spüren bekommen, auch wenn sie jetzt nachgab. Isabella Schönegg-Bach lächelte milde.

»Ich will aber die Pressemeldung sehen, bevor sie rausgeht.«

31

Sarah vergrößerte den Bildausschnitt und erkannte eindeutig Otto Sagen. Er stand im gläsernen Eingangsbereich des Fünfsternehotels am Neuen Markt und starrte auf den Eingang der Kaisergruft auf der gegenüberliegenden Seite. Sie rief mit der rechten Maustaste die Eigenschaften des Fotos auf, um die Entstehungszeit der Aufnahme ablesen zu können.

»Erster August, halb zwölf«, las sie laut vor und überlegte, was Sagen um diese Zeit dort zu suchen hatte. »Laut Hanna war er am Dienstagvormittag unterwegs nach Fischamend.«

»Eine neuerliche Lüge«, mutmaßte David.

»Kann es sein …« Sarah schüttelte den Kopf.

»Dass er den Notruf abgesetzt hat?«, führte David ihren Gedanken zu Ende.

»Warum? Wollte er die Tat verhindern? Das würde voraussetzen, dass er davon wusste.«

»Oder er ist Patricks Komplize«, schlug David vor.

»Unmöglich. Der Kerl ist … also irgendwie viel zu nett. Er sorgt sich um seine Lieben, der plant doch nicht mit dem Sohn seiner Lebensgefährtin ein Verbrechen.«

David runzelte die Stirn. »Echt jetzt, Sarah? Weil er nett ist, kann er nicht zu den Bösen gehören? Galt nicht auch Henry Howard Holmes als netter Typ, der Serienkiller, der Ende des neunzehnten Jahrhunderts in

Chicago das Hotel des Todes baute? Angeblich haben bei seiner Hinrichtung sogar die Wärter geweint, so nett war der. Und doch hat er in seinem Hotel etliche Menschen grausam ermordet.«

»Ich hab dich schon verstanden«, sagte Sarah und vertilgte dann stumm den Rest ihrer Mahlzeit. Danach erhob sie sich und begann, leere Zettel auf einen der unbenutzten Schreibtische zu legen. Auf jedes Blatt schrieb sie ein bestimmtes Wort.

»Was hast du vor?«, fragte David.

»Was du vorgeschlagen hast: Otto Sagens Lügengeschichten sortieren.« Sie ging auf und ab, dachte nach, schrieb das nächste Wort auf. Sie kniff die Augen zusammen, suchte in ihrem Kopf nach Antworten auf Fragen, die sich ihr zum Teil erst jetzt stellten. Führte Sagen ein Doppelleben? Steckten Patrick und er unter einer Decke? Oder wollte er den Sohn seiner Lebensgefährtin aus dem Weg haben? So ging das eine ganze Weile. David sah ihr schweigend dabei zu.

»Und jetzt lädst du Martin auf einen Cognac ein«, sagte Sarah, während sie zufrieden auf ihre Zettelsammlung blickte.

Dreißig Minuten später saß der Chefermittler bei ihnen im Büro.

»Ich hab eigentlich Feierabend«, brummte er.

»Das ist doch für dich ein Fremdwort«, sagte Sarah. »Außerdem ist das hier eine Einladung von Freunden.«

David drückte dem Chefinspektor ein Glas Cognac in die Hand.

»Ist es so schlimm?«, lachte Stein und nahm das Glas entgegen.

David grinste.

»Es ist ein wenig kompliziert«, begann Sarah.

»Das ist es bei dir doch immer«, merkte Stein schmunzelnd an. »Ich bin auch nur wegen dem Gesöff hier gekommen, und solange David mir nachschenkt, hör ich dir zu.« Er nippte am Glas. »Du hast die Zettel diesmal gar nicht an die Wand geheftet?«, spielte er auf Sarahs übliche Arbeitsweise an.

»Wart's ab«, entgegnete Sarah. »Hanna hat mir bei unserem ersten Treffen von Patricks und Ottos Gemeinsamkeiten erzählt. Das hat sie von Beginn an zu Freunden gemacht.« Sie nahm das erste Blatt zur Hand, heftete einen Klebestreifen dran und hängte es an die Wand. Dann sah sie Stein an und zwinkerte ihm zu.

»Erstens, Otto war Feuerwehrmann.« Sie tippte auf das Wort auf dem Zettel. »Das war Patricks Kindheitstraum. Er hat als Achtjähriger einem seiner Mitschüler erzählt, sein Vater sei Feuerwehrmann gewesen und bei einem Brand ums Leben gekommen. Nur dass das alles nicht stimmt. Otto Sagen hat angeblich seine Frau bei einem Brand verloren. Die zweite Gemeinsamkeit, die sie verband«, sagte Sarah und klebte den nächsten Zettel an die Wand. Darauf hatte sie das Wort »Brandtote« geschrieben. Sie fügte den Namen Jasmin Sagen und jenen von Patricks Vater hinzu.

»Tatsache ist, dass Otto keine Frau hatte, die bei einem Brand ums Leben kam, und Patricks Vater in Wahrheit an Krebs starb«, merkte David zum besseren Verständnis für Stein an.

»Patrick und seine Familie dachten aber, dass Otto wie sie ein Familienmitglied verloren hatte. So ein

Schicksalsschlag verbindet. Nur dass Otto Sagen diese Geschichte erfunden hat«, ergänzte Sarah.

»Ich hab's begriffen«, sagte Stein und nippte am Glas. »Er hat sich Dinge ausgedacht, um ein gutes Verhältnis zum Sohn seiner Freundin aufzubauen. Das ist strafrechtlich nicht relevant«, betonte Stein. Ihn interessierten familiäre Probleme einen Dreck, solange niemand zu Tode kam.

»Maria Baldauf und Otto Sagen haben sich am Friedhof kennengelernt«, fuhr Sarah dennoch unbeirrt fort. »Möglicherweise eine Masche.«

»Du denkst, er ist ein Betrüger und hat diese Methode schon öfter angewandt?«, schlussfolgerte Stein, nun doch ein klein wenig interessiert.

»Keine Ahnung. Diesmal ist es jedenfalls so gelaufen. Kann auch reiner Zufall gewesen sein. David ist der Meinung, dass Otto Sagen Maria Baldauf imponieren wollte, deswegen ein wenig geflunkert hat, und schwupps, ehe er sichs versah, verwandelte er sich in Baron Münchhausen.«

»Sagst du mir auch irgendwann, worauf du genau hinauswillst, Sarah?«, fragte Stein. »Und am besten noch, bevor ich besoffen unter dem Tisch liege, weil David mir ständig nachschenkt.«

»Davids Bemerkung über krankhafte Lügner hat mir den letzten Impuls gegeben, um die losen Enden meiner Recherche zusammenzuführen.«

David hob leicht angeschickert sein Glas in die Luft. »Hört! Hört!«

»Ich glaube, Otto Sagen wusste, was Patrick vorhatte. Und ich lehn mich jetzt ganz weit aus dem Fenster: Er hat den Notruf getätigt.«

»Weil er die Tat verhindern wollte?«, fragte Stein stirnrunzelnd.

»Entweder das, oder er wollte genau das erreichen, was er erreicht hat. Patrick sollte durchdrehen und bei der Aktion sterben. Das würde auch den gefälschten Abschiedsbrief erklären.«

Stein dachte eine Weile schweigend nach. »Du denkst, Sagen könnte Baldauf manipuliert haben?«, fragte er schließlich und stellte das Glas ab. Sarah hatte nun seine volle Aufmerksamkeit.

»Ich bin mir sicher, du kennst die goldenen Regeln der Manipulation«, sagte Sarah und begann an den Fingern abzuzählen. »Gemeinsamkeiten finden, sympathisch sein, Ehrlichkeit vortäuschen. Diese Tricks wenden sogar Versicherungsvertreter und Autoverkäufer an.«

»Fehlt nur noch, dass Sagen bei dem Burschen Schuldgefühle erzeugt hat«, sagte Stein.

»Auch das hat Otto Sagen erreicht, hat mir jedenfalls Hanna erzählt. Von Sagen nahm Patrick laut seiner Schwester Ratschläge an. Sie meinte, ihr Bruder habe sogar eigene positive Ideen entwickelt.«

»Und wenn du bei jemandem etwas erreichen willst, lass ihn am besten denken, es sei seine Idee«, setzte Stein Sarahs Gedankengang fort.

»Genau. Zudem meinte die Psychologin, mit der ich telefoniert habe, dass sie bei Patrick ein geringes Selbstbewusstsein vermutet. Und wie wir wissen, lassen sich Menschen mit geringem Selbstbewusstsein leichter manipulieren.«

»Das ist jetzt aber eine andere These als jene mit dem vertauschten Mord«, merkte David nachdenklich an.

Sarah zog die Nase kraus. »Ja und nein. Es gab zwar keinen vertauschten Mord, dennoch hat mich diese Idee in eine bestimmte Richtung geführt. Nur dass eben nicht Jimmy, sondern Otto Sagen dafür gesorgt hat, dass Patrick jemanden tötet, der, so vermute ich, ihm geschadet hat, nämlich Volker Graumann. Ich werde morgen früh den Geschäftsführer des Logistikzentrums noch einmal nach dem Namen des Mitarbeiters fragen, der die Medikamente gestohlen hat. Und ich trau mich hier und jetzt mit euch beiden zu wetten, er heißt nicht, wie ich dachte, Jimmy Soundso, sondern Otto Sagen.«

»Otto Sagen ist Gelegenheitsarbeiter und wohnt bei seiner Mutter in Speising«, sagte Stein auf einmal. »Sie hat ihn jedoch seit Wochen nicht mehr gesehen, dachte, er arbeitet irgendwo außerhalb Wiens.«

»Das heißt, ihr habt ihn überprüft.«

»Wir überprüfen immer routinemäßig das nähere Umfeld eines Täters. Das schließt den Lebensgefährten der Mutter ein. Das solltest du inzwischen wissen, Sarah«, sagte Stein mit einem Grinsen im Gesicht. »Doch haben sich keine konkreten Verdachtsmomente gegen Sagen ergeben. Und den Geschäftsführer rufe ich an. Er wird sich nämlich hüten, einer Journalistin den Namen eines fristlos entlassenen Mitarbeiters zu nennen. Das kann ihn bekanntlich den Job kosten.«

»Und dann rufst du mich sofort an und sagst mir, ob ich recht hatte«, bat Sarah.

Stein nickte.

»Den Artikel schreib ich gleich, und sobald Martin mir das Okay gibt, veröffentlichen wir ihn«, schlug Sarah vor.

»Damit hat der *Wiener Bote* wieder einmal die Nase vorn«, zeigte sich David mit dem Pakt zufrieden.

»Und was ist eigentlich mit diesem Jimmy?«, fragte Sarah. »Der Kerl schwirrt die ganze Zeit in meinem Universum herum, ohne dass ich ihn richtig zu fassen bekomme.«

»Der Mann ist Fitnesstrainer«, erklärte Stein. »Er hatte Dienstagvormittag nachweislich Dienst, kann also nicht von der Telefonzelle am Graben angerufen haben. Er hat uns aber erzählt, dass Patrick Baldauf eine Ausbildung zum Fitnesstrainer absolvieren wollte. Dienstagnachmittag sollte er sich deshalb mit dem Chef des Fitnesscenters treffen.«

»Wer angerufen hat, könnte man doch mithilfe einer Stimmanalyse herausfinden, oder?«, fragte Sarah.

Stein nickte. »Doch bisher lag gegen Otto Sagen kein Verdacht vor, der so ein Vorgehen gesetzlich gerechtfertigt hätte.«

»Mit seinen Lügengeschichten und dem Foto hier hast du doch zumindest die Rechtfertigung, bei ihm einmal nachzufragen.«

Wieder nickte Stein, griff nach dem Glas und bat David nachzuschenken.

Dienstag, 8. August

32

Maria Baldauf erwachte im Wohnzimmer aus einem unruhigen Schlaf. Sie war erst um zwei Uhr morgens nach Hause zurückgekehrt. Sie hatte sich trotz ihres vom Rotwein beduselten Kopfes aufs Sofa gesetzt und nachgedacht. Darüber musste sie wohl eingenickt sein, denn sie trug die Kleidung vom Vortag und lag auf der Couch. Alle Knochen taten ihr weh. Sie rappelte sich auf und massierte kurz ihren schmerzenden Nacken. Sie blinzelte heftig, versuchte, dadurch ihre Augen scharf zu stellen. Die Erschöpfung ließ sie verschwommen sehen. Ihr Blick fiel auf die Box. Sie kam nicht umhin, sie verschwinden zu lassen. Am besten versteckte sie sie vorerst in ihrem Schlafzimmer, ganz oben im Kasten, hinter der Bettwäsche. Da kam man nur mithilfe einer Trittleiter ran. Doch anstatt sich zu bewegen, griff sie nach ihrem Handy. Otto hatte sich noch immer nicht gemeldet. Sie tat, was sie Otto hoch und heilig hatte versprechen müssen, nie zu tun, obwohl sie den Sinn dahinter bis heute nicht verstand. Sie rief bei Susal an.

Als sie Ottos Namen erwähnte, bat die Frau am anderen Ende der Leitung um ein klein wenig Geduld. Eine Melodie erklang, die Maria nach wenigen Augenblicken mitsummte. Sie konnte nicht sagen, wie viel Zeit vergangen war, als sie eine andere weibliche Stimme ihren Namen sagen hörte. Sie stellte sich als Leiterin der Personalabteilung vor.

»Sind Sie von der Presse oder von der Polizei?«, fragte die Frau.

»Weder noch. Warum?«

»Weil gestern eine Journalistin angerufen hat. Sie hat ebenfalls nach einem Mann namens Otto Sagen gefragt, und heute Morgen rief ein Polizist mit derselben Frage an.«

»Was heißt das?« Sie spürte Hitze aufsteigen. War Otto etwas zugestoßen?

»Für uns arbeitet kein Außendienstmitarbeiter namens Otto Sagen«, erklärte die Frau. »Weder fix angestellt noch als freier Mitarbeiter.«

Maria schwieg.

»Hat er das Ihnen gegenüber behauptet, Frau Baldauf?«

»Ja.« Ihre Antwort war nur noch ein Flüstern.

»Wir werden gegen den Mann rechtliche Schritte einleiten. Ist Ihnen durch ihn ein Schaden entstanden? Wenn ja, dann schicken Sie uns bitte eine kurze Mail, damit wir wissen, worum es in Ihrem Fall geht.«

Maria überlegte, was sie sagen sollte. Alle möglichen Dinge gingen ihr in Sekundenschnelle durch den Kopf. Sollte sie nach Patricks Vorstellungsgespräch fragen? Vielleicht hatte Jimmy sie ja angelogen, und ihr Sohn hätte doch um zwölf Uhr bei Susal sein sollen. Womöglich wusste die Dame am Telefon einfach nicht Bescheid.

»Nein, kein Schaden.«

»Wissen Sie zufällig, wo der Mann gemeldet ist?«

Sie zögerte.

»Nein«, sagte sie schließlich, legte auf und versuchte, das soeben Gehörte einzuordnen. Sie kam zu keinem Ergebnis.

Vielleicht war das der richtige Zeitpunkt, um die Gedanken zu sortieren und das Leben neu zu ordnen. Um aufzuräumen. Mit Patricks Totenköpfen wollte sie beginnen. Das Zeug wanderte augenblicklich in den Müll. Die Box mit der Waffe ließ sie auf dem Wohnzimmertisch stehen.

Im Schlafzimmer ihres Sohnes wartete die Hilflosigkeit auf sie. Sie lag auf dem leeren Bett und bremste Marias Tatendrang. Sie blieb eine Weile stehen, schloss die Augen und versuchte, irgendetwas zu spüren. Am besten die Aura ihres toten Sohnes, falls es so etwas gab. Doch sie fühlte lediglich das Verlangen nach einer Zigarette. Derweil hatte sie noch nie in ihrem Leben geraucht. Nicht einmal als junges Mädchen, als all ihre Freundinnen es ausprobiert hatten und sich unglaublich erwachsen vorkamen mit dem Glimmstängel zwischen den Lippen.

Aber Patrick hatte geraucht. Fitnesstrainer und Raucher ließen sich in ihrem Kopf zwar nur schwer miteinander verbinden, aber Jimmy rauchte auch und arbeitete als Trainer. Sie öffnete die Augen, drehte sich um, klappte den Verschluss des Humidors nach oben und nahm das Päckchen mit dem Feuerzeug heraus. Wenn sie nun eine Zigarette ihres Sohnes rauchte, würde sie sich Patrick nahe fühlen, war sie überzeugt.

Ihr Handy läutete. Sie ging zurück in die Küche, legte das Päckchen auf den Tisch und hob ab.

»Mama, hast du heute schon Radio gehört?«

»Nein.«

»Stell dir vor, die Polizei sucht einen Mittäter. Stand gestern Abend schon auf der Website des *Wiener Boten*. Ich wollte dich gleich anrufen, aber es war schon spät. Heute Morgen haben sie's bereits in den Nachrichten gebracht.« Sie klang aufgebracht. »Jedenfalls hab ich vorhin gleich diese Sarah Pauli angerufen … du weißt schon, die Journalistin.«

»Ich weiß.« Maria nahm eine Zigarette aus der Packung, zündete sie an und hoffte, dass Hanna zu aufgebracht war, um das Aufflammen des Feuerzeugs wahrzunehmen. Sie ließ ihre Tochter reden, hörte nur mit einem Ohr zu und rauchte die erste Zigarette ihres Lebens. Ein abscheulicher Geschmack. Sie unterdrückte einen Hustenanfall.

»Jedenfalls meinte sie, dass Otto am Neuen Markt stand, als wir glaubten, er sei unterwegs nach Fischamend. Ob ich wüsste, was er dort getan hat. Zuerst hab ich gedacht, sie irrt sich. Doch er ist auf einem Foto drauf, das der Fotograf des *Wiener Boten* geschossen hat. Sie hat es mir über WhatsApp geschickt, ich schick's dir weiter.«

Maria hörte den Ton der eingegangenen Nachricht.

»Außerdem arbeitet er gar nicht bei Susal, sagt diese Pauli. Hast du gehört, Mama?«

Sie sollte ihrer Tochter von dem Telefonat erzählen, ihr sagen, dass sie das schon wusste.

»Ich hab ihr natürlich gesagt, dass sie sich geirrt haben muss, weil Otto Patrick doch den Vorstellungstermin dort verschafft hat.«

»Das interessiert mich alles nicht«, sagte Maria in ruhigem Tonfall. »Und weißt du, warum? Es bringt mir Patrick nicht mehr zurück. Und das ist alles, was ich mir wünsche. Patrick soll zurückkommen.« Sie legte auf, starrte eine Weile in die Luft und drückte die Zigarette auf einer Untertasse aus. Dann sah sie sich das Bild an, das Hanna ihr geschickt hatte. Am unteren Eck war der Zeitpunkt festgehalten, an dem das Bild entstanden war. Das musste ein Irrtum sein oder eine Fälschung. Journalisten fälschten Beweise, wenn es ihrer Story diente. Das hatte sie einmal gelesen.

Sie sah zur Küchenuhr. Es war halb zehn. Wenn Otto sein Versprechen hielt, würde er in spätestens einer Stunde auftauchen. Wenn er nicht tot war, wie sie gestern vermutet hatte. Erschossen mit jener Pistole, die ihr Jimmy in der Box überreicht hatte. Deshalb war sie zur Toilette gegangen, um einen Blick ins Badezimmer werfen zu können. Es war leer gewesen.

Die Haustürglocke schlug an. Auf dem Weg durch den Flur streifte ihr Blick Ottos Sakko. Noch bevor sie öffnete, wusste sie, dass die Polizei vor der Tür stehen würde. Wer sonst läutete um diese Uhrzeit? Sie drehte den Schlüssel im Schloss und zog die Tür auf.

»Guten Morgen, Frau Baldauf«, sagte der bullige Ermittler.

Neben ihm stand die blonde Polizistin. Kamen die immer zu zweit?

»Geht es Ihnen gut?«, fragte die Frau.

Maria nickte. »Ja, ja, ich kann nur nicht richtig schlafen seit …« Sie sprach den Satz nicht zu Ende, wappnete sich, um nicht umzukippen, wenn sie gleich die schlechten Nachrichten hören würde: Ottos Leiche war gefunden worden.

»Dürfen wir reinkommen?«

Teilnahmslos trat sie zur Seite. Die Polizisten betraten den Flur und blieben stehen.

»Ist Herr Sagen bei Ihnen?«

»Nein. Der ist beruflich unterwegs.« Wollte sich aber längst bei mir gemeldet haben, fügte sie in Gedanken hinzu. »Möchten Sie einen Tee?«

Die Polizisten lehnten dankend ab, folgten ihr dennoch in die Küche.

»Wissen Sie, wo er ist?«

»Im Burgenland«, behauptete sie, weil sie nicht wusste, wo genau er jetzt war. Die Waffe im Wohnzimmer fiel ihr ein. Sollte sie ihren Verdacht erwähnen, dass Jimmy ihn womöglich erschossen hat? Sie setzte Teewasser auf.

»Wann erwarten Sie ihn zurück?«

»Heute nicht mehr«, log sie. »Morgen, irgendwann. Worum geht es denn?«

»Eine Routinebefragung.«

Das stimmt nicht, wollte sie dem Ermittler ins Gesicht schleudern. Routine mag die erste Befragung gewesen sein, als sie die Wohnung durchsuchten. Damals hatten sie mit allen geredet, die mit ihrem Sohn Kontakt hatten. Das hier fühlte sich anders an. Wie ein stummer Vorwurf. Die Polizisten begannen, abwechselnd Fragen zu stellen. Wann und wo sie Otto kennengelernt hatte. Welcher Arbeit er damals nachging.

»Er war Pharmareferent«, antwortete sie. »Das hat ihm aber irgendwann keinen Spaß mehr gemacht, und da ihm Susal ein gutes Angebot machte, hat er gewechselt.«

Die Polizisten warfen sich einen raschen Blick zu, der

Maria verriet, dass die beiden wussten, dass er nicht dort arbeitete.

»Sagen Sie mir endlich, was Sie von Otto wollen!«

Sie bekam keine Antwort. Stattdessen fragte der bullige Ermittler, ob sie Ottos Mutter kenne. Nein, kannte sie nicht. Er hatte einmal von ihr erzählt, doch da sie nicht in Wien wohnte, hatte es sich noch nicht ergeben. Der bullige Ermittler machte sich Notizen. Sie sollte endlich erzählen, dass sie am Vorabend bei Jimmy gewesen war und ein dunkler Gedanke sie glauben ließ, Otto sei tot. Doch sie schwieg, so wie sie es immer getan hatte, wenn ein Problem ihren Weg querte. Sie schwieg es weg. Zudem würde sie damit nur die Anwesenheit der Polizisten verlängern. Und sie wollte keine Polizei mehr im Haus haben.

Nach einer gefühlten Ewigkeit verabschiedeten die beiden sich endlich. Sie baten Maria, Otto auszurichten, er solle sich unverzüglich bei ihnen melden, dann drückten sie ihr eine Visitenkarte in die Hand.

Sie beobachtete die beiden durchs Küchenfenster, als sie ins Auto stiegen und davonfuhren. Unverzüglich, hatten sie gesagt. Was wollte die Polizei von Otto? Sie ging hinaus in den Flur, griff in die Jackentaschen seines Jacketts. Sie waren leer.

Zurück in der Küche schnappte sie nach dem Zigarettenpäckchen und zündete sich eine an. Irgendwo hatte sie einmal gelesen, dass dieses verfluchte Zeug ab der dritten schmeckte. Das war erst die zweite, dementsprechend scheußlich schmeckte auch diese. Einmal wollte sie es noch probieren.

In dem Moment hörte sie den Schlüssel in der Eingangstür. Sie blieb mit der Zigarette in der Hand stehen.

Otto betrat die Küche. Er strahlte. »Ich hab dir etwas mitgebracht.« Er reichte ihr einen Blumenstrauß. Sie betrachtete die Blumen. Sie waren sehr schön. Blaue, rote und weiße Blüten.

»Danke.« Sie nahm den Strauß ausdruckslos entgegen.

»Ist etwas los?«, fragte er.

»Du lebst.«

»Natürlich lebe ich. Ich war nur einen Tag weg, Maria. Du rauchst ja!« Er sah sie erstaunt an. »Ist etwas passiert?«

Sie schüttelte den Kopf. »Nein, nichts. Ich bin nur unsagbar müde. Machst du uns Kaffee?« Sie drehte den Wasserhahn auf, hielt die Zigarette unter den Wasserstrahl und warf sie in den Mülleimer. »Schmeckt widerlich.«

»Warum rauchst du dann?«

»Ich wollt's einfach ausprobieren.«

Er nickte, öffnete den Küchenschrank, in dem sich die Kaffeedose befand, und löffelte kurz darauf Kaffeepulver in die Maschine.

Auf dem Weg ins Badezimmer fiel ihr Blick in den Spiegel. Sie sah grauenhaft aus. Die Haare zerzaust, dunkle Ringe unter den Augen, die Haut blass und um den Mund ein angespannter Zug. An dem Bild der Verzweiflung hatte sich nichts geändert.

Sie stellte sich unter die Dusche. Das warme Wasser tat gut, spülte die Müdigkeit in den Ausguss. Als sie in frischer Kleidung in die Küche zurückkam, durchströmte der gemütliche Duft nach Kaffee und frischen Semmeln die Wohnung.

»Ich hab alles für ein spätes Frühstück mitgebracht«, sagte Otto fröhlich, als sie zurückkam. »Wie ich dich kenne, hast du nichts gegessen, obwohl der Kühlschrank voll ist.«

»Ich war gestern in Simmering«, antwortete Maria.

Er wirbelte herum. Die Fröhlichkeit war verschwunden. »Du warst wo?«

Sie griff nach dem Messer, schnitt eine Semmel entzwei. Sie hatte plötzlich großen Hunger. »Ich hab mit Jimmy geredet, die halbe Nacht«, sagte sie und strich Butter auf eine der Hälften und biss ab. »Du wohnst gar nicht in der Gottschalkgasse«, sagte sie so gleichmütig wie möglich.

Otto erstarrte, schüttelte den Kopf und ließ sich auf den Stuhl fallen. Maria reichte ihm eine Tasse Kaffee. Er nahm sie entgegen und stellte sie auf dem Tisch ab.

»Es sollte eine Überraschung werden.«

»Was?«

»Die Sache mit dem Haus.«

»Ich verstehe nicht.«

»Ich baue am Rand von Wien ein Haus. Damit wollte ich dich überraschen. Ende des Jahres können wir einziehen.«

Sie erhob sich, holte die Box aus dem Wohnzimmer. Als Otto sie sah, schien er um eine Spur blasser zu werden.

»Woher hast du die?«

»Jimmy hat sie mir gegeben. Wolltest du verhindern, dass die Polizei sie findet?«

Otto nickte.

»Wozu die zweite Pistole?«

»Ich weiß es nicht.« Otto nippte an der Tasse. Er wich ihrem Blick aus.

»Die Polizei war heute Morgen hier. Du sollst dich melden.« Sie schob ihm die Visitenkarte über den Tisch. Er ignorierte sie.

Maria kaute und schluckte, bevor sie weitersprach. »Mir scheint, du bist nicht der Mann, der du vorgegeben hast zu sein.«

»Wie kommst du auf so eine absurde Idee?« Noch immer schaute er ihr nicht in die Augen.

»Du wohnst nicht in der Wohnung in Simmering. Du arbeitest nicht bei Susal«, sagte sie und zeigte ihm anschließend das Foto vom Neuen Markt, das Hanna geschickt hatte. »Du warst an jenem Dienstag nicht auf dem Weg nach Fischamend. Wer bist du, Otto Sagen?«

Jetzt sah er sie an und schwieg. Zum ersten Mal störte sie seine besonnene Art. Oder war das Taktik? Sollte sie sich schlecht fühlen, weil sie ihm Vorwürfe machte? Warum wehrte er sich nicht gegen die Anschuldigungen?

»Du hast uns belogen. Patrick, Hanna, Konrad und mich.«

Er schwieg noch immer, begann sich jedoch nervös am Hals zu kratzen.

»Patrick hat gar keine Schreckschusspistole gekauft. Gib's zu!«

Ein unmerkliches Kopfschütteln. Er log. Sie erinnerte sich an das, was die Polizisten ihr erzählt hatten.

»Du hast bei der Polizei angerufen und ein bevorstehendes Verbrechen gemeldet«, sagte sie.

Er erstarrte, schüttelte dann den Kopf heftiger.

»Man wird herausfinden, dass du den Notruf abgesetzt hast.« Tränen liefen ihr plötzlich über die Wangen. Wie sehr konnte man sich in einem Menschen täuschen?

»Du hast mich zum Besten gehalten, Otto. Du hast uns alle verarscht.« Ihre Stimme wurde lauter.

Otto Sagen reagierte nicht. Sie spürte Wut aufkommen. Warum antwortete er ihr nicht?

»Warum?«

»Ich konnte doch nicht ahnen, dass die Sache eskalieren würde«, sagte er. »Ich wollte, dass Patrick aufgibt, und da sein, für den Fall, dass etwas passiert. Verstehst du?«

»Du wusstest, was er vorhat?«

Otto Sagen nickte leicht.

»Warum hast du es dann nicht verhindert?« Ihre Stimme brach, klang nun heiser, überfordert.

»Volker Graumann war schuld daran, dass er den Job in dem Logistikzentrum nicht bekommen hat«, sagte Otto. »Nicht einmal einen Vorstellungstermin wollten sie ihm geben.«

»Wovon redest du?«

»Davon, dass dieser Graumann schuld ist. Patrick hat sich dort doch beworben. Dein Sohn war ihnen nicht einmal eine Antwort wert.«

Er griff nach ihren Händen. Sie zog sie zurück.

»Du lügst. Lagerleiter bestimmen nicht, wer eingestellt wird und wer nicht. Dafür gibt es Personalabteilungen, sogar bei uns im Supermarkt.«

»Ich lüge?«, sagte er grimmig. Sein Gesichtsausdruck veränderte sich. Er sah sie von einer Sekunde auf die andere aus eiskalten Augen an, sprang vom Stuhl auf, baute sich vor ihr auf. Maria fragte sich, wie gefährlich ihr Otto werden konnte. Er war ein Bär von einem

Mann. Ein Schlag von ihm ins Gesicht, und Maria würde zu Boden gehen.

»Bevor du mich beschuldigst, schau dir mal deinen Sohn an. Der hat dich den ganzen Tag belogen.« Er schnaubte verächtlich.

»Er hatte einen Vorstellungstermin. Im Fitnesscenter.«

»Gelogen.«

Ihr Herz jagte. Das hier passierte nicht. Es war ein Fehler, sich mit Otto zu streiten.

»Patrick war ein krankhafter Lügner, doch das wolltest du ja nicht wahrhaben. Ich hab ihm gesagt, er soll damit aufhören. Du solltest mir dankbar dafür sein, aber stattdessen jammerst du herum. Sei froh, jetzt kann er dir keinen Kummer mehr bereiten.« Otto sah sie wutentbrannt an.

Keinen Kummer mehr bereiten. Sie dachte an Patricks vermeintlichen Abschiedsbrief. An das, was dieser Sprachprofiler herausgefunden hatte. In dem Moment glaubte sie zu begreifen. »Du hast den Brief geschrieben.«

»Ja«, gab er zu. »Ich wollte, dass du noch einmal glücklich bist. Gib's zu, der letzte Satz in dem Brief hat dich doch glücklich gemacht.«

»Und du warst es auch, der Graumann beobachtet hat«, fuhr sie unbeirrt fort. Dass sie da nicht schon früher draufgekommen war. Die pedantische Exaktheit der Aufzeichnungen. Das war nicht Patrick, das war Otto.

»Du hast mir meinen Sohn genommen«, sagte sie mit überraschend ruhiger Stimme. Sie strich mit den Händen über ihre Oberschenkel. »Mein Leben!«

Otto öffnete erneut den Mund, setzte zum Sprechen an.

Doch sie wollte nichts mehr hören. Griff nach der Box, nahm die Waffe heraus, dachte an ihren toten Sohn und drückte ab.

September

33

Im September atmete Wien langsam auf.

Die Augusthitze wich allmählich dem kühler anmutenden Spätsommer. Dessen ungeachtet strahlte die Sonne am Himmel, genauso wie die Menschenmassen im Museumsquartier.

Anspannung, Hektik, Glamour, und rasch noch einmal den Lippenstift nachziehen. Conny hatte Sarah zur Vienna Fashion Week mitgenommen, und sie musste zugeben, dass ihr das bunte Treiben gefiel. All die Models, Visagisten und Modedesigner hinter den Kulissen. Das Publikum, das sich in Schale geworfen hatte. Der schöne Schein, hinter dem sich Intrigen und Bosheiten verbargen, wie in jeder anderen Branche auch.

»Du kannst dir sicher vorstellen, dass Melanie und Robert Schönegg die begehrtesten Interviewpartner sind«, ließ Conny sie wissen und zeigte auf die beiden. Melanie hätte selbst als Model durchgehen können. Sie trug ihre langen Haare locker zusammengebunden. Ein grellgelber knöchellanger Rock und eine seidige Bluse umspielten ihre zarte Figur. Robert dagegen ganz in Schwarz, als Zeichen der Trauer – oder weil man als hipper Designer nun mal Schwarz trug. Die Gesellschaftsreporterin winkte den Jungdesignern zu, stolz darauf, für den *Wiener Boten* einen Interviewtermin bekommen zu haben. Nach der Fashion Week.

Heute waren Rome, wie in großen Lettern auf die Bühne projiziert wurde, viel zu nervös. Würde ihre Modelinie vor den Augen der Presse und der Promis bestehen? Sie winkten sanft lächelnd zurück.

»War das nun ein guter Schachzug, so ein Geheimnis um die eigene Modelinie zu machen?«, fragte Sarah.

»Na klar! Siehst ja, was hier los ist. So ein G'riss um die zwei hätte es nicht gegeben, wenn die Branche schon im Vorfeld Bescheid gewusst hätte. Scheiße ist nur, dass Christa Schönegg nicht mehr miterleben kann, wie ihr Sohn und ihre Nichte als Designer durchstarten. Sie wäre sicher megastolz auf den Nachwuchs.«

Sarah sah sich um. Bernhard Schönegg steuerte auf die beiden zu. Er umarmte zuerst seine Nichte, dann seinen Sohn. Blitzlichter.

»Und das alles nur, weil sie zur falschen Zeit am falschen Ort gewesen war«, ergänzte Sarah bitter. »Welch sinnloser Tod.«

»Hm«, summte Conny nickend.

In dem Moment tauchte Isabella Schönegg-Bach auf. Gewohnt hoheitsvoll schritt sie durch die Menge. Eine Sensation, denn sie zeigte sich zum ersten Mal nach der Ermordung ihrer Schwester wieder der Öffentlichkeit. Auch sie gratulierte medienwirksam den Jungdesignern. Fragen von Presseleuten beantwortete sie mit einem freundlichen Lächeln.

»Böse Zungen behaupten, sie macht gute Miene zum bösen Spiel, weil sonst die eigene Tochter und der Neffe zu anderen Modehäusern wechseln.« Conny hob abwehrend die Hände. »Aber das sind natürlich nur böswillige Gerüchte.« Dann zog sie Sarah ins Innere des Museumsquartiers, wo in weniger als einer halben Stunde die Show über die Bühne gehen würde.

»Ich bin mir sicher, ihre Mode begeistert das Publikum«, zeigte sich Conny positiv gestimmt.

Während sich die Gesellschaftsreporterin täglich auf der Fashion Week herumtrieb und sich mit den schönen Seiten des Daseins beschäftigte, kniete sich Sarah noch immer in Patrick Baldaufs Fall, obwohl er nahezu aus den Medien verschwunden war. Doch die Antworten auf Sarahs Fragen schienen zum Greifen nah.

Otto Sagen hatte keine lebensgefährliche Schussverletzung davongetragen. Sein Glück, dass Maria Baldauf keine lebenswichtigen Organe getroffen hatte. Das Geschoss war in die rechte Brustseite eingedrungen und auf der Rückseite wieder rausgekommen. Ein glatter Durchschuss. Hanna war kurz nach dem Drama in der Wohnung aufgetaucht. Das Telefonat mit ihrer Mutter hatte sie alarmiert. Sie befürchtete, sie könnte sich etwas antun. Sie wollte nach dem Rechten sehen und fand Otto Sagen am Küchenboden liegend und sich vor Schmerz windend. Der Notarzt war zehn Minuten später vor Ort gewesen.

Chris hatte zu dem Ärzteteam gehört, das Sagen im Krankenhaus versorgte. »Er stand nicht auf der Kippe«, erklärte er Sarah an diesem Abend. »Auch wenn die Rettung später gekommen wäre. Sagen hätte es überlebt.«

Dennoch dauerte es drei Wochen, bis Otto Sagen laut den Ärzten vernehmungsfähig war.

Aussage für Aussage lüftete allmählich das Geheimnis. Es kamen Dinge zum Vorschein, die belegten, dass das Attentat sehr wohl von langer Hand geplant war. Um die Ermittlungen nicht zu gefährden, wurde während dieser Phase eine Pressesperre verhängt. Nicht einmal Stein ließ sich von Sarah erweichen. Er vertröstete sie von Tag zu Tag, meinte, es würde nicht mehr lange dauern, dann wäre alles geklärt.

Mitte September hatten die Ermittler genug Informationen zusammengetragen, um den Fall noch einmal in einem anderen Licht darstellen zu können. Sowohl die Polizei als auch die Presse zeigten sich überrascht. Lediglich Sarah fand ihre Vermutung bestätigt. Patrick war die Marionette in einem hinterlistigen Spiel gewesen. Stein nahm sich nach Abschluss der Ermittlungen Zeit für Sarah und beantwortete an einem Abend bei gutem Essen und Wein all ihre Fragen.

Zwei Tage später fand im Konferenzraum des *Wiener Boten* eine Besprechung der Chronik-Redaktion statt. Maja war die Neue in der Runde. Sie arbeitete nun schon seit mehreren Wochen in der Chronik-Redaktion des *Wiener Boten*, obwohl die Praktikantinnenzeit längst vorüber war. Doch David hatte auf Sarahs Bitte hin entschieden, dass sie bleiben sollte. Sie leistete gute Arbeit. Vorerst als freie Mitarbeiterin, so wie Sarah einst beim *Wiener Boten* begonnen hatte. Später würde man neu entscheiden. Deshalb saß sie nun auch bei der Schlussbesprechung am Tisch.

Herbert Kunz putzte seine randlose Silhouette mit einem Brillenputztuch. Ein Zeichen dafür, dass der Chef vom Dienst die Sitzung gleich eröffnen wollte. Es galt wieder einmal zu sondieren, welche Geschichte wann veröffentlicht wurde.

»Wozu die zweite Waffe?«, fragte der Chef vom Dienst

und setzte sich die Brille wieder auf. Die Redaktionssitzung war somit eröffnet.

»Um notfalls Patrick zu erschießen«, behauptete Sarah.

»Ist das Fakt oder deine Vermutung?«

»Mit einem Revolver aus der Entfernung?«, hakte Patricia skeptisch nach, bevor Sarah antworten konnte.

»Ein geübter Schütze kann möglicherweise selbst da einen Menschen treffen«, sagte Stepan. Er warf Sarah einen raschen Blick zu. Sie fragte sich schlagartig, ob der Ressortchef ebenfalls eine Waffe besaß.

»Um deine Frage zu beantworten, Herbert«, begann Sarah. »Sagen kam es nicht darauf an, Patrick selbst zu töten. Das war laut Stein sein Plan B, der natürlich bescheuert war, denn dann hätte er aus der Deckung kommen und zielen müssen. Das wäre zu auffällig gewesen.«

»Und was war Plan A?«, fragte Kunz.

»In die Luft zu schießen. Das sollte im Fall des Falles bewirken, dass Patrick die Waffe in seiner Panik auf die Polizisten richtet und im besten Fall geschossen hätte. Was das bedeutet hätte, brauch ich euch nicht zu erklären.«

»Das war aber kein gut durchdachter Plan«, entgegnete Patricia. »Es hätte ja auch genauso gut passieren können, dass dieser Baldauf sich anders verhält und nicht auf die Polizisten geschossen hätte, sondern die Waffe niederlegt. Außerdem, auch wenn Sagen in die Luft schießen wollte, hätte er das Foyer des Hotels verlassen müssen.«

»Ich hab nicht behauptet, dass Otto Sagens Plan perfekt durchdacht war. Ich hab lediglich erzählt, wie er es sich ausgedacht und der Polizei erklärt hat. Es sind bei Gott nicht alle Täter klug oder Meister im Planen«, meinte Sarah und fasste für alle noch einmal zusammen.

Otto Sagen hatte als Lagerarbeiter für die Logistikfirma jenes Arzneimittelherstellers gearbeitet, für die auch Volker Graumann arbeitete.

»Seit seiner fristlosen Entlassung aufgrund des Diebstahls vor einem Jahr arbeitet er als Gelegenheitsarbeiter. Er bewohnt in der Gemeindewohnung seiner Mutter ein Zimmer, die übrigens glaubt, er arbeite für einen internationalen Baukonzern und sei öfter einmal auf Montage. Die Polizei hat das Zimmer durchsucht und akkurate Aufzeichnungen über seine Tagesabläufe gefunden. Stellt euch vor! Seit seiner Entlassung aus dem Logistikzentrum stellt er jeden Tag unter ein bestimmtes Motto. Danach richtet er dann seinen ganzen Tag aus. Das jenes verhängnisvollen ersten Augusts lautet ›Ende‹. Das Motto jenes Tages, an dem er die beiden Pistolen besorgte, hieß ›Beschaffung‹. Die Waffen hat er ziemlich günstig bekommen. Der Verkäufer war drogensüchtig, wahrscheinlich war's ihm egal, Hauptsache, er bekam irgendwas. An dem Tag besorgte er auch noch die Totenköpfe in verschiedenen Geschäften. Immer nur einen oder zwei, damit niemand misstrauisch wurde oder sich später daran erinnerte, dass er eine ganze Menge gekauft hatte. Das Geld für die ganze Sache hat Sagen im Laufe der letzten zwei Jahre zusammengespart. Denn die Idee zu dem Plan kam ihm, als er Patrick kennenlernte. Das war der Tag, dessen Motto ›Manipulation‹ hieß.«

»Patrick war also eine Art Experiment für Sagen?«, sinnierte Maja stirnrunzelnd.

»Kann man so sagen«, bestätigte Sarah.

»Der ist doch krank.« Maja stand die Fassungslosigkeit im Gesicht geschrieben.

»Ich würde Sagen nicht als krank bezeichnen. Jemand, der so ein Lügenkonstrukt aufbaut und über Jahre damit durchkommt, muss über eine gewisse soziale, gefühlsbetonte Intelligenz verfügen. Immerhin muss er verstehen, wie andere Leute ticken. Er war auf gewisse Art ein Hochstapler und führte ein kompliziertes Leben, um nicht aufzufliegen. Solche Betrüger haben zumeist ausgeprägte empathische Anlagen und eine gute Memorierungsfähigkeit.«

»Und doch ist sein Konstrukt zusammengebrochen«, murmelte Maja.

»Die meisten Betrüger fliegen irgendwann auf. Ach ja, noch ein Detail kann ich euch zu den Waffen erzählen«, fiel Sarah ein. »Die Schreckschusspistole, von der alle sprachen, gab es nie. Otto Sagen hat Patrick in dem Glauben gelassen, dass jene Waffe, mit der er die Gruft betrat, eine war.«

»Erkennt man das nicht?«, fragte Kunz skeptisch.

»Wenn du keine Erfahrung mit Waffen hast«, meinte Sarah. »Also ich würd's wahrscheinlich nicht erkennen. Und nur weil Baldauf vorbestraft war, heißt das ja nicht, dass er sich mit Waffen auskannte.«

»Deshalb war er auch so überrascht, als Volker Graumann tot zusammengebrochen ist«, schlussfolgerte Maja nachdenklich. »Er hat tatsächlich nicht damit gerechnet, jemanden zu erschießen.«

»Ach ja, witziges Detail am Rande«, sagte Sarah. »Der Tag, an dem er behauptet hatte, im Burgenland bei Kunden zu sein, stand unter dem Motto ›Urlaub‹. Er war an dem Tag an der alten Donau baden. Zum Nachdenken. Ich find das einfach …« Sarah fand keine Worte für die Abgebrühtheit des Mannes.

»Gibt es eine Aussage zu den anderen Lügen, die er den Baldaufs aufgetischt hat?«, fragte Kunz.

»Welche meinst du? Es gab so viele.«

»Fang mit der an, die dir spontan in den Sinn kommt«, forderte Stepan sie auf.

»Manipulation.«

»Was? Das ist doch keine Lüge.«

»Aber aufgrund der Lügen konnte er Patrick Baldauf manipulieren, und das war Teil seines Plans. Ich hab Hanna Jungwirth bei unserem ersten Gespräch gefragt, ob ihr Bruder willensstark oder willensschwach sei. Sie meinte, er sei ein Träumer gewesen. Ich bin inzwischen fest davon überzeugt, dass das so nicht stimmt. Patrick war kein Träumer, er war ein Suchender. Er suchte ein Vorbild, jemanden, zu dem er aufschauen und dessen Ideale er übernehmen konnte. Hanna meinte auch, ihr Bruder habe die Orientierung verloren. Er hat also meines Erachtens eine Orientierungshilfe gesucht, und das war Otto Sagen. Dass er laut seiner Schwester hilfsbereit war, zeigt zudem, dass ihm daran lag, dass ihn die Leute schätzten. Die Psychologin, mit der ich telefonierte, vermutete einen unsicheren Menschen mit geringem Selbstbewusstsein hinter dem Täter. Okay, das war eine reine Ferndiagnose. Doch sie stimmt. Und nach allem, was ich inzwischen weiß, glaube ich, dass Patrick für Sagen ein leichtes Opfer war. Patrick wollte es allen recht machen, auch wenn das nach außen hin nicht so wirkte. Etwa auf seine Schwester und seinen Schwager.«

»Was ist mit seiner Mutter? Ihr Schwiegersohn meinte doch, dass sie einiges durchgemacht hat seinetwegen«, fragte Patricia. Sie fuhr sich mit der Hand über den Nacken und griff dann nach einer Flasche Mineralwasser, die vor ihr auf dem Tisch stand.

»Seiner Mutter konnte er eh alles recht machen. Sie hat ihn vergöttert. Das zählt nicht.« Sarah goss sich ebenfalls Wasser in ein Glas. Die Luft im Konferenzzimmer war trocken. Sarah erläuterte noch einmal den Zusammenhang zwischen Otto Sagen und Volker Graumann.

»Mit der Aussicht, bei Susal einen Job zu bekommen, hat Sagen den Sohn seiner Lebensgefährtin lange bei der Stange gehalten. Immer wieder hat er ihn darauf eingeschworen, dass nur Graumann dem Ganzen noch im Weg stünde. Doch gab es weder eine Aussicht auf einen Job noch ein konkretes Angebot. Sagen hat Patrick übel mitgespielt. Ganz übel.«

»Graumann hat doch gar nicht bei Susal gearbeitet«, erwiderte Stepan.

»Das hat Patrick nicht wissen können«, entgegnete Sarah.

»Er war es dann aber, der in die Gruft gegangen ist«, sagte Kunz.

»Eh, aber er beabsichtigte, Graumann einen Schreck einzujagen und danach gleich wieder abzuhauen. Deshalb ließ er Maja die Tore zusperren und trug eine Maske. So hatte Sagen ihm den Plan verkauft. Fakt ist aber, Sagen hat Patrick für seine Zwecke missbraucht. Er wollte, dass Patrick Graumann tötet, deshalb auch die echte Waffe.« Sarah zeigte auf die Mail, die auf dem Tisch lag. »Die Polizei hat inzwischen ermittelt, dass

Skull in Wahrheit Otto Sagen war. Einige der Dealer am Gumpendorfer Gürtel haben ihn auf Fotos eindeutig erkannt.« Sie schob das Blatt Papier Richtung Kunz. »Sagen musste am Neuen Markt nur dafür sorgen, dass Patrick die Sache nicht überlebt.«

»Der perfekte Mord? Eine schöne Schlagzeile«, meinte Kunz, während er die Mail überflog. »Natürlich mit einem großen Fragezeichen dahinter.«

»Was passiert jetzt mit Maria Baldauf?«, fragte Patricia.

Sarah zuckte nur mit den Achseln. »Sie selbst schweigt dazu, und Otto Sagen behauptet, es sei ein Unfall gewesen. Das wird sie wohl vor einer Gefängnisstrafe bewahren.«

»Welchen Sinn hatte eigentlich der Totenkopf?«, hakte Patricia nach. »Oder haben wir den für die Berichterstattung schon ad acta gelegt?« Sie hatte sämtliche Facetten der Wahnsinnstat notiert, um nur ja kein Detail zu vergessen. Die Berichterstattung sollte so lückenlos wie möglich sein. Am Ende wird sie sich doch noch mit der Arbeit in der Chronik-Redaktion anfreunden, dachte Sarah froh.

»Das ist skurril. Sagen fand es einfach nur spaßig, Patrick einen Totenkopf in die Gruft mitzugeben. Ihm verkaufte er den als Glücksbringer, und später amüsierte er sich über das Wirrwarr, das er anrichtete, weil er in Patricks Zimmer welche deponiert hatte.«

»Sehr spaßig«, murrte Stepan.

»Mir hat er einen Gefallen getan«, erklärte Sarah. »Denn damit hat er mich unbewusst auf die Idee gebracht, mir Patricks Charakter näher anzusehen.«

»Gibt es schon einen Prozesstermin?«

»Nein«, antwortete Sarah. »Zuerst muss Otto Sagen genesen. Zudem soll es ein psychiatrisches Gutachten geben.«

»Wie hoch kann das Strafmaß bei Anstiftung zu so einer Tat ausfallen?«, fragte Maja.

Sarah zuckte mit den Achseln. »Keine Ahnung. Aber ich denke, so um die zwanzig Jahre könnten Sagen schon blühen. Es sei denn, das Münchhausen-Syndrom wird eindeutig diagnostiziert und als mildernder Umstand gewertet. Kommt sicher auf den Anwalt an, den Sagen hat.«

»Was wird aus Maria Baldauf?«, fragte Patricia noch einmal.

»Wenn Sagen bei seiner Aussage bleibt, dass es ein Unfall war, dann wird sie entweder nicht belangt oder wegen Fahrlässigkeit zu einer Geldstrafe verurteilt werden. Ich bin kein Strafrechtsexperte«, schränkte Sarah ein.

Sie hoffte, dass Maria Baldauf auf freiem Fuß bleiben würde. Der Schmerz, den sie erdulden musste, war schlimm genug. Sarah war sich sicher, dass die Ereignisse Patricks Mutter noch lange verfolgen und ihr nachts den Schlaf rauben würden. Das Kind zu verlieren, weil der Lebensgefährte es manipulierte, zum Mörder machte und in den Selbstmord trieb, damit musste man erst einmal leben lernen.

»Das Loch in einer Mauer, durch das der Teufel geflogen ist, kann nur mit einem Schädelknochen geschlossen werden«, zitierte Sarah einen alten Aberglauben.

»Was meinst du damit?«, fragte Kunz

»Nichts Wichtiges«, schmunzelte sie. »Ich dachte nur, dass der Teufel am ersten August in der Innenstadt gewütet hat und das Loch, durch das er gekommen war, jetzt verschlossen ist.«

Stepan schüttelte den Kopf. Er hatte schon lange aufgehört, alles verstehen zu wollen, was Sarah dachte oder aussprach. Er begann die Aufgaben unter Sarah, Patricia und Maja zu verteilen und mit Kunz die Aufteilung der Storys abzusprechen.

Den Abend verbrachte Sarah mit ihrer geliebten Patchworkfamilie. Chris und David hatten gekocht. Rotwein floss. Sie stießen auf das Leben an. Gegen Mitternacht gingen sie schlafen. David liebte sie dermaßen zärtlich, als wäre es das erste Mal. Danach fiel Sarah in einen unruhigen Schlaf, wachte wenige Stunden später wieder auf, weil sie schlecht geträumt hatte. Im Traum waren sie bereits umgezogen, und sie hatte Marie am Yppenplatz vergessen. Als sie in die leere Wohnung zurückkehrte, war die Katze verschwunden.

Sie schälte sich vorsichtig aus dem Bett und schlich sich aus dem Zimmer. Ein Blick ins Badezimmer beruhigte sie. Marie schlief auf dem Duschvorleger. Der flauschige Teppich war ihr inzwischen fast so lieb wie Sarahs Bett.

In der Küche brühte sie sich einen Tee auf und stellte sich ans Fenster. Draußen lag der Yppenplatz im Schein der Laternen. Eine einsame Gestalt stand am Platz und rauchte eine Zigarette. Diesen Blick würde sie in wenigen Monaten nicht mehr genießen können. David hatte den Kaufvertrag für das Haus bereits unterschrieben. Er wollte noch ein paar Kleinigkeiten reparieren und alle Wohnungen ausmalen lassen. Danach stand der Umzug bevor. Obwohl sie lediglich vom sechzehnten in den achtzehnten Bezirk zog, wurde Sarah das Gefühl nicht los, eine Weltreise zu unternehmen. Sie schimpfte stumm, sich endlich zusammenzureißen. Herrgott, täglich übersiedelten Menschen von einem Bezirk in den anderen, ach was, von einer Stadt in die andere, von einem Land ins nächste.

Im Garten von Davids Haus blühen Rosen, und gegenüber liegt ein großer Park, dachte sie. In dem Moment hörte sie ein Geräusch.

»Worüber denkst du nach?« David stellte sich hinter sie, schlang seine Arme um ihre Hüften und küsste ihren Nacken.

»Über die Lüge.«

»Warum?«

»Weil sie ein gutes Thema für meine Kolumne hergeben würde. Hast du gewusst, dass hinter dem, der lügt, Rauch aufsteigt, also, dass es brennt?«

»Du denkst an Sagen.«

»Ich glaube nicht, dass Sagen diesen Volksglauben kennt. Lustig, dass er ausgerechnet vorgab, Feuerwehrmann gewesen zu sein. Stein hat mir gesagt, dass Maria Baldauf ihm viel von ihrem Sohn erzählt hat. Das hat er sich gemerkt und zunutze gemacht.« Sarah schnaubte verächtlich. »Scheißkerl.«

David drückte sie ein wenig fester an sich. »Das ist ein gutes Thema. Und weil wir schon dabei sind, du musst noch nicht Abschied nehmen.«

»Was meinst du?« Sarah nippte am Tee.

»Du stehst nicht hier, weil du an Otto Sagen denkst. Das ist eine Lüge, mein Schatz. Du stehst hier, weil du daran denkst, wie es sein wird, nicht mehr hier zu wohnen.«

»Du kennst mich gut.«

»Geht nicht der erste Traum, den man in einer neuen Wohnung träumt, in Erfüllung?«

»Dann hoffe ich auf einen schönen Traum.«

Anmerkung der Autorin

Als ich begann, mir über den achten Fall mit Sarah Pauli Gedanken zu machen, feierte man in Österreich gerade den dreihundertsten Geburtstag von Kaiserin Maria Theresia. Einer Monarchin, der man vieles nachsagte. Gutes und weniger Gutes.

Also besuchten mein Mann und ich die Kaisergruft. Während ich zum ersten Mal unten war, kannte mein Mann die Gruft in- und auswendig (er ist der echte Wiener von uns beiden). Jedenfalls hat mich die Symbolik der Särge beeindruckt. Diesen Eindruck wollte ich Sarah Pauli vermitteln, und ich glaube, es ist mir gelungen.

Jede Herrscherdynastie weltweit ist geprägt von Intrigen, Verschwörungen und Manipulationen. Das brachte mich zu der Überlegung, die heutige Welt nach Manipulationen abzuklopfen (erschreckend, wo und wie wir auch im einundzwanzigsten Jahrhundert manipuliert werden und Manipulationen erliegen). So ergab wieder einmal eines das andere, und am Ende stand die Frage im Raum, wie viele Lügen man benötigt, um Menschen zu manipulieren. Im Zuge meiner Recherche kam mir zum wiederholten Mal ein Artikel über das krankhafte Lügen (Pseudologia phantastica) unter, das umgangssprachlich auch als Münchhausen-Syndrom bekannt ist.

Und dann stellte ich mir noch die Frage, wie groß der Schmerz einer Mutter ist, wenn das eigene Kind ein Verbrechen begeht und dabei stirbt.

Herausgekommen ist dann dieser Roman, den Sie, liebe Leserinnen und Leser, nun in Händen halten. Damit kann ich Ihnen auch gleich danken, dass viele von Ihnen meine Sarah Pauli nun schon so lange begleiten. Ihren Mails und Briefen kann ich entnehmen, dass sie Ihnen inzwischen sehr ans Herz gewachsen ist. Mir ist sie ebenso ans Herz gewachsen, und Sarah und ich, wir vertragen uns noch immer bestens, obwohl wir nahezu jeden Tag miteinander verbringen.

Sehr herzlich möchte ich mich bei Chefinspektorin Michaela Rossmann von der Landespolizeidirektion Wien bedanken. Für die Geduld, die hilfreichen Telefonate und die persönliche Führung durchs Haus. In dem Zusammenhang danke ich allen in der Landespolizeidirektion, die ich bei der Arbeit stören durfte und die mir so freundlich meine Fragen beantwortet haben.

Ein weiteres großes Dankeschön geht an das gesamte Team im Goldmann Verlag. Besonders an meine wunderbare Lektorin Kerstin Schaub, an Manuela Braun (Veranstaltung) und Barbara Henning (Presse). Ihr seid großartig!

Und an meinen Lektor Dr. Alexander Behrmann für seinen genauen Blick und seine hilfreichen Korrekturvorschläge.

Ich danke meinem Agenten Peter Molden für die wunderbaren Gespräche. Er weiß mich zu motivieren und gibt mir immer das Gefühl, gerne mit mir zusammenzuarbeiten.

Danken möchte ich auch noch meinen Kindern, einfach dafür, dass es sie gibt und sie so wunderbar sind. Und meinem Mann, der die besten Speisen zubereitet und mich regelmäßig daran erinnert, dass gutes Essen Lebenskultur ist.

Autorin

Die Österreicherin Beate Maxian wurde in München geboren und verbrachte ihre Jugend u. a. in Bayern und im arabischen Raum. Heute lebt sie mit ihrer Familie abwechselnd in Oberösterreich und Wien und arbeitet neben dem Schreiben als Moderatorin und Journalistin sowie als Dozentin an der Talenteakademie. Ihre in Wien angesiedelten Krimis um die Journalistin Sarah Pauli haben eine treue Leserschaft erobert und sind Bestseller in Österreich. Des Weiteren ist Beate Maxian die Initiatorin und Organisatorin des ersten österreichischen Krimifestivals.

Weitere Informationen zu Beate Maxian unter:
www.maxian.at und www.moerderischer-attersee.at

Beate Maxian im Goldmann Verlag:

Tödliches Rendezvous. Ein Wien-Krimi
Die Tote vom Naschmarkt. Ein Wien-Krimi
Tod hinter dem Stephansdom. Ein Wien-Krimi
Der Tote vom Zentralfriedhof. Ein Wien-Krimi
Tod in der Hofburg. Ein Wien-Krimi
Mord in Schönbrunn. Ein Wien-Krimi
Die Prater-Morde. Ein Wien-Krimi

(Alle auch als E-Book erhältlich)

GOLDMANN
Lesen erleben